DER TOD KENNT DEIN GEHEIMNIS

Von H.C. Scherf

AF236520

Thriller

Bibliografische Information der Deutschen Nationalbibliothek:
Die Deutsche Nationalbibliothek verzeichnet diese Publikation in der
Deutschen Nationalbibliografie; detaillierte bibliografische Daten sind im
Internet über http://dnb.dnb.de abrufbar.

DER TOD KENNT DEIN GEHEIMNIS

© 2020   H.C. Scherf
harald2066@gmx.de

Aktives Mitglied im Selfpublisher-Verband e.V.

Covergestaltung: VercoDesign, Unna
Bilder von:
majdansky / clipdealer.com
dgool / clipdealer.com
alexkich / clipdealer.com
TMLsPhotoG / adobe-stock

Lektorat/Korrektorat: Heidemarie Rabe
rabe.heidemarie47@googlemail.com

Herstellung und Verlag:
BoD – Books on Demand, Norderstedt

ISBN: 978-3752608762

DER TOD KENNT DEIN GEHEIMNIS

Von H.C. Scherf

Für einen Vater, dessen Kind stirbt, stirbt die Zukunft.
Für ein Kind, dessen Eltern sterben, stirbt die Vergangenheit.

1

Schon längst hatte die Nacht ihre Schleier über den Essener Stadthafen am Rhein-Herne-Kanal gedeckt, als am Anlegebereich Hektik aufkam. Container, die mit einem Kahn aus den Niederlanden transportiert worden waren, warteten darauf, gelöscht zu werden. Zwei der vier Brücken- und Portalkrane waren besetzt und griffen wie gewaltige Geisterfinger nach den schweren Behältern, die sofort auf wartende LKWs verladen wurden. Was in dieser Nacht für geübte Betrachter ungewöhnlich hätte erscheinen können, waren die beiden dunklen Limousinen, die in einiger Entfernung warteten. Ihre Insassen beobachteten genau, welchen Weg die einzelnen Container nahmen. Schließlich hängten sie sich an zwei bestimmte LKWs auf den Weg durch den Essener Norden.

Boris Bogdanow, was so viel bedeutete, wie Gottesgeschenk, verließ den großräumigen Mercedes und eilte auf den Fahrer des ersten Lastwagens zu, der schwerfällig vom Führerhaus auf den Schotter des Ladehofes stieg. Er rechnete nicht mit der Reaktion des heraneilenden Boris und musste die volle Wucht des Schlages gegen die rechte Niere hinnehmen. Er knickte in den Knien ein und konnte nur mit Mühe verhindern, dass seine Stirn gegen die Metallstufen des Wagens stieß. Als er sich am Boden wand, erwischte ihn abschließend die Fußspitze seines Auftraggebers in die Rippen. Während er sich schützend zusammenkrümmte, schrie er neben dem Schmerz die Frage heraus: »Was soll die Scheiße? Es hat doch alles hervorragend geklappt. Du bringst mich ja um.«

Mit in die Seiten gestemmten Fäusten stand Boris breitbeinig über dem Fahrer, wobei seine Augen zu schmalen Schlitzen geschlossen waren.

»Da liegst du nicht einmal falsch. Alles in Ordnung, sagst du? Nichts als Scheiße hast du im Hirn. Was glaubst du, hier zu transportieren, du Wahnsinniger? Du kannst diese Container nicht befördern, als wären da Stofftiere drin. Die Ware ist nur dann wertvoll und wirft hohe Gewinne ab, wenn sie gut erhalten ist. Geht das in deinen Schädel rein? Du heizt damit über die Straßen, als würdest du nach Zeit bezahlt. Ich sollte dir für diesen miesen Job keinen Rubel zahlen. Hörst du? Nicht einen Rubel. Wenn darin irgendwas beschädigt wurde, werfe ich dich ins Hafenbecken.«

Boris nahm den Stiefelabsatz wieder vom Ohr des Fahrers, den er dorthin gesetzt hatte. Als er schon mehrere Meter entfernt war, drehte er sich noch einmal um.

»Fahr die Kiste in die Halle und setz den Container vorsichtig auf dem Boden ab. Höre ich auch nur ein falsches Geräusch, bist du tot.«

Jewgeni, der Fahrer wusste genau, dass Boris meinte, was er sagte. Man hörte hier und da von den drakonischen Strafen bei Verrat oder Versagen. Der Boss hatte schon für weit weniger als das hier Leute beseitigen lassen. Er stieg wieder fluchend ins Führerhaus und rangierte rückwärts in die riesige Halle, wo eine Schar von Männern wartete. Betont vorsichtig senkte er den Behälter auf den Boden und beeilte sich damit, das Fahrzeug wieder nach draußen zu bewegen. Boris wirkte zufrieden und fasste mit an, als die Plomben entfernt und die Verschlüsse geöffnet wurden. Etliche Handlampen blitzten auf und beleuchteten den Innenraum des ersten Containers. Über dreißig Augenpaare richteten sich ängstlich auf die Männer, die neugierig die Ware betrachteten, die man ihnen angekündigt und nun mit Verzögerung endlich geliefert hatte.

Der Transport hatte sich durch unvorhersehbare Umstände um zwei Tage weiter hinausgezogen. So wunderte sich keiner darüber, dass die LED-Leuchten längst ihre Akkus aufgebraucht hatten und im Innenraum schon lange absolute Dunkelheit geherrscht haben musste. Sofort erkannte Boris, dass sämtliche Behälter, in denen man bei Transportbeginn Wasser bereitgestellt hatte, bis auf den letzten Tropfen geleert worden waren. Einige der Frauen hockten auf dem Boden und zeigten Wunden, die mit hoher Wahrscheinlichkeit beim Kampf um das lebensnotwendige Nass entstanden waren. Nur mühsam erhoben sie sich in der Hoffnung, nun endlich in die versprochene Freiheit entlassen zu werden. Schützend hielten sie die Hände vor die Augen. Besondere Aufmerksamkeit brachte Boris Bogdanow einer Frau entgegen, um die sich zwei andere fürsorglich kümmerten. Um nach dem Rechten zu sehen, näherte er sich. Er stockte, als sich ihm eine fast gleichgroße dralle Frau mit wilden Augen in den Weg stellte.

»Fass sie bloß nicht an. Sie ist tot. Ihr habt sie umgebracht, ihr verfluchten Menschenschinder. Sie ist schon gestern gestorben. Niemand hat uns darauf vorbereitet, dass diese Teufelsfahrt so lange dauern würde. Habt ihr uns über Australien verschifft? Von der Ukraine bis Deutschland ist es doch nur ein Katzensprung.«

Die harte Faust traf Daria direkt hinter dem Ohr und ließ sie wortlos zusammensinken. Boris wusste, wo Schläge kaum Spuren hinterließen, aber dennoch wirksam waren. Er drehte sich um und winkte den erstbesten Helfer herbei.

»Ich brauche den Namen der Toten. Ruf in Odessa an und sage denen, dass ich für das Weib meine Kohle zurückhaben will. Für Kollateralschäden komme ich nicht auf. Dann ab mit ihr, lasst den Kadaver verschwinden. Ihr wisst, was zu tun ist. Die anderen Frauen in kleine Gruppen aufteilen und zur Erstversorgung in das Quartier. Sorgt dafür, dass sie sauber und satt sind, wenn die Kunden sie abholen. Gebt ihnen ordentliche Klamotten. Hier stinkt es wie in einem Ziegenstall. Und jetzt will ich den zweiten Container sehen.«

»Was soll das heißen – wenn die Kunden sie abholen? Wir wollen endlich wissen, wofür wir so viel Geld bezahlen mussten. Ist das mit den Arbeitspapieren geregelt?«

Diesmal war es der herbeigerufene Schläger, der die vorwitzige Natalya zur Ordnung rief, indem er ihr in die Mähne griff und den Kopf nach hinten riss. Boris wandte sich ihr zu.

»Ich mag das, wenn Frauen selbstbewusst sind. Ihr müsst die Natur einer Raubkatze besitzen. Das ist gut fürs Geschäft. Hör mir zu, du kleine Wildkatze – und das gilt auch für alle anderen – ihr werdet sehr schnell Arbeit und bulgarische Papiere dazu bekommen. Nicht jedem von euch wird das gefallen, aber das ändert sich mit der Zeit. Nun zu dem Geld, das ihr bezahlt habt. Die dreißigtausend Hrywnja, die ihr gelöhnt habt, reichen gerade einmal dazu, Leute zu schmieren, um euch über die Grenze zu kriegen. Transport und Unterbringung kosten hier ein Vermögen. Wir sind nicht mehr in der Ukraine. Eure paar Flöhe sind lediglich etwas mehr als neunhundertdreißig Euro wert. Ich habe viel Geld, sehr viel Geld investiert, um euch bis hierher zu transportieren. Das will ich zurück. Habt ihr mich verstanden? Jeden einzelnen Cent will ich zurück. Ich will an euch nichts verdienen. Nein, ich bringe euch legal in Lohn und Brot. Papiere müssen zusätzlich angeschafft werden. Wie ihr seht, geht es momentan noch darum, schnell das Geld wieder reinzuholen, das ich investiert habe, denn auch ich bin nicht auf Rosen gebettet.«

Boris drehte sich und blickte jeder Frau tief in die Augen. Kaum eine Frau war dabei, die den Blick nicht senkte – außer Natalya. Sie stellte trotzig eine weitere Frage.

»Wo bringt ihr uns hin und was müssen wir tun, um das Geld zu verdienen? Keine von uns wird auf den Strich gehen, damit das von vornherein klar ist. Das haben wir schon vorher untereinander abgesprochen. Also, was geschieht mit uns?«

»Das wird erst entschieden, wenn die Kunden euch gesehen haben. Sie werden euch sagen, wo ihr arbeiten werdet. Ich bin nur für den Transport zuständig. Einen kleinen Obolus werde ich aufschlagen, da ich das größte Risiko trage. Wir werden euch jetzt in kleine Gruppen aufteilen und gut versorgen. Duschen, Essen, Trinken und ein bequemes

Bett. Neue Klamotten bekommt ihr auch. Mit diesen Fetzen am Leib wird euch keiner haben wollen. Schlaft euch aus. Morgen sieht die Welt wieder besser aus. Das mit der Verzögerung tut mir leid, aber es war nicht unsere Schuld.«

Natalya schüttelte ihr Haar und half Daria auf die Beine, die langsam wieder zu sich fand und Boris mit hasserfüllten Augen verfolgte. Der nahm einen Mann zur Seite und flüsterte mit ihm.

»Nimm dir die beiden Drecksweiber in einer Sonderbehandlung vor. Die versauen uns die anderen und wiegeln sie gegen uns auf. Die gehen in Kostjas Puff. Der kriegt die schon zahm mit seinen Einreitern.«

2

»Hoch soll sie leben. Willkommen in unserem Verein, Mia. Und unsere herzlichsten Glückwünsche zum Geburtstag von uns allen.«

Mia Richter blieb in der offenen Tür stehen. Sie konnte nicht verhindern, dass ihr die Röte ins Gesicht schoss, als sie ihren Blick über den großen Kreis der Kollegen und Kolleginnen gleiten ließ. Leonie war es, die als erste die Arme hob und die restliche Mannschaft mit ihrer Begrüßung mitriss. Selbst Kollegen aus anderen Abteilungen waren zu diesem Anlass ins Morddezernat geeilt, da Mia Richter sich durch ihren selbstlosen Einsatz im Fall Pablo Gomez einen Namen gemacht hatte. Leonie war es auch, die auf die verdutzte Kollegin zueilte und sie zum Tisch geleitete, auf dem zwei Kuchen und etliche Teller und Tassen bereitgestellt worden waren.

»Woher wusstet ihr von dem Geburtstag?«

Völlig irritiert blickte sie sich um und sah in lachende Augen. Wie ein Chor verkündeten alle die unumstößliche Tatsache: »Du bist bei der Polizei.«

»Ich kann es noch nicht glauben«, begann Mia stockend, »dass ich ab heute zu euch gehöre. Ich muss sagen, dass es mich stolz macht, endlich das erste Ziel geschafft zu haben.«

»Hört, hört, Leute«, unterbrach Dino Wohlert Mias Antrittsrede. »Die Kollegin hat sich noch viel vorgenommen. Sie spricht vom ersten Ziel. Darf ich euch mit der kommenden Kriminalrätin bekannt machen.«

Hauptkommissar Gordon Rabe drängte in den Vordergrund und nahm Mia schützend in den Arm, die für einen Moment aus dem Konzept geraten war. Die schmale Frau drängte sich dankbar an den jeanstragenden Leiter des Dezernates.

»Lass deine fiesen Scherze, Dino. Das Mädel kann mit solchen Frotzeleien noch nicht umgehen. Ich denke, dass ich für alle hier spreche. Niemals werde ich persönlich vergessen können, was Sie damals für meine Familie getan haben, als Sie Ihr Leben für sie eingesetzt haben. Doch wir alle freuen uns auf eine gute Zusammenarbeit. Jeder hier steht Ihnen zur Seite, wenn Fragen auftauchen, deren Antworten Sie noch nicht kennen können. Haben Sie keine Scheu, solche zu stellen. Jeder der hier Anwesenden wird sich daran erinnern können, wie auch ihnen geholfen wurde, als sie wie blutige Anfänger in diese Abteilung versetzt wurden. Das sollte keiner vergessen.« Gordon blickte in grinsende Gesichter, bevor er fortfuhr. »Ich achte sehr darauf, dass der Musketier-Gedanke gepflegt wird. Lasst uns jederzeit Spaß haben, doch auch den nötigen Ernst, wenn es um das Team und die eigentliche Aufgabe geht. Willkommen bei uns.«

Bei dem dröhnenden Applaus übersahen alle das Eintreten von Kriminalrat Kläver.

»Wie ich sehe, ist die Kollegin bereits begrüßt worden. Dann kann ich mir das ja sparen und mich direkt an den leckeren Kuchen wagen. Gibt es einen Kaffee dazu oder muss sich den jeder selbst von zu Hause mitbringen? An der Organisation müssen wir noch erheblich nachbessern.«

Leonie hakte sich bei Mia Richter unter und schob sie Richtung Küche. Kurz darauf tauchten die beiden Frauen wieder auf – in jeder Hand eine Warmhaltekanne. Lachend stellten sie die vor den Kriminalrat auf den Tisch.

»Reicht das für den Augenblick, Chef?«, konnte sich Leonie nicht verkneifen.

»Das kann ich nur bejahen, Frau Felten. Befehl zur vollsten Zufriedenheit ausgeführt. Sie dürfen wegtreten.«

»Aber nicht, bevor ich Ihnen eingeschenkt habe«, erwiderte Mia, die seine Tasse randvoll auffüllte. Ihre Hand zitterte immer noch. Die Aufregung war ihr anzumerken. Sie wurde erst ruhiger, als sich Leonies Hand fest auf ihre legte und ihr Augenzwinkern verdeutlichte, dass sie in diesem Kreis nun endgültig aufgenommen worden war.

Kai Wiesner war es, der die Idylle störte, indem er den Hörer an seinem Schreibtisch an sein Ohr hielt, bevor das Telefon ein zweites Mal läuten konnte. Alle Anwesenden stellten die Gespräche ein, als Kai wortlos zuhörte und sein Gesicht genau den Ausdruck annahm, den jeder von ihnen kannte. Es musste was Schreckliches passiert sein. Das *wir kommen sofort* war ein Signal dafür, dass die Feier ein jähes Ende nehmen würde. Gordon ging auf seinen Kollegen zu und bekam Aufklärung.

»Es wurde von einer Tauchergruppe im Stadthafen gemeldet, dass sich eine tote Frau im Becken befindet. Sie bemerkten die Tote, als sie routinemäßig das Hafenbecken kontrollierten. Die Kollegen von der Wasserschutzpolizei sind schon vor Ort und haben sich gerade gemeldet. Wer fährt mit?«

Gordon war schon auf dem Weg in sein Büro, um sich die Jeansweste überzuwerfen, die über der Stuhllehne hing. Stumm zeigte er auf Leonie Felten und nach kurzem Zögern auch auf Mia Richter.

»Das wäre doch was für Sie – so als Premierenopfer. Los geht´s, worauf wartet ihr?« An die restlichen Kollegen gewandt ergänzte er: »Und lasst uns was übrig von dem Kuchen!«

Für Gordons BMW gab es am Kai kaum ein Durchkommen. Sämtliche Zugänge zur Fundstelle waren durch Einsatzfahrzeuge der Rettungsdienste verstellt, die nach und nach den Ort des Geschehens wieder verließen. Einige mit Latexanzügen vermummte Gestalten standen abseits und diskutierten heftig. Schnell waren sie als Taucherstaffel der Feuerwehr ausgemacht. Eine große Plane deckte eine Person ab, bei der es sich vermutlich um die tote Frau handelte. Gordon drängte einige Uniformierte der Polizei zur Seite und kniete sich neben der Frauenleiche auf den nackten Beton. Als er die Plane anhob, konnte er deutlich erkennen, wie Mia Richter einen Schritt nach hinten machte und sich an Leonie abstützte. Ihr Gesicht hatte fast die Blässe der Leiche erreicht.

»Verdammt! Da hat sich aber jemand große Mühe gegeben, die Herkunft der Toten zu verschleiern. Ohne Gesicht dürfte uns das Feststellen der Identität einige Probleme bereiten. Da wird sich Dr. Lieken aber freuen. Ahnenforschung ist seine Spezialität.«

Gordon entfernte nun die gesamte Plane, sodass der Blick aller auf die schwere Kette fiel, die sich um die Unterschenkel der Toten wand. Kai hob die mächtige Kette an und bemerkte lakonisch: »Ich denke mal, dass die Täter davon ausgingen, dass man die Leiche so schnell nicht finden würde. An dem Metall befinden sich noch keine Ablagerungen und die Haut der Frau deutet darauf hin, dass sie erst kurze Zeit im Wasser lag. Doktor Lieken wird uns bestimmt exakter sagen können, wie lange das Opfer bereits tot ist.«

»Die Hoffnung stirbt zuletzt«, erklang es aus dem Rücken der Ermittler. »Zumindest ist die Frau nicht ertrunken. Das dürfte schon von Anfang an feststehen, Herrschaften. Die hat man versenkt, nachdem sie schon längst diese Welt verlassen hatte. Ich habe mir das Opfer bereits angesehen.«

Dr. Lieken trat durch die sich gebildete Gasse und bückte sich über das Opfer. Er wies auf die Beine der Frau und erklärte seine erste Prognose.

»Seht her. Hätte das Herz noch funktioniert, als man ihr die Ketten so eng um die Beine geschlungen hatte, würden wir Blutstauungen entdecken können. Das Einzige, was ich sehe, sind Totenflecken über den gesamten Körper verteilt. Man muss ihre Position also mehrfach verändert haben. Kein Schaumpilz am Mund. Die Waschhaut ist noch nicht stark ausgeprägt und nur in der Hohlhand und am Fußrücken feststellbar. Das weist darauf hin, dass sie mindestens sechs Stunden, aber höchstens einen Tag im Wasser lag. Genaueres kann ich allerdings erst sagen, wenn ich die Lunge kontrolliert und den Mageninhalt analysiert habe. Kann ich sonst noch etwas für euch tun?«

Doktor Lieken blickte jeden Einzelnen an, der um ihn herum stand und seinen Ausführungen lauschte. Bei einer Person blieb er hängen und sein Gesicht zeigte das erste Lächeln.

»Na das ist ja wohl eine Überraschung. Frau Richter ist endlich fertig und wie ich sehe, der richtigen Abteilung zugeteilt worden. Es freut mich ehrlich, dass Sie bei dieser Chaotentruppe arbeiten dürfen. Es wird zwar nicht einfach für Sie, aber endlich gesellt sich dieser Abteilung auch Intelligenz und Mut hinzu. Lassen Sie sich von der Erfolglosigkeit dieses Haufens nicht entmutigen. Ab und zu finden die auch mal ein Korn.«

Niemand der Umstehenden protestierte, da alle wussten, den Humor des Rechtsmediziners richtig einzuordnen. Leonie hatte noch immer den Arm um die Kollegin gelegt und sprach ihr Mut zu. Mias Gesichtsblässe war zwischenzeitlich einer normalen Farbe gewichen und wurde nun von einem dankbaren Lächeln bestimmt.

»Danke, Herr Dr. Lieken. Ich glaube auch, dass ich von der Truppe hier sehr viel lernen kann. Ich freue mich auf die Zusammenarbeit. Doch darf ich Ihnen eine Frage stellen zu der Toten?«

»Aber jederzeit, junge Frau. Legen Sie los.«

»Wie wir alle erkennen können, hat man der Frau das Gesicht bis zur Unkenntlichkeit zerstört. Selbst die Fingerspitzen sind entfernt worden. Werden wir jemals erfahren, wer augenblicklich vor uns liegt?«

»Aber sicher werden wir das. Es gibt immer wieder Merkmale, die nur einem bestimmten Menschen zuzuordnen sind. Wir suchen nach Narben, wir beurteilen das Gebiss. Doch das Wichtigste ist die DNA. Die passt mit Sicherheit nur auf einen Menschen und ist maximal bei einem Zwilling identisch. Ist diese DNA in einer Datenbank enthalten, wissen wir, wer sich hier verbirgt. Vermisstenlisten dürften ebenfalls erste Hinweise liefern. Bisher haben wir noch jedem seine wahre Identität zuordnen können. Die Zeiten sind vorbei, in denen man uns in dem Punkt etwas vorenthalten konnte.«

Gordon zog seinen Freund ein wenig zur Seite und stellte eigene Fragen.

»Ist dir das Tattoo auf dem Arm aufgefallen? Das sieht danach aus, als würde es eine Gruppenzugehörigkeit bezeugen. Ich werde ein Foto davon machen lassen und Kai darauf ansetzen. Der beschäftigt sich doch gerne mit dem Okkulten und solchem Zeug. Und außerdem hat man es wohl vergessen, die Ohrringe zu entfernen. Die sind ebenfalls außergewöhnlich. So was habe ich früher einmal in Rumänien gesehen. Dort trägt man diese auffälligen Dinger.«

»Da kann ich dir jetzt nichts zu sagen, Gordon. Das ist nicht mein Gebiet. Ich lass dir die Schmuckstücke zukommen. Oder besser, nimm sie dir doch sofort mit. Die sind leicht zu entfernen, ohne dass du was kaputt machst. Morgen Mittag kann ich dir bestimmt Näheres zu der Frau sagen. Lass bitte die Ketten entfernen, damit wir im Institut nicht so schwer heben müssen. Außerdem klappert das im Zinksarg.«

3

»Daria? Daria – wach auf. Komm endlich wieder zu dir. Du bist jetzt in Sicherheit.«

Natalya Popow beugte sich über die Frau, die ihr in den letzten Tagen schon zur Freundin geworden war. Immer wieder tupfte sie mit dem feuchten Tuch über die Schwellungen, die sich vor allem rund um den Intimbereich abzeichneten. Daria presste ihre Fäuste fest gegen den Schritt und wimmerte leise. Jeder im Raum konnte sich vorstellen, dass sie starke Schmerzen haben musste. Natalya wusste allerdings, wie schlimm es um die Frau wirklich stand, da sie erst gestern das Gleiche erleiden musste. Sie wünschte diesen Kerlen, die ihnen beiden das angetan hatten, einen schrecklichen Tod.

»Daria, sei vernünftig. Du wirst es überstehen und sie werden uns damit nicht zerbrechen. Eines Tages können wir es denen heimzahlen. Nimm die Tabletten, es hilft, den Schmerz zu ertragen. Bald spürst du ihn nicht mehr.«

»Ich werde das immer spüren, Natalya! Immer! Für den Rest meines Lebens. Diese Bestien haben mich entehrt, als sie zu viert über mich herfielen. Es tut so weh. Ich weiß nicht, ob ich das ein weiteres Mal ertragen könnte. Der Schwanz soll denen dafür abfaulen.«

Jede der anwesenden Frauen nickte bestätigend. Einige zogen sich ängstlich in den hintersten Winkel des Raumes zurück in der Hoffnung, dass ihnen das erspart bleiben würde. Aus Natalyas Schilderungen hatten sie erfahren, wie diese Bestien über sie hergefallen waren und sie mehrfach vergewaltigt hatten – jeder Einzelne dieser brutalen Kerle. Einreiten nannten sie so was in dem Gewerbe. Auf diese Art wurden renitente Frauen gefügig gemacht, quasi auf ihren späteren Job vorbereitet. Aus Erzählungen hatte man zu Hause von Prostitution zwar gehört, doch würde das auf keinen Fall sie betreffen. Man versprach ihnen die Unterbringung in wohlhabenden Familien, wo sie als Alten- oder Haushaltshilfen gutes Geld verdienen würden. Nun saßen sie in diesem Horrorhaus und warteten darauf, von ihren neuen Besitzern abgeholt zu werden. In der Wohnung nebenan hatten sie ebenfalls Geschrei gehört, als einige Frauen abgeholt worden waren. Besonders schrecklich fanden sie, dass sogar zwei Schwestern getrennt verkauft worden waren.

Darias Weinen wurde weniger, als sie die Wirkung der Tablette spürte. Willig ließ sie sich von Natalya und einer anderen Frau versorgen. Immer wieder zuckte sie zusammen, wenn man ihre wunden Schamlippen berührte, die blutig und geschwollen waren.

»Was ist, wenn ich ein Kind von diesen Tieren bekomme? Was erzähle ich meinen Eltern? Ich hätte nicht einfach weglaufen sollen, ohne mich von ihnen zu verabschieden. Sie werden sich Sorgen machen. Oh Mama, was habe ich dir und Papa angetan?«

Die Bürste, die Natalya in ihrer Reisetasche mitführte, glitt immer wieder durch Darias dichtes schwarzes Haar und befreite sie dadurch von Schmutz, der sich während der Vergewaltigungen auf dem dreckigen Boden darin verteilt hatte. Die Gepeinigte lauschte jetzt Natalya, die ein ukrainisches Kinderlied sang. Jede im Raum kannte das Stück. Schließlich stimmten sie alle ein, wobei sie darauf achteten, dass man sie außerhalb des Raumes nicht hören konnte. Daria schlief in Natalyas Armen ein.

Die vor die Wand schlagende Tür und das grelle Licht riss alle aus dem Schlaf. Natalya hielt schützend die Arme vor die Augen, um nicht geblendet zu werden. Zu spät bemerkte sie die Hand, die sie von der Liege zerrte und brutal festhielt. Auch Daria, die direkt neben ihr lag, wurde hochgerissen und konnte den Schrei nicht zurückhalten, als sich der Schmerz im Schritt wieder bemerkbar machte. Angst breitete sich augenblicklich unter den Frauen aus, die noch schlaftrunken in das Licht starrten. Vier riesige Kerle mit kurzgeschorenen Schädeln und Holzfällerbärten hatten den Raum betreten und suchten gezielt nach Personen, zu denen auch Daria und Natalya gehörten.

»Nehmt eure Plörren und dann ab durch die Tür. Eure Arbeitgeber wollen euch sehen. Das Spiel kann beginnen. Geht das ein bisschen schneller, Ladys?«

»Fass mich nicht an, du schmieriger Hund. Ich kratz dir die Augen aus!«, schrie Natalya dem Typen entgegen, der sie immer noch festhielt. Sie befreite sich fluchend aus dem harten Griff und suchte nach ihrer Tasche, die sie unter dem Bett fand. Mit fliegenden Fingern sortierte sie ihre Habseligkeiten zusammen und tat das Gleiche für Daria, die starr vor Angst und zitternd vor einem ihrer Vergewaltiger stand. In einer Gruppe von sechs Frauen liefen sie den Gang entlang auf eine Doppeltür zu, die in einen saalähnlichen Raum führte. In der Mitte erkannte Natalya eine freistehende Bühne, deren Bedeutung ihr sehr schnell bewusst wurde. Beherzt griff sie nach Darias Hand und presste sie fest an ihren Körper. So leise, dass es keiner der Schläger hören konnte, flüsterte sie Daria ins Ohr: »Bitte tue alles, was die Kerle gleich von dir verlangen werden. Bitte Daria. Sie werden dir sonst sehr wehtun. Frage nicht warum – tu es einfach.«

Dem fragenden Blick der Freundin wich sie aus und konzentrierte sich auf das Geschehen um sich herum. Lautes Lachen begleitete den Einmarsch einer großen Gruppe von Frauen und Männern, die sich rund um den Laufsteg auf Stühlen niederließen. Man nahm erst Notiz von den zitternden Frauen, als Boris Bogdanow laut um Aufmerksamkeit bat.

»Ich hoffe, dass euch das Buffet geschmeckt hat. Nun kommen wir aber zum wichtigsten Teil des Treffens. Wir fangen mit dieser Gruppe an und ich hoffe, dass jeder von euch etwas Brauchbares findet. Wir machen es wie immer. Es wird in Fünfhundert-Euro-Schritten geboten.«

Erst jetzt richtete sich seine Aufmerksamkeit auf die Frauen, die zum größten Teil nicht erfassten, was sich da gerade vor ihren Augen abspielte. Die Furcht vor dem Unbekannten, da sie die deutsche Sprache nur teilweise verstanden, ließ sie noch enger zusammenrücken.

»Was ist los, Oleg? Wieso haben alle noch ihre Klamotten an? Du machst das doch nicht zum ersten Mal. Sollen die Freunde die Katze im Sack kaufen? Runter mit den Sachen und hoch mit der Ersten auf die Bühne. Wir beginnen bei jeder mit zehntausend Euro Mindestgebot.«

Der Schrei des Entsetzens war kaum verklungen, als dem ersten Mädchen, das höchstens das siebzehnte Lebensjahr vollendet haben konnte, die Kleider vom Körper gerissen wurden. Laut weinend bemühte sie sich darum, wenigstens Slip und Büstenhalter behalten zu dürfen. Erste Pfiffe aus der Bietergegend zeigten die Ungeduld der Gäste. Das Mädchen zuckte zusammen, als sie den brutalen Schlag mit dem nassen Handtuch in der Nierengegend spürte. Kaum hatte sie die Hände auf die schmerzende Stelle gelegt, als sich die Klingen von zwei Stiletts unter ihre Unterwäsche schoben. Als die letzten Kleidungsstücke auf den Boden fielen, schob man sie die drei Stufen zum Laufsteg hoch.

»Nimm die Pfoten von der Muschi! Wir wollen sehen, wofür wir unser sauerverdientes Geld ausgeben.«

Die Aufforderung kam aus den Reihen der Besucher und gehörten einer Frau. Die Bemerkung wurde vom Gejohle der anderen begleitet. Natalya hielt den Atem an und verfolgte das Leiden der jungen Frau, die immer weiter vorwärtsgetrieben wurde. Kaum war sie am Ende der Bühne angekommen, hatte ein kahlköpfiger, drahtiger Kerl den Zuschlag bei vierundzwanzigtausend Euro erhalten. Er winkte einen im Hintergrund stehenden einem Bären ähnelnden Mann heran, der das Mädchen und deren Kleidung aus dem Raum zerrte. Natalya war währenddessen aufgefallen, dass sich Boris angeregt mit einem Mann unterhielt, der als Einziger neben der Besucherschar stand und bisher noch keine Bietung vorgenommen hatte. Immer wieder glitt deren Blick zu Daria und Natalya herüber. Ihnen wurde sofort klar, dass sie beide nicht diesen Laufsteg betreten würden. Sie waren bereits verkauft, bevor das Ganze hier richtig begonnen hatte. Aufmerksam betrachtete Natalya den wahrscheinlichen Käufer und hätte lügen müssen, wenn sie diesen nicht als ausgesprochen attraktiv angesehen hätte. Ein stattlicher Mann in gepflegter Lederkluft und einem versteckten Lächeln in den auffällig blauen Augen.

Sollten wir Glück haben und in einen Club kommen, der die bessere Gesellschaft bedient? Warum wir beide?

Sofort verwarf sie den Gedanken wieder, dass es ausgerechnet sie besser treffen würden als den Rest der Frauen. Ein Traum, der von Anfang an zum Scheitern verurteilt war. Die Auktion war relativ schnell vorbei und man gönnte sich unter den Gästen einen Drink, bevor die zweite Gruppe hereingeführt wurde.

4

»Sitzt ihr bequem da hinten? Es ist nicht so weit. Übrigens heiße ich Kostja. Wie ihr sicher bemerkt haben werdet, habe ich euch nicht auf diese erniedrigende Art ersteigert. So was macht man nicht mit Menschen. Versteht ihr? Das gehört sich einfach nicht.«

Als Daria und Natalya schwiegen, redete er einfach weiter, während er den Range Rover durch den dichten Verkehr lenkte. Der Riese, der neben ihm saß, sprach kein Wort, betrachtete nur die Menschen, an denen der große Geländewagen vorbeifuhr.

»Ich will euch nichts vormachen. Ich habe für euch eine gewaltige Stange Geld hingelegt. Boris hat mir versichert, dass ihr es allemal wert seid. Ich glaube ihm das. Dafür habe ich einen Blick. Das könnt ihr mir glauben.«

Der Wagen kam neben einem großen Mietshaus zum Stehen. Kostja und sein Beifahrer machten keine Anstalten, auszusteigen. Sie suchten jeden Winkel der Umgebung ab, bevor sie ausstiegen. Natalya konnte es kaum glauben, als die Männer ihnen sogar die Tür aufhielten und die Reisetaschen übernahmen. Die Frauen standen vor einem Haus, in dem mindestens fünfzig Parteien wohnten. Dennoch machte es einen ordentlichen Eindruck.

»Ich denke, dass ihr gerne zusammen wohnen möchtet. Kein Problem. Die Appartements sind sauber und groß genug. Euch wird es an nichts fehlen – ihr werdet sehen. Lasst uns raufgehen. Wir müssen was besprechen.«

Geduldig wartete Natalya, bis Daria mit kleinen Schritten das Wohnzimmer betreten hatte, das auch gleichzeitig als Mehrzweckraum diente. Die offene Küche mit angesetzter Essbar war gut und modern ausgestattet. Beide Männer warteten in der Diele und flüsterten miteinander. Endlich, als Daria die Beine hochgelegt hatte und erleichtert für einen Moment die Augen schloss, trat Kostja in den Raum und schenkte sich ein Glas Wasser ein. Natalya hatte Gelegenheit, diesen Mann genauer zu analysieren, dessen Mund stets ein freundliches Lächeln zeigte. Bei der ersten Begegnung in dem Horrorhaus waren ihr besonders diese strahlend blauen Augen aufgefallen, die jedoch bei näherer Betrachtung eine beängstigende Besonderheit zeigten. Sie waren vermutlich nicht in der Lage, die scheinbare Freundlichkeit des restlichen Gesichtes wiederzugeben. Natalya wusste im gleichen Moment, dass höchste Vorsicht geboten war. Sie kannte solche Typen aus der Heimat, die durch ihr Auftreten bei leichtgläubigen Frauen schnell Eindruck hinterließen. Das sollte ihr nicht passieren, nahm sie sich vor.

»Hinten habt ihr ein großes Doppelbett. Wie ihr seht, ist alles sauber. Ich erwarte, dass es so bleibt. Es hat sich so eingebürgert, dass ihr als Mieter für jeden Schaden an der Einrichtung aufkommt. Es wird euch vom Lohn abgezogen. In diesem Punkt verstehe ich keinen Spaß, da es hier schon viel zu oft zu Missverständnissen kam. Ich vermiete euch die

Bude und verlange lediglich, dass alles pfleglich behandelt wird. Nicht mehr und nicht weniger.«

»Darf ich denn auch wissen, was uns dieser Luxus einer eigenen Wohnung monatlich kosten wird. Noch habe ich keine Ahnung, was wir tun müssen und wie bezahlt wird.«

Es gehörte zu Natalyas Natur, mit Fragen nicht lange hinter dem Berg zu bleiben. Die Antwort glaubte sie allerdings schon zu kennen. Kostjas Lächeln vertiefte sich, wobei seine Augen die Wärme eines Gletschers zeigten.

»Du redest nicht lange um den Brei herum, Natalya. Das gefällt mir. Ich denke, dass du dich auf den weiten Weg gemacht hast, um hier gutes Geld zu verdienen. Das liegt selbst hier nicht einfach so auf der Straße. Doch wenn man clever ist, kann es schnell verdient sein. Ihr beide werdet sicher nicht daran gedacht haben, dass man euch zum Spargelstechen hier vermitteln wollte. Obwohl ...«, hier machte Kostja eine bedeutsame Pause, »... ganz so weit weg davon ist es eigentlich gar nicht. Euer Job hat in gewissem Maße auch mit Stechen zu tun. Ich will nicht lange rumquatschen. Ihr werdet in meinen Clubs arbeiten. In den ersten Wochen erlernt ihr das Geschäft hinter dem Tresen. Ihr werdet von den älteren Kolleginnen erfahren, wie man Männern, besser gesagt großzügigen Kunden, das Geld aus den Taschen zieht. Sie kommen zu uns, um vom Alltag abzuschalten, Vergnügen zu haben. Und ihr werdet ihnen dabei helfen.«

»Wir sind keine Nutten. Damit das klar ist. Bedienen ja, aber wir werden für diese geilen Böcke nicht die Beine breitmachen. Ich wollte das nur von Anfang an klarstellen. Und nun zurück zu Punkt zwei: Was bekommen wir dafür und was kostet die Hütte hier?«

Längst schon hatte Daria die Augen wieder geöffnet und verfolgte das Gespräch mit großer Aufmerksamkeit. Selbst ihr war mittlerweile klar geworden, was genau Kostja von ihnen beiden erwartete. Einen Vorgeschmack, wie die ihre Forderungen durchsetzten, hatten sie bereits erhalten. Umso erstaunter war sie über die Feststellung von Natalya, die doch genau wie sie die Brutalität dieser Männer zu spüren bekommen hatte. Gespannt sah sie in das Gesicht dieses attraktiven Mannes, das für den Augenblick ohne jede Regung blieb.

»Du möchtest über Zahlen reden. Nun gut. Ich erwarte von euch monatlich eine Raummiete von eintausendzweihundert Euro.« Wieder entstand diese Pause, wobei Natalya es vermied, sich zu äußern. Das tat sie erst, als Kostja den Satz ergänzte. »Von jeder, damit wir uns richtig verstehen.«

»Bist du wahnsinnig? Das können wir doch niemals verdienen. Da spiele ich nicht mit. Wie sollen wir jemals so viel Geld verdienen. Wir müssen uns ja schließlich auch versorgen und irgendwann mal Klamotten kaufen.«

»Siehst du, Natalya, du behauptest von Anfang an, dass du das nicht willst und dass es unmöglich ist. Irrtum. Wenn ihr es geschickt anfangt, könnt ihr so viel verdienen, dass ihr über die Miete hier lachen könnt. Es liegt allein an euch. Die Provisionen sind gut, die ich zahle. Und wenn die Einarbeitung vorbei ist, werdet ihr ans große Geld kommen. Es liegt in eurer Hand, was ihr den Scheißern aus den Taschen zieht. Ihr schleppt das Kapital quasi zwischen den Beinen mit euch herum. Es wird nicht lange dauern, dann habt ihr eure Schulden bei mir abgebaut. Dann werdet ihr sehen, dass man euch ins Paradies gebracht hat.«

»Wie ich das einschätze, sehen wir eher in die Hölle. Den Scheiß mache ich nicht mit.«

Zu spät sah sie die Faust kommen, die mit voller Wucht ihre Leber traf. Der Schmerz raubte Natalya die Sinne.

»Räum das hier weg und sorge dafür, dass sie wieder zu sich kommt. Ich muss den beiden noch den Dienstplan erklären.«

Kostja hatte seinen Schläger herangewinkt und zeigte auf die am Boden liegende Natalya. Als er Daria in die Augen sah, senkte sie den Blick und unterdrückte mit Mühe einen Weinkrampf.

5

Noch völlig benommen öffnete Natalya die Augen und versuchte, sich zu orientieren. Sie schüttelte sich das Wasser aus den Haaren und bemerkte erst jetzt, dass ihr Kopf brutal in das Waschbecken gepresst worden war. Das fließende, kalte Wasser hatte ihre Geister schnell wieder geweckt. Vor sich erblickte sie das grobe Gesicht des Schlägers, der Kostja nicht von der Seite wich.

»Na, bist du wieder bei uns, du Großschnauze? Wir können das Spiel beliebig fortsetzen, wenn du möchtest. Du brauchst nur deine Fresse wieder aufreißen. Jetzt beweg deinen fetten Arsch wieder zurück zum Boss und hör endlich zu. Ich garantiere dir sonst, dass wir noch viel Spaß miteinander haben werden.«

Leicht schwankend schlich Natalya ins Wohnzimmer, wo sie sich neben Daria auf die Couch fallen ließ. Ihre Hand presste sie auf die schmerzende Stelle unterhalb der Rippen. Der lauernde Blick Kostjas ruhte auf ihr und verfolgte jede ihrer Bewegungen.

»Du solltest dich besser in den Griff bekommen, damit dir so was zukünftig erspart bleibt. Ihr dürft nicht glauben, dass es uns Spaß bereitet, so vorgehen zu müssen. Aber es ist nie gut, sich gegen das Unvermeidliche stemmen zu wollen.

Gerade ihr aus der Ukraine müsst doch sehr gut wissen, was es bedeutet, in der Opposition zu sein. Ich denke, dass wir jetzt die Fronten geklärt haben dürften und zum informellen Teil übergehen können.«

Kostja kam mit einem Glas Wasser auf Natalya zu und hielt es ihr entgegen. Da sie keine erneute Diskussion wollte, ergriff sie das Getränk und hielt es in der Hand, während ihr neuer Boss wieder seinen Hocker an der Bar aufsuchte.

»Wir haben den etwas umständlichen Einreiseweg gewählt, da es schwierig ist, aus der Ukraine einzureisen, um hier zu arbeiten. Daher werde ich euch spätestens übermorgen bulgarische Papiere und eine dreimonatige Arbeitserlaubnis besorgen. Die wird danach immer wieder erneuert. Und damit das für euch klar ist: Von heute an werdet ihr eure richtigen Namen vergessen. Höre ich ab morgen noch einmal diese Namen, werdet ihr es augenblicklich bereuen. Das heißt, dass ihr sofort damit beginnen werdet, eure neuen Namen zu benutzen. Trainiert das bis zum Erbrechen, bis ihr fest daran glaubt, dass eure Eltern euch nie anders gerufen haben. Ihr bekommt einen Zettel, auf dem ihr alle Informationen zur Herkunft ablesen könnt. Lernt das auswendig, damit ihr das im Schlaf beherrscht.«

Kostja konnte das Entsetzen in den Augen der beiden Frauen deutlich erkennen. Es war wieder da, dieses charmante, aber kalte Lächeln, als er das Geheimnis lüftete.

»Du, Daria, wirst ab sofort nur noch den Namen Sophia Laleva benutzen. Merke dir das gut. Für dich, Natalya, haben wir Galena Petkova gewählt. Gute, oft benutzte bulgarische Namen. Von jetzt an gibt es keine Daria und Natalya mehr. Es hat euch niemals unter diesen Namen gegeben.«

Mit dem letzten Satz war Kostja von seinem Hocker gerutscht und hatte die Kühlschranktür geöffnet. Stolz präsentierte er den übervollen Inhalt und klärte die Frauen über die Gründe auf.

»Bis Übermorgen werdet ihr diese Wohnung nicht verlassen. Das ist keine Bitte, wenn ihr versteht, was ich meine. Meint eine von euch, dass sie das Haus auf irgendeine Weise doch verlassen muss, garantiere ich derjenigen, dass ich sie finden werde. Nichts wird euch davor schützen, die Strafe zu kassieren. Bewegt euren Hintern also nur innerhalb der Wände. Sobald die Papiere vorliegen, komme ich wieder und zeige euch den neuen Arbeitsplatz. Nachher wird jemand bei euch auftauchen, der Fotos von euch macht. Der hat einen Schlüssel von der Wohnung. Wenn wir gleich gehen, wundert euch deshalb nicht, wenn wir euch einschließen. Das geschieht nur zu eurem eigenen Schutz. So Ladys, ich habe noch eine Menge zu erledigen. Kocht euch was Gutes und pflegt euch. Ihr sollt schließlich begehrenswert sein, wenn es losgeht.«

Als die Tür ins Schloss fiel und das Geräusch des Verschließens von außen verklungen war, erfüllte absolute Stille den Raum. Erst das leise Schluchzen Darias holte Natalya wieder zurück in die erschreckende Realität. Sie legte ihre Arme um die zitternde Freundin und suchte über den Kopf Darias hinweg das Fenster. Dahinter türmten sich dunkle Wolken am Himmel, so als würden sie ihr sagen wollen, dass ihre Aussichten äußerst trübe wären. Auch Natalyas Augen füllten sich mit Tränen. Vor ihnen tauchten jetzt die Gesichter von Eltern und dem größeren Bruder auf. Schon auf der dramatischen Reise im Container hatte sie sich

Dutzende Male die Frage gestellt, warum sie sich auf dieses Abenteuer eingelassen hatte. Oft hatte sie vom goldenen Westen Europas gehört, die Warnungen jedoch ignoriert. Tatsächlich war das eingetroffen, was sie befürchtet hatte. Trotzig wischte sie mit dem Ärmel über die Augen, während sich ihre Gesichtszüge verhärteten.

Ihr werdet mich nicht kleinkriegen, ihr Bestien. Ich werde für uns einen Weg hier heraus finden. Und wenn es das Letzte ist, was ich tue.

»Natalya? Ich bin mir nicht sicher, ob ich das durchstehe.«

Die fast geflüsterten Worte ließen Natalya zusammenfahren, da sie in diesem Moment wieder die Bilder des Transportes vor Augen hatte, die ihr die Verzweiflung bei den einen und die Hoffnung bei den restlichen Frauen gezeigt hatte. Nur wenige hatten sich auf dieses Szenario vorbereitet. Dass es kein Zuckerschlecken würde, war wohl allen von Anfang an klar. Doch sie stolperten in eine Hölle hinein, die sich so keine von ihnen hat ausmalen wollen. Darias Augen waren geschlossen. Sie litt nun still in sich hinein und schien keine Antwort von der Freundin zu erwarten.

»Ich will das nie mehr von dir hören, Daria. Hörst du? Nie mehr! Die können uns nicht vierundzwanzig Stunden am Tag einsperren. Irgendwann bekommen wir die Gelegenheit abzuhauen. Dann suchen wir uns eine neue Bleibe. Mit den Papieren bieten sich dann mehr Möglichkeiten.«

»Glaubst du denn wirklich, dass sie uns diese Papiere überhaupt aushändigen? Die werden sie als Pfand behalten, solange wir die Schulden abarbeiten.«

Daria hatte sich aufgerichtet und schnäuzte kräftig ins Taschentuch. Allmählich kam die Farbe wieder zurück in ihr Gesicht.

»Du hast ja danach gefragt, aber eine Antwort haben wir nicht darauf erhalten. Sie werden uns niemals sagen, wie hoch die Schulden sind. Die werden uns auf den Strich schicken, bis wir alt und hässlich geworden sind. Dann sind wir für diese Dreckskerle wertlos. Dann kommen wir auf den Müll. Das halte ich nicht durch, Natalya. Ich werde eine Lösung für mich finden.«

Mit Sorge nahm Natalya diese Gedanken der neben ihr sitzenden Daria auf. Sie wusste, was sie damit gemeint haben könnte. Immer wieder fuhr ihre Hand durch deren Haar, ohne eine spontane Reaktion zu zeigen. Lange saßen die beiden Frauen enganeinandergerückt auf der Couch und sahen in den Himmel, der sich nun fast bedrohlich färbte, als die Sonne unterging. Erst ein dumpfes Knurren holte sie zurück in die Realität.

»War das dein Magen oder meiner?«, fragte Natalya mit einem Lachen. »Ich denke, dass wir uns was zu Beißen zubereiten sollten. Ich sehe mal in den Kühlschrank. Der scheint ja einige Überraschungen für uns bereit zu halten.«

Daria war ebenfalls aufgesprungen, hielt aber sofort wieder mit schmerzverzerrtem Gesicht inne. Ihre Hand fuhr wieder zwischen ihre Beine. Doch schließlich schaffte sie es, über Natalyas Schulter in den Kühlschrank zu linsen.

»Das kann sich sehen lassen. Alles da, was das Herz begehrt – sogar Sekt. Siehst du? Sollen wir ...?«

»Ja, ja, ja ... wir besaufen uns heute Abend, egal ob noch einer von den Saukerlen kommt. Lass uns einfach feiern und den Schmerz runterspülen. Morgen früh beginnt ein neuer Tag, an dem wir uns Gedanken machen können. Heute ist heute – und ich will von der ganzen Scheiße nichts mehr hören. Ich hole Gläser und du überlegst dir, was wir uns als Abendbrot zubereiten könnten.«

6

»Was verschafft uns die Ehre Ihres frühen Besuches, Herr Hauptkommissar?«

Denise stand mit gespielt ernster Miene am Ende der Diele und drückte Jonas an ihre Seite. Der Junge wurde seinem Vater immer ähnlicher, was man nicht nur auf sein Outfit beziehen durfte. Nur selten sah man ihn ohne Jeansklamotten, was ihn zur Miniaturausgabe seines Vaters stempelte. Nun versuchte er sogar seine Haare in gleicher Länge zu tragen, wie es sein großes Vorbild tat. Ein starker Wirbel auf der rechten Seite ließ jedoch eine Locke immer wieder über die Augen fallen, was dazu führte, dass er sie häufig mit der Hand zurückstreichen musste. Eine Bewegung, die ihm in Fleisch und Blut übergegangen war. Gordon ließ sich auf das Spiel ein und konterte.

»Ich dachte mir, dass es mal an der Zeit wäre, außerhalb der normalen Zeit nach dem Rechten zu sehen. Es hat sich in der Nachbarschaft rumgesprochen, dass hier des Öfteren fremde Männer ein- und ausgehen. Wo ist er versteckt? Sag es mir. Ich werde ihn ...«

»Papa ... komm mit.«

Jonas unterbrach Gordon mit todernster Miene und zog ihn zur Treppe, um ihn erst in seinem Zimmer loszulassen.

35

Als Gordon an Denise vorbeikam, spürte er das Kneifen in seiner Pobacke und blickte in das ausdruckslose Gesicht von ihr. Nur in ihren Augen war der Schalk zu bemerken, der sie zu dieser Tat angetrieben hatte.

»Ich bereite das Abendbrot vor. Macht bitte nicht so lange, was auch immer ihr Männer an Geheimnissen mit euch herumtragt.«

Erstaunt blieb Gordon im Eingang zu Jonas' Zimmer stehen und betrachtete die lange Papierbahn, die der Junge an der Wand befestigt hatte. Die Malfarben lagen wohlgeordnet in einem Holzkasten, wobei Gordon auffiel, dass sogar jeder einzelne Pinsel sauber und der Größe nach eingeordnet worden war. Aber das Faszinierendste waren die Motive auf dem Papier. Jonas hatte sich im Schneidersitz mitten im Raum auf dem Teppich niedergelassen und betrachtete sein Werk, als sähe er es in dem Augenblick zum ersten Mal.

»Was ... was soll das zeigen, Großer? Das ist unglaublich. Es ist unfassbar gut. Das hast du ganz alleine ... ich meine, dabei hat dir keiner geholfen? Ich weiß nicht, was ich sagen soll. Großartig. Aber jetzt musst du mir erklären, was diese Figuren und die Gegenstände um sie herum zu bedeuten haben.«

»Weiß nicht.«

»Was soll das heißen? Du musst dir doch was dabei gedacht haben, als du das gemalt hast. Das muss einen Sinn machen.«

»Kommt ihr runter? Das Rührei wird kalt.«

Die Stimme von Denise unterbrach die Unterhaltung der beiden, bevor sie überhaupt in Gang gekommen war.

»Komm, mein Junge, wir stärken uns jetzt und diskutieren das später aus.« Immer wieder schüttelte Gordon den Kopf und half Jonas beim Aufstehen. »Du hast ein kleines Kunstwerk geschaffen – weißt du das?«

Die Augen des Jungen glänzten, als er die Küche betrat und sah, was seine Mutter für alle zubereitet hatte. Doch bevor er sich über sein Magen- und Leibgericht hermachte, sortierte er das Besteck sorgfältig in eine Richtung aus. Erst dann stieß er die Gabel in den Spinat und fügte etwas Kartoffelpüree und Rührei hinzu. Zufrieden tauschten Gordon und Denise einen Blick aus und genossen die Glücksmomente mit ihrem Sohn.

»Hast du schon gesehen, was Jonas oben geschaffen hat? Die Malerei muss ich mir nach dem Essen noch mal genauer ansehen. Das ist fantastisch.«

Wenn Gordon glaubte, mit der Frage an Denise bei Jonas eine Reaktion erzeugen zu können, wurde er enttäuscht. Als ginge ihn das Gerede nichts an, schaufelte er mit Genuss sein Lieblingsessen in sich hinein. Wortlos hob er den Teller und hielt ihn Denise entgegen. Schulterzuckend servierte sie ihm den Nachschlag und Gordon die Antwort auf seine Frage.

»Doch, doch – ganz zu Beginn hatte ich schon den Eindruck, als würde er nach einem bestimmten Muster diese Motivauswahl schaffen. Hast du eine Ahnung, was das alles darstellen soll?«

»So richtig noch nicht, wenn ich ehrlich bin. Mir fielen nur die Zahlenreihen und geometrischen Figuren auf, die er scheinbar in einen direkten Zusammenhang gebracht hat. Ich bin zwar kein Mathegenie, doch habe ich auf die Schnelle die drei binomischen Formeln entdeckt, die er mitten ins Bild gestellt hat. Man könnte meinen, dass er eine alte Notiz von Isaac Newton gesehen und kopiert hat. Ich wüsste gerne, was er darin sieht und warum er ausgerechnet den trockenen Stoff der Mathematik in einem Bild verarbeitet. Am liebsten würde ich das einem Fachmann vorlegen und dessen Meinung dazu hören. Vielleicht darf ich ...«

»Morgen fange ich ein neues Bild an.«

Gordon stockte mitten im Satz, als Jonas ihn direkt ansprach und ihn sogar dabei ansah.

»Das finde ich toll. Brauchst du besonderes Material dazu? Soll ich dir was besorgen? Ach, du glaubst gar nicht, wie ich mich darüber freue, dass du so was erschaffen kannst. Das könnte ich in hundert Jahren nicht.«

»Ich werde Maler.«

Das Erschrecken in den Augen von Denise fiel Gordon sofort auf. Schnell ergriff er die Hand des Jungen und antwortete Jonas, bevor Denise ihm ihre Zweifel darstellen konnte.

»Eine großartige Idee, malen zu wollen. Du kannst damit berühmt werden. Vorher müssen wir aber zusehen, dass du die Schule zu Ende bringst und vielleicht was studierst. Wir sollten darüber mal reden.«

»Ich werde Maler.«

Denise wandte sich an Gordon und warf Jonas vorher einen Blick zu, in dem sie ihre Verärgerung zum Ausdruck brachte.

»Erklär deinem Sohn bitte, dass das so nicht funktionieren kann. Er kann nicht einfach eigene Regeln aufstellen. Letzte

Woche war ich beim Elternsprechtag. Ich erzählte dir ja schon, dass Jonas nach Meinung des Klassenlehrers sehr gute Ergebnisse im Fach Mathe zeigt. Neuerdings fällt er mit seinem Eifer auch in Kunst und Sport auf. Doch dafür kassiert er ständig Vieren und sogar Fünfen in Deutsch. Über Fremdsprachen müssen wir nicht mehr reden, da die ihm ganz von allein zufallen. Aber in Deutsch müssen wir was tun – besser, er muss was tun.«

»Malen«, kam es aus dem Mund von Jonas, bevor er aufstand und seinen Teller samt Besteck sauber in die Spülmaschine einräumte. Ohne Anzeichen von Hektik verließ er die Küche und zog sich in sein Zimmer zurück.

»Denise, bitte sei nicht so streng mit dem Jungen«, erwiderte Gordon. »Du wirst dich daran erinnern, was uns Doktor Scherer damals erklärt hat. Kinder mit den Einschränkungen von Jonas zeigen oft spezielle Fähigkeiten, wobei die Gefahr immer besteht, dass sie in anderen Fächern weniger bis gar kein Interesse beweisen. Das ist normal und kein Grund zur Besorgnis. Wir müssen es akzeptieren, da es nicht veränderbar ist. Da nützt auch Nachhilfe nichts. Als Ausgleich können wir aber die eigentlichen Talente fördern und dafür sorgen, dass sie ihn nach vorne bringen.«

Mit Sorge bemerkte er eine gewisse Verärgerung bei Denise, die scheinbar darin begründet war, dass er sich auf die Seite von Jonas stellte – gegen sie. Dem wollte er zuvorkommen.

»Du darfst nicht den Fehler machen und unseren Sohn zu einhundert Prozent mit anderen Kindern vergleichen. Es ist etwas anders zu bewerten, was er tut und wozu er fähig ist. Ich würde empfehlen, ihn in den beiden Bereichen zusätzlich zu fördern, in denen er besonders gut ist. Mathe und Sprachen sind seine Spezialitäten. Nebenbei lass uns seine Leidenschaft für das Malen unterstützen. Wenn das nebeneinander möglich ist, tut es ihm gut. Verstehst du, was ich meine?«

Denise begann wortlos, den Tisch abzuräumen – ein untrügliches Zeichen für Gordon dafür, dass sie verärgert war. Er hielt sie am Arm zurück und zog sie zu sich auf den Schoß.

»Bitte versteh das nicht falsch, Schatz. Im Grunde hast du ja recht. Doch wir werden es nicht schaffen, den Jungen für etwas zu begeistern, wenn er es nicht selbst will. Er spricht seine Muttersprache fehlerfrei. Und sieh das mal so. Ob er ein Komma an der falschen Stelle setzt, ist doch letztendlich völlig egal. Er will ja kein Schriftsteller werden. Das kommt von ganz alleine. Aber wir sollten seine wirklichen Talente fördern, denn darin liegt seine Chance zu einem Weg in die Normalität. Ich möchte mit ihm darüber reden.«

Lange ruhte Denises Blick auf ihm, was Gordon dazu verleitete, ihr einen Kuss auf die Wange zu drücken. Mit großer Erleichterung bemerkte er die Veränderung in ihrem Gesicht, das sich zusehends entspannte. Letztendlich stieß sie ihn vor die Brust und befreite sich lachend aus seinen Armen.

»Rasier dir endlich den Bart ab. Du siehst aus wie ein Holzfäller.«

»Willst du das wirklich? Ich tu es, wenn du es möchtest.«

»Aber nein, es war nur so dahingesagt. Das darfst du nicht. Ich habe Angst davor, dass sich darunter plötzlich ein anderer Mann verbergen könnte. Ich liebe diesen Bart und die langen Haare. Ohne bist du nicht mehr der, den ich kennen und lieben gelernt habe. Übrigens habe ich ein kleines Geschenk für dich besorgt.«

»Habe ich etwa meinen eigenen Geburtstag verpennt oder haben wir Hochzeitstag?«

»Nein, mach dir keine Gedanken darum. Einfach nur so. Mir war danach. Komm mit ins Schlafzimmer. Ich habe es dort für dich vorbereitet. Aber die Augen bleiben zu.«

Denise griff beherzt in Gordons Bart und zog ihn lachend hinter sich her.

»So, jetzt kannst du sie wieder öffnen. Trara, schau her.«

Als sich Gordons Augen an das Halbdunkel gewöhnt hatten, fiel sein Blick sofort auf den Kleiderschrank, an dem ihm die Überraschung, besser die beiden Überraschungen auffielen. Gordon erkannte zwei Jeansanzüge in verschiedenen Größen, die sauber über Bügel gehängt waren. Sein Blick saugte sich daran fest.

»Weiß Jonas schon ...? Ich liebe dich. Das ist wirklich eine Überraschung, mein Schatz. Soll ich ihn runterrufen, damit er seinen auch sofort anprobieren kann?«

»Später, Gordon, später. Jetzt darfst du dich erst bei mir bedanken.«

7

»Gut, dass du kommst, Gordon. Dr. Lieken hat schon zweimal angerufen und wollte dich sprechen. Er meinte, dass es Neuigkeiten gäbe, was die Frauenleiche vom Hafen betrifft.«

Gerade erst hatte Gordon den Raum betreten, als Leonie ihm die Nachricht zurief. In aller Ruhe legte er seine Jeansjacke über die Stuhllehne und sortierte die Post. Er sah erst hoch, als er Leonie in der Tür stehen sah, die ihn schweigend betrachtete.

»Ist sonst noch was passiert, Kollegin? Ich rufe schon zurück, wenn es das ist, an das du mich erinnern möchtest.«

»Nein, nein. Ich wollte mich nur davon überzeugen, dass ich mich nicht verguckt habe.« Sie kam näher und lief um den Schreibtisch herum. »Du trägst eine neue Jeans. Wow. Das ist mir sofort aufgefallen, weil die viel enger geschnitten ist. Ehrlich gesagt – die alte war etwas altmodisch. Jetzt kommt dein Knackarsch noch besser zur Geltung. Die Frauen im Haus werden toben vor Wollust.«

»Raus hier, du rotzfreches Weib. Du sprichst mit deinem Vorgesetzten, der diese taktlose Äußerung sofort in einem Tagesprotokoll notieren wird. Das kann Folgen haben, wenn es um eine mögliche Beförderung geht. Ich glaube es einfach nicht, was man sich hier alles bieten lassen muss.«

»Beförderung? Habe ich da gerade das Wort Beförderung gehört?«

Kai Wiesners Kopf schob sich über die Schulter seiner Kollegin, deren Mundwinkel beim Grinsen fast die Ohren berührten.

»Damit hat er aber deinen Namen nicht in den Mund genommen, lieber Kollege. Ich glaube, dass er damit ...«

»Raus hier! Ich will telefonieren. Solltet ihr nicht ausgelastet sein, werde ich bei der Verkehrspolizei anfragen, ob die Bedarf haben für zwei gelangweilte Kripobeamte. Los, raus jetzt!«

Gespielt empört drängte Leonie den Kollegen aus dem Raum, nicht ohne beim Verlassen mit dem Finger auf ihren Hintern zu zeigen. Gordon schüttelte lachend den Kopf und griff nach dem Telefon.

»Guten Morgen, Klaus. Ich soll zurückrufen, hast du bestellen lassen. Gibt es was Neues?«

»Willst du mir damit sagen, dass du erst jetzt deinen Dienst beginnst? Es ist fast zehn Uhr.«

»Eigentlich geht es dich ja einen feuchten Kehricht an, wann und wie ich arbeite. Aber damit du nicht in Depressionen verfällst, sage ich dir, dass ich schon eine Sitzung bei Kriminalrat Kläver hatte. Der wollte wissen, wie weit wir im Fall der toten Frau sind. Ich hoffe, dass ich ihm gleich was zu berichten habe. Also – leg los.«

»Ich habe mir das Mädchen mal genauer angesehen und darf dir das Alter und die mögliche Herkunft verraten. Wir haben es mit einer etwa neunzehnjährigen Frau zu tun, die mit großer Wahrscheinlichkeit nordslawisches Blut in den Adern hat, gemischt mit russischem. Ich würde die Staaten

43

mit einbeziehen wollen, in denen eine Mischbevölkerung vorherrscht. Ich denke da an Weißrussland, Litauen oder Ukraine. Festlegen würde ich mich da auf die Ukraine.«

Gordon überlegte nur kurz und versuchte dabei, Rückschlüsse zu ziehen.

»Kannst du mir die DNA ...«

»Habe ich schon, Gordon. Müsste bereits bei dir im Faxeingang liegen. Vielleicht findest du ja was in der Datenbank. Mit Fingerabdrücken kann ich dir bekanntermaßen nicht dienen, da die Fingerkuppen fehlen. Aber es gibt da noch eine interessante Besonderheit, die mir diese Sicherheit gibt.«

Gordon war nun hellwach, da er wusste, dass es bei Liekens Analyse häufig an den Kleinigkeiten lag, um eine Leiche zu identifizieren.

»Wir haben uns im Labor einmal das Gebiss vorgenommen. Bedeutsame Unterschiede entstehen da unter anderem durch die Nahrungsaufnahme. Für dich mal in verständlicher Form dargestellt. Wir können über Strontium-Isotope sogar die Gegend gut eingrenzen. Alle Mitarbeiter sind der Meinung, dass unsere Lady aus der Ukraine stammt. Jetzt tippe ich einmal darauf, dass sie illegal hier war, da das keine EU ist.«

»Und das lest ihr aus den Beißern heraus? Genial. Ich bin wirklich beeindruckt, Klaus.«

»Das ist noch nicht alles, Gordon. Ich kann dir sogar sagen, aus welcher Stadt sie mit großer Wahrscheinlichkeit stammt.«

Als von Gordon nur schweres Atmen zu hören war, fuhr Doktor Lieken fort.

»Sie wohnte in Mariupol. Das liegt an der Küste zum Asowschen Meer. Sie hat sich das Stadtwappen auf die linke Schulter tätowieren lassen. Ich muss zugeben, dass diese Verortung nicht meinen hellseherischen oder medizinischen Fähigkeiten zuzuordnen ist. Hilft dir das ein wenig?«

»Du bist ein Gott, Klaus. Ich plädiere an höchster Stelle für eine Heiligsprechung. Für mich wird momentan einiges klar. Wir werden ein wenig im Bereich der Prostitution und des Menschenhandels herumstochern müssen. Werde mich mit der Abteilung Sitte zusammensetzen und besprechen, wie das alles zusammenhängt. Ich danke dir, es sei denn, du hast noch mehr Überraschungen in der Hinterhand.«

»Im Moment nicht, Gordon. Oder doch – warte noch. Das hätte ich fast vergessen: Diese Frau war noch Jungfrau. Jetzt muss ich leider abbrechen, da wir gleich eine Besprechung im Haus haben. Wünsche dir viel Erfolg bei deinen Ermittlungen.«

Noch eine Weile starrte Gordon auf das Telefon, das er nun langsam auf den Tisch legte. Als er hochsah, bemerkte er die forschenden Blicke seiner engsten Mitarbeiter durch die Scheibe, die eine Sicht in sein Büro ermöglichte. Er winkte ihnen zu und bot Leonie und Kai einen Stuhl an. Die beiden folgten mit großem Interesse seinen Worten, die eine Analyse des Rechtsmediziners zusammenfassten. Als Mia Richter kurz darauf eintrat, wurde auch sie in alles eingeweiht. Sie war es, die ihren ersten Eindruck wiedergab.

»Das muss ja wohl ein großes Ding sein, was man vor der Öffentlichkeit verbergen möchte, wenn man zu solchen Mitteln greift. Warum sonst sollte ich versuchen, die Herkunft mit so drastischen Mitteln zu verschleiern?«

Leonie pflichtete ihr bei.

»Dahinter vermute ich auch einen großen Ring. Die hat bestimmt als Prostituierte ...«

»Halt«, wurde sie von Gordon gestoppt. »Bevor ihr euch da verrennt. Diese junge Frau besaß noch ihre Unschuld.«

Die Betroffenheit in der Runde war fast körperlich spürbar, wirkte auf Gordon schon fast belustigend.

»Gordon«, wandte Leonie ein, »die Frau war nach Meinung von Lieken neunzehn. Wer in Gottes Namen ist denn da noch ...?«

Kai war es, der sich jetzt nicht mehr zurückhalten konnte: »Nun mal langsam, Leonie. Andere Länder, andere Sitten. Wenn in Deutschland die Mädchen schon kurz nach der Einschulung das Häutchen verlieren, muss das ja nicht unbedingt überall so gehändelt werden.«

Bevor Leonie einen ihrer bekannten Wutanfälle bekam, fuhr Gordon dazwischen.

»Jetzt bleibt mal auf dem Teppich. Und vor allem du, Kai, solltest solche groben, sexistischen Scherze für dich behalten. Wir sitzen hier nicht am Biertisch unter Handwerkern. Kommt bitte beide wieder runter.«

»Sorry, war nicht ernst gemeint«, versuchte Kai, seine Entgleisung zu entschuldigen.

»Dann verkneif dir so was bitte in Zukunft, du Chauvinist. Das war reichlich geschmacklos. Entschuldigung angenommen. Aber was kann das Ganze bedeuten? Ist die nur einem Mörder in die Hände gefallen? Dann stellt sich mir die Frage, warum sie nicht vergewaltigt wurde. Wusste sie etwas, weshalb sie sterben sollte? So beseitigt man doch gerne unliebsame Zeugen. Dagegen spricht aber wiederum, dass wir keine Foltermale fanden. Das ist schon reichlich mysteriös.«

Leonie sah sich in der Runde um und erhielt von Mia eine Antwort.

»Vielleicht sollte sie ja auch erst in die Szene eingeführt werden. Möglich, dass sie vorher eines natürlichen Todes starb und beseitigt werden musste.«

Drei Augenpaare ruhten auf Mia Richter, der diese plötzliche Aufmerksamkeit sichtlich peinlich war. Unruhig geworden veränderte sie ihre Sitzposition und nestelte an ihrer Knopfleiste herum.

»Das ist gar nicht einmal so weit weg, liebe Kollegin. Frau Richter, das könnte es sein.« Gordons Überraschung bezüglich der Kombinationsgabe der Neuen war echt. »Lasst uns mal in der Szene umhören, ob in der letzten Zeit Frischfleisch auf dem Markt erwartet wurde. Entschuldigt bitte, aber so nennt man das bei der Sitte. Leonie und Frau Richter. Ihr beide bleibt da dran und recherchiert bei den Kollegen. Kai und ich machen das Gleiche vor Ort. Es wäre derzeit der einzige Ansatzpunkt, dem wir nachgehen können. Gleichzeitig werde ich bei den Behörden in der Gegend nachfragen lassen, ob es im Gebiet um Mariupol Vermisstenmeldungen gibt. Auf, Leute, es gibt was zu tun.«

8

Das Geräusch an der Tür ließ die beiden Frauen hochfahren und die Kaffeetassen absetzen. Die Vermutung, dass sie nun von Boris Bogdanow oder einem seiner Speichellecker zur Arbeit abgeholt wurden, bestätigte sich Gott sei Dank nicht. In der Türöffnung zeichnete sich die Figur eines schmächtigen Mannes ab, den man auf Anhieb für einen kranken Buchhalter halten könnte. Der braune Tuchmantel umhüllte einen ausgemergelten Körper, dem man ansah, dass er durch Arbeit am Schreibtisch verkrümmt war. Sport schien für dieses Wesen mit den stechenden Augen eines Wiesels ein Fremdwort zu sein. Der Schlapphut, der sofort an Figuren aus älteren amerikanischen Mafiafilmen erinnerte, verdeckte ungepflegtes, schon leicht ergrautes Haar, das teilweise darunter hervorlugte. Als sich der Kerl mit müden Schritten näherte und gierig auf Darias nackte Oberschenkel schielte, zog sie schnell die Spitzen des Nachthemdes darüber. Natalya fasste sich als Erste.

»Haben Sie sich jetzt sattgesehen und können uns verraten, was Sie hierher treibt? Ich vermute mal, dass Sie derjenige sind, der die Papiere bringt.«

Energisch stieß Natalya den speckigen Hut zur Seite, den der Kerl genau neben dem Teller abgelegt hatte, auf dem sie ihre Wurst sortiert hatten. Der Aktion schenkte der Besucher nur ein geringschätziges Lächeln, bevor er sich auf den freien Hocker schwang.

»Habt ihr vielleicht ein Tässchen für mich über? Habe noch nicht gefrühstückt. Das wäre nett von euch. Jetzt eine Zigarette, und die Welt kann kommen.«

Ohne auf die Frage des Mannes einzugehen, stellte Natalya eine Gegenfrage.

»Bringen Sie unsere Papiere? Ich vermute mal, dass Sie der sind, der uns angekündigt wurde. Wenn nicht, können Sie sich direkt wieder vom Acker machen. Wie Sie sehen, frühstücken wir beide gerade.«

»Kostja hatte recht, als er mir sagte, dass ich hier zwei Kratzbürsten antreffen werde. Ich mag das, wenn Mädchen sich zieren. Dann sind sie im Bett die reinsten Göttinnen.«

»Dann würde ich dazu raten, den Hintern dahin zu bewegen, wo man Sie gerne bedient. Kostja vergaß zu erwähnen, dass man mich die göttliche Hera nennt, wenn Sie es schon unbedingt wissen wollen. Das war immer die Wächterin der ehelichen Sexualität und Schutzgöttin der Ehe und Niederkunft. Sie merken, dass Sie hier schlecht bedient werden. Ich würde Sie ganz nebenbei nicht einmal ins Schlafzimmer bitten, wenn man mir dafür das ewige Leben verspräche. Was ist jetzt mit den Papieren? Sind die in dieser Ledermappe?«

Als Natalya nach der schmalen Tasche greifen wollte, hielt sie die dürre, aber kräftige Hand des Kerls zurück. Seine Augen zogen sich zu Schlitzen zusammen.

»Langsam, langsam, du kleines Miststück. Damit ich dir die aushändige, wäre eine kleine Gefälligkeit nötig.«

Seine Hand löste bereits den Hosengürtel, als ihn die Worte Natalyas zusammenfahren ließen.

»Ich sagte bereits, dass ich dich niemals an mich ranlassen würde. Ich stelle mir gerade vor, was Kostja mit dir anstellen würde, wenn ich ihm erzähle, was du als Zusatzleistung für deine Fälscherarbeit von uns einforderst. Er wird dir wohl deinen mickrigen Schwanz abschneiden und dir ins Maul stopfen. Habe ich recht?«

Als die Hände des Fälschers wieder auf der Tischplatte lagen und er sich nervös über den Mund gewischt hatte, fuhr Natalya fort.

»Wo wir jetzt die Fronten geklärt haben, könnten wir zum eigentlichen Grund des Besuches kommen. Rück jetzt endlich die Arbeitspapiere raus.«

Allmählich gewann der Besucher wieder seine Selbstsicherheit zurück. Aus seinen Augen wich die Angst und wurde durch Überheblichkeit ersetzt. Er griff nach der Tasche und kramte umständlich zwei Schnellhefter hervor, in denen die Frauen Ausweispapiere und Urkunden erkennen konnten. Mit seinen ungepflegten Fingern wies er auf mehrere Stellen der Unterlagen.

»Hier seht ihr eure neuen Namen. Von jetzt an vergesst besser, wie euch eure Eltern einst getauft haben. Prägt euch diese Namen gut ein, denn davon hängt ab, wie lange ihr hier leben und arbeiten könnt. Fallt ihr auf, wird man euch sofort ausweisen. Kostja sagte, dass ihr schnellstmöglich bulgarisch lernen solltet. Obwohl bei euch ja auch ein wenig slawisch gesprochen wird, wäre es nicht schlecht, wenn ihr auch ein paar Brocken davon könnt. Und jetzt solltet ihr auf einem Blatt Papier üben, wie man euren neuen Namen schreibt. Danach müsst ihr an verschiedenen Stellen unterschreiben.«

Natalya zog die Papiere zu sich heran und betrachtete mit Daria die kunstvoll hergestellten Fälschungen.

»Du heißt jetzt Sophia Laleva. Vergiss das nicht. Und mich nennst du von nun an Galena Petkova. Da wird es noch einige Versprecher geben, denke ich. Aber Rom wurde auch nicht an einem Tag gebaut. Wo sind die Angaben zu unserer Herkunft, die uns Kostja angekündigt hat?«

Erneut griff der Mann in die Tasche und beförderte einige engbeschriebene Seiten hervor, die er Natalya vorlegte.

»Seht zu, dass ihr das alles auswendig lernt. Finden das die Bullen hier, könnt ihr euch direkt wieder nach Hause verabschieden. Da darf nichts schieflaufen.«

»Wie heißt du eigentlich?«

»Das tut gar nichts zur Sache. Nach dem heutigen Tag werdet ihr mich sowieso nicht mehr wiedersehen. Was soll das also mit dem Namen? Fangt jetzt an mit den Übungen. Ich muss noch weiter.«

Nachdem Natalya und Daria zwei Seiten voll mit der neuen Unterschrift geübt hatten, schob ihnen der Fälscher die Ausweispapiere hin und zeigte auf die Stellen, an denen sie unterschreiben sollten. Alles schien erledigt und Natalya wollte die Unterlagen an sich nehmen, als der Fremde ihre Hand beiseiteschob.

»Nun mal langsam, Ladys. So ist das nicht geplant. Die Papiere muss ich bei Kostja abliefern. Er bezahlt – er bekommt die Ware. Alles klar? Ihr habt das Spiel wohl immer noch nicht begriffen. Ihr bekommt die Ausweise erst, wenn die Schulden komplett getilgt sind. Das könnte euch gefallen – andere bezahlen die Ausweise und ihr verschwindet damit. In ein paar Jahren sieht das möglicherweise ganz anders aus. So – ich mach mich jetzt auf den Weg. Ich habe noch ein paar Besuche vor der Brust. Ich hoffe, dass die anderen Mädels besser drauf sind als ihr. Macht´s gut.«

Immer noch völlig konsterniert starrten die beiden Frauen auf die Tür, hinter der dieser schmierige Fälscher verschwunden war. Darias Augen hatten sich längst wieder mit Tränen gefüllt.

»Dieser Kostja hat uns in der Hand, Natalya. Er wird uns die Ausweise niemals geben. Ich werde nicht den Rest meines Lebens für ihn arbeiten. Das halte ich nicht aus. Ich will wieder zurück. Ich will zu meinen Geschwistern.«

Obwohl Natalya selbst geschockt war, legte sie ihre Arme ein weiteres Mal um die Freundin und versuchte, ihr Trost und Kraft zu geben.

»Das wirst du auch bald. Mir wird schon was einfallen. Scheiß auf die verdammten Papiere. Wir sind ohne hierhergekommen, dann können wir auch ohne wieder zurück. Gib nicht auf, Daria. Doch bis dahin müssen wir ihr verdammtes Spiel mitmachen. Lernen wir die neuen Namen und wer unsere neuen Verwandten sind. Tust du das nicht, werden wir beide es sicher bereuen.«

9

Die Leitstelle hatte zum Fall nur vage Andeutungen gemacht. Es hieß lediglich, dass ein nervöser junger Mann den Fund seiner Schwester meldete, bevor er wieder das Gespräch abbrach. Leonie Felten schob etliche Gaffer zur Seite, die von der Menschentraube vor dem Hauseingang angelockt worden waren. Schnell hatte sich herumgesprochen, dass sich die Tochter des Hausbesitzers eine Überdosis verpasst hatte und von dem kleinen Bruder gefunden worden war. Erst als drei kräftige Polizeibeamte auftauchten, folgte man der Aufforderung und zog sich hinter die Absperrung zurück. Mia Richter folgte der Kollegin kopfschüttelnd. Sie erschrak, als sie das Badezimmer betrat und in die weit geöffneten Augen einer jungen Frau blickte, die zwischen Toilette und Badewanne lag. Eine zähe Blutlache zog sich vom Körper der Toten bis zur Eingangstür.

»Draußen sprach man von einer Überdosis. Wieso liegt hier so viel Blut?«, wollte Mia wissen und trat näher heran.

»Das mit der Überdosis stammt nur aus der Gerüchteküche der Nachbarn. Dieses Mädel war bekannt dafür, dass sie gerne Partydrogen konsumierte. Da wundert es mich nicht, dass solche Falschmeldungen entstehen. Sie hat sich die Pulsadern aufgeschnitten.«

»Verdammt, warum tut sich das jemand an? Das ist doch noch fast ein Kind, Leonie. Die hatte das ganze Leben noch vor sich.«

Mia fuhr mit den Fingerspitzen über eine Schwellung an der Stirn und drückte die Haare zurück.

»Sie mal hier, Leonie. Entweder ist sie im Bad zusammengebrochen und hat sich die Schwellung beim Sturz geholt, oder man hat sie verprügelt. Wir sollten uns das Opfer mal genauer ansehen. Es könnte sein, dass wir noch mehr Verletzungen an ihr finden.«

»Das machen wir auf jeden Fall«, antwortete Leonie, die sich das Handgelenk näher ansah. »Ich glaube nicht so richtig an Suizid. Fällt dir nichts an den Handgelenken auf?«

Nun besaß Leonie die volle Aufmerksamkeit der Kollegin, die ihr über die Schulter sah. Die männliche Stimme neben ihnen ließ beide aufschrecken.

»Die hat sich nicht selbst getötet.« Der Kollege der Spurensicherung schüttelte den Kopf, während er die Feststellung wirken ließ. »So schneidet sich nur selten ein Laie die Pulsadern auf – es sei denn, er hätte eine medizinische Ausbildung. Seht her. Im Normalfall wird der tödliche Schnitt quer zur Hand geführt, wobei vorher einige einfache Probeschnitte daneben erfolgen. Die Opfer schneiden nicht direkt tief ein. Und nur seltener auf beiden Seiten gleichzeitig. Diese Pulsaderschnitte wurden schulmäßig längs durchgeführt, damit es kein Stopp mehr geben kann. Wenn ihr mich fragt, hat das jemand getan, der sich auskennt und das nicht zum ersten Mal macht – das war ein Profi.«

Beide Frauen mussten diese aufschlussreiche These des Kollegen erst verdauen, bevor sie sich darüber klar wurden, dass nun ein Haufen Ermittlungsarbeit vor ihnen lag. Leonie erhob sich und reichte Mia ihre Hand.

»Das sind treffende Argumente, Herr Kollege. Ich denke, dass die Rechtsmedizin das bestätigen wird. Mich interessiert am Rande noch, ob Drogen und weitere Gewalt im Spiel waren. Wo finde ich den Bruder, der sie gefunden hat?«

»Ich hätte noch einen Hinweis, der mir erwähnenswert scheint, Frau Felten. Als wir eintrafen, begann kurz vorher der Gerinnungsprozess. Das heißt, dass das Blut noch nicht sehr lange auf dem Boden lag. Die farbliche Umwandlung ins Braune hatte noch nicht begonnen. Nach meiner Meinung konnte das Mädchen noch nicht lange tot da gelegen haben. Der Junge hat die Tat selbst nur um wenige Minuten verpasst. Möglicherweise wurde ihm nur durch einen Zufall die Begegnung mit dem Mörder erspart.«

Während Leonie sich suchend umblickte, betrachtete Mia noch einmal dieses blutjunge Mädchen, deren Haut jetzt ungewöhnlich blass wirkte, was sicherlich auch dem hohen Blutverlust geschuldet war. Sie schätzte sie auf höchstens achtzehn Jahre. Dass es einmal eine Schönheit gewesen sein musste, war auch jetzt noch erkennbar. Der lilafarbene Lippenstift, der vorher die vollen Lippen abgedeckt hatte, war über das halbe Gesicht verschmiert und erzeugte eine bizarre Maske. Die bunte Strumpfhose bedeckte noch Beine und Po, sodass Mia davon ausging, dass diese Frau nicht vergewaltigt wurde.

»Seid ihr fertig? Können wir die Frau wegbringen?«

Leonie suchte den Blickkontakt mit den Kollegen der Spurensicherung, die wortlos nickten. Erst dann wendete sie sich wieder den Männern zu, die schon den Deckel des Zinnsarges geöffnet hatten.

»Ihr könnt sie in die Rechtsmedizin bringen. Wir sind hier im Bad durch. Wo ist denn nun der Bruder? Kann ich auch irgendwann eine Antwort bekommen?«

Einer der weißgekleideten Männer hob stumm den Arm und wies ins Wohnzimmer, wo ein Junge zusammengekauert am Boden hockte. Leonie kniete sich daneben und tippte vorsichtig an seine Schulter.

»Darf ich dich etwas fragen? Mein Name ist Kommissarin Felten von der Essener Kripo. Könntest du dich zu uns auf die Couch setzen. Das neben mir ist meine Kollegin Richter. Da wären noch ein paar Punkte offen, die wir abklären möchten.«

Bevor sich der schlaksige Bursche komplett aufgerichtet hatte, entstand Unruhe am Eingang zum Wohnzimmer.

»Lassen Sie mich durch. Ich will zu meinem Sohn. Ich bin die Mutter.«

Noch ehe der Junge auch nur einen Ton von sich gegeben hatte, umfasste sie ihn und drängte ihn zur Seite.

»Du sagst kein Wort. Hast du mich verstanden? Kein Wort. Wir warten, bis Papa hier eintrifft. Bis dahin muss sich die Polizei gedulden.«

Fast feindselig warf sie den beiden Kommissarinnen einen ablehnenden Blick zu und bewegte sich mit dem Jungen, der sie um einen halben Kopf überragte, an die Terrassentür.

»Ich verstehe nicht so recht, warum Sie so abweisend reagieren. Ihre Tochter liegt tot im Bad und Sie versuchen, Ihren Sohn von einer Aussage abzuhalten. Wir hatten lediglich vor, ihn dazu zu befragen, wie er seine Schwester vorfand. Warum versuchen Sie, die Ermittlungen zu behindern? Ich habe mich Ihnen übrigens noch nicht vorgestellt. Mein Name ist ...«

»Das interessiert mich nicht. Erklären Sie das später meinem Mann. Von uns erfahren Sie vorher nichts. Lassen Sie uns bitte bis dahin in Ruhe.«

Entschlossen drehte sie sich Richtung Terrassentür und redete auf ihren Sohn ein, was die beiden Kommissarinnen mit einem Achselzucken quittierten. Leonie sah sich in dem Zimmer um. Schließlich wandte sie sich an einen der Kollegen.

»Hat man den Vater schon benachrichtigt? Kann ich damit rechnen, dass er bald hier eintrifft? Sonst werde ich die beiden mitnehmen müssen und die Aussage im Präsidium aufnehmen lassen. Ich habe keinen Bock darauf, den ganzen Tag auf die Herrschaften zu warten. Schließlich gibt es Hinweise darauf, dass Fremdeinwirkung in dem Todesfall vorliegt.«

Die letzte Bemerkung ließ Iris Klingel herumschnellen. Mit weit aufgerissenen Augen blickte sie auf Leonie, die scheinbar gelangweilt die Fotos auf der Anrichte betrachtete.

»Fremdeinwirkung? Habe ich das richtig gehört? Wollen Sie etwa damit ausdrücken, dass meine Tochter ... dass Valerie ermordet wurde? Halten Sie meinen Sohn für einen Mörder?«

»Nun werden Sie bitte nicht hysterisch, Frau Klingel. Niemand in diesem Raum hat auch nur mit einer Silbe behauptet, dass Ihr Sohn im Verdacht steht, seine Schwester umgebracht zu haben. Wir brauchen lediglich seine Aussage dazu, wie er sie gefunden hat und ob ihm etwas aufgefallen ist. Sie sind es, die das zu verhindern sucht. Damit schaffen Sie Verdachtsmomente, die womöglich zu Verwirrung führen könnten. Wir möchten nur so schnell wie möglich Klarheit über die Zeit bekommen, in der Ihre Tochter den Tod fand. Was ist nun, darf Ihr Sohn seine Aussage machen oder muss ein Anwalt zugegen sein?«

Leonie spürte die aufsteigende Unsicherheit bei Frau Klingel und trat näher heran.

»Was hast du gesehen. Darf ich deinen Namen wissen?«

Absolut verunsichert warf er seiner Mutter einen fragenden Blick zu, die stumm nickte.

»Ich heiße Ralf. Sie lag einfach nur da, als ich reinkam. Da war sonst nichts. Das viele Blut. Ich bin sofort rausgelaufen und habe die Polizei angerufen.«

»Kannst du uns sagen, wann genau du deine Schwester gefunden hast?«, wollte Leonie den Redefluss des Jungen ausnutzen. »Hast du draußen etwas Ungewöhnliches bemerkt? Ein fremdes Auto oder eine Person, die nicht hierher gehörte?«

Ralf Klingel schüttelte nur den Kopf. Mia versuchte ihr Glück mit einer Frage.

»Gab es jemanden im Umfeld deiner Schwester? Sie war fast erwachsen und da hat man doch Freunde. Kanntest du einen von denen, mit dem sie aktuell zusammen war?«

»Was ist das für eine Frage?«, mischte sich Iris Klingel ein. »Sie tun so, als hätte Valerie wechselnde Bekanntschaften gehabt. Sie war ein anständiges Mädchen. Von einem festen Freund hätte ich gewusst. Da gab es keinen.«

Leonie schluckte hinunter, was ihr auf der Zunge brannte, und wählte die entschärfte Version.

»Es ist normal und richtig, finde ich, dass junge Menschen sich und Beziehungen austesten. Das spricht nicht für einen schlechten Charakter, Frau Klingel. Das haben wir doch früher auch getan. Wir müssten wissen, warum sie sich das antat, sofern das Fremdverschulden ausgeschlossen werden kann. Hätten Sie als Mutter eine Idee? Sie sind doch nahe dran an Ihren Kindern.«

»Valerie hatte keinen Grund, aus dem Leben zu scheiden, Frau Felten. Sie hatte es gut zu Hause. Sie bekam alles, was sie brauchte.«

Jetzt konnte Leonie nicht mehr an sich halten und ließ es heraus.

»Genau das hören wir immer wieder von den Eltern, wenn wir wegen Suizid von Kindern ermitteln. Am Ende stellt sich dann aber doch heraus, dass ihnen das Wichtigste fehlte: Liebe und Verständnis.«

»Das ist eine schiere Unverschämtheit. Das muss ich mir nicht sagen lassen. Aber das dürfen Sie gerne wiederholen. Da kommt gerade mein Mann. Der wird sich über solche Äußerungen freuen.«

Iris Klingel eilte auf ihren Mann zu und zog ihn in ein Nebenzimmer. Erst nach einer Weile gesellten sich beide zu den Ermittlerinnen. Lothar Klingel besaß das, was man im Volksmund autoritäre Ausstrahlung nannte. Seine äußere Ruhe unterstrich das deutlich. Leonie musste anerkennen, dass dieser graumelierte Herr in dem gut sitzenden Anzug eine gewisse Anziehungskraft vermittelte. Gespannt wartete sie auf seine erste Äußerung, als er sich ihr näherte.

»Ich denke, dass Sie die ermittelnde Kommissarin sind. Meine Frau berichtete mir gerade, dass Sie erhebliche

Zweifel daran hätten, dass Valerie ein fürsorgliches Zuhause hatte. Was hat Sie dazu gebracht, derartige Äußerungen zu tätigen? Sie kennen unsere Familie doch gar nicht.«

Leonie bemühte sich erst gar nicht, ihre Verärgerung zu unterdrücken. Sie erwiderte den Blick des Vaters und klärte ihn auf.

»Nur zur Klarstellung, Herr Klingel. Mit keinem Wort wurde Ihrer Familie Derartiges unterstellt. Ihre Frau hat eine allgemeingültige Äußerung von mir auf sich bezogen, was absolut absurd war. Damit will ich mich auch momentan nicht aufhalten. Ich sehe im Augenblick mehr die Aufgabe darin, herauszufinden, was oder wer den Tod Ihrer Tochter verschuldete.«

»Moment, Moment. Habe ich da gerade herausgehört, dass Sie Fremdeinwirkung nicht ausschließen? Ich hörte bisher nur davon, dass sich meine Tochter selbst das Leben nahm. Was bringt Sie dazu, das anzuzweifeln?«

Das Gespräch lief in die Richtung, die Leonie bevorzugte.

»Ich möchte Sie um Verständnis bitten, dass wir darüber nicht eher Auskunft geben, bevor die Rechtsmedizin eine sichere Diagnose gestellt hat. Bis dahin ermitteln wir in jede Richtung. Ich wiederhole das gerne: Wir schließen einen Mord dabei nicht aus. Schon aus diesem Grund heraus möchte ich Sie, Ihre Frau und Ihren Sohn darum bitten, mir mitzuteilen, wo Sie sich in den letzten sechs Stunden aufgehalten haben.«

Wenn Leonie glaubte, dass es zu einem heftigen Protest kommen würde, wurde sie enttäuscht. Fast zu schnell stellte Lothar Klingel klar, dass er sich über die gesamte Zeit in seinem Büro mit Geschäftspartnern aufgehalten hatte. Mia

Richter machte sich entsprechende Notizen. Ralf gab an, dass sein Schulunterricht erst eine halbe Stunde, bevor er Valerie fand, endete. Lediglich Iris Klingel stand mit hochrotem Kopf vor den Kommissarinnen und versuchte, ruhig zu atmen.

»Und Sie, Frau Klingel? Das kann doch nicht so schwer sein, die vergangenen sechs Stunden zu rekonstruieren. Wo hat Sie denn Ihr Sohn telefonisch erreicht?«

Mit Spannung starrten alle auf die zitternden Lippen der Frau, die im Moment nichts mehr von der vorherigen Arroganz besaß. Entweder war sie übermäßig erregt, oder sie suchte verzweifelt, sich ein Alibi zurechtzustricken. Mia beendete das Theater mit klaren Worten.

»Die Ermittlungsarbeit erlaubt es uns nicht, hier auf ein Ende der aufgetretenen Amnesie zu warten. Ich lasse Ihnen meine Karte hier und erwarte Sie morgen um zehn im Präsidium. Immerhin habe ich die Hoffnung, dass es Ihnen bis dahin wieder eingefallen ist.«

Sie nahm den Hausherrn wieder fest in den Blick und richtete die Frage an ihn.

»Hätten Sie etwas dagegen, wenn wir uns zwei Fotos von Ihrer Sammlung auf der Kommode ausleihen, auf der Ihre Tochter zu sehen ist?«

»Natürlich nicht. Ich sehe bisher noch keinen klaren Grund, aber wenn es Ihnen hilft – bitte.«

Leonies Hände hielten das Steuer fest umklammert, als sie neben Mia im Wagen saß und auf das schmucke Häuschen blickte, in dem immer noch einige Beamte der Spurensicherung ihre Gerätschaften zusammenpackten.

»Was hältst du von der Familie?«, wollte sie von Mia wissen.

»Der einzig Normale scheint mir der Sohn zu sein. Der wirkt wirklich geschockt. Die Eltern geben mir Rätsel auf. Der Vater hat doch erst vor gut einer Stunde erfahren, dass seine Tochter nicht mehr am Leben ist. Wie kann man das dermaßen ruhig und gefasst wegstecken? Auch der Mutter schien der Tod der Tochter weniger bedeutsam als der gute Ruf der Familie. Ich würde Rotze und Wasser heulen, wenn meine Tochter ...«

»Genau so sehe ich das auch, Mia. Da stimmt was nicht. Die Reaktionen sind allein mit Schock nicht zu erklären. Wir müssen herausfinden, was in dieser Sippschaft schiefgelaufen ist. Lass uns mal in der Nachbarschaft herumfragen.«

10

Der schmale und nur notdürftig beleuchtete Flur zog sich durch ein Kellergewölbe, das Sophia und Galena einen Schauer über den Rücken trieb. Ein Bär von Mann, der sich Alexej nannte, hatte sie aus der Wohnung abgeholt und ohne weiteren Kommentar zur Bar in die Innenstadt gefahren. Das Einzige, was sie auf der Fahrt von dem Stiernacken mitbekamen, waren Knurrgeräusche, die mit viel Fantasie eine russische Volksweise erkennen ließen. Immer wieder mussten sie abgestelltem Gerümpel oder Bierkästen ausweichen, die wahllos an der Wand gestapelt worden waren. Sophia hatte die Schultern zusammengezogen und klammerte sich an der Freundin fest. Fast wären sie auf Alexej aufgelaufen, als der vor einer Stahltür unvermittelt stoppte und mit der Faust dagegenschlug. Von innen war ein unfreundliches Herein zu hören. Erst dann drückte Alexej dagegen und schob Sophia und Galena in den Raum, der von einer ekelhaften Mischung aus Tabakqualm und Alkohol gefüllt war. Fjodor, wie sie später erfuhren, lag ausgestreckt auf einer Liege und ließ sich von einer langhaarigen Frau, die lediglich mit dem Slip bekleidet war, den Rücken massieren. Er selbst lag nackt auf dem Bauch und musterte die Ankömmlinge wie eine Ware, die angeliefert worden war. Schließlich bemühte er sich doch in eine sitzende Stellung, wobei sein erigiertes Glied zwischen den Schenkeln hervorsprang. Das schien ihn überhaupt nicht zu stören, während sich Sophia mit einem spitzen Schrei abwandte. Sie drückte ihren Kopf an Galenas Schulter.

»Was ist mit der Tussi? Hat die noch nie einen richtigen Schwanz gesehen? Setzt euch und hört mir gut zu. Ich will das nicht dauernd wiederholen müssen. Und du Alexej kannst dich nach oben verpissen. Kostja wollte was von dir.«

Fast wäre Galena mit dem Plastikstuhl umgekippt, als eines der Beine einknickte. Sie suchte sich eine andere Sitzgelegenheit direkt neben der Liege. Sie zuckte zusammen, als Fjodor dem halbnackten Mädchen, das ihm zuvor den Rücken massiert hatte, einen derben Klaps auf den Hintern gab. Sie verließ kichernd den Raum.

»Ich will dich in einer Viertelstunde wieder hier sehen. Wir waren noch nicht fertig. Und nun zu euch. Das ist heute eure erste Schicht hinter der Bar. Doch vorher werde ich euch zeigen, wo sich das Lager für die Getränke befindet und wie das funktioniert, wenn ihr auffüllen müsst. Eines schon ganz am Anfang. Falls eine von euch glaubt, sich selbst daran bedienen oder einem Gast was nicht berechnen zu müssen, ist das eine verdammt schlechte Idee. Ich werde euch nach und nach die Finger abschneiden, wenn das geschieht.«

Fjodor ließ diese Warnung wirken und erhob sich, obwohl sein Penis immer noch steif zwischen den Schenkeln stand. Ohne jeden Skrupel bewegte er sich auf einen Stuhl zu, über dem einige Kleidungsstücke hingen. Als sämtliche unteren Gliedmaßen endlich in der Hose steckten, forderte er mit einem Wink die beiden Frauen auf, ihm zu folgen. Das permanent vorhandene Halbdunkel setzte sich auch in den Lagerräumen fort, wo zumindest Galena an der Eingangstür überrascht stehen blieb. Noch nie hatte sie eine derart große Menge an teuren Spirituosen auf einem Haufen gesehen. Vom teuersten Whiskey bis zum namhaftesten Champagner war alles in großen Mengen vorhanden.

»Soll ich dir die Augen wieder reindrücken, Lady? So was ist wohl völlig neu für dich, oder?«

Fjodors Grinsen konnte das brutale Aussehen seines Gesichts sogar noch verstärken. Der Mann wirkte durch und durch gefährlich, was seine Muskelberge an Armen und Nacken zusätzlich unterstrichen.

»Wenn ihr irgendein Getränk aus dem Keller holen müsst, will ich in dieser Liste hier nachvollziehen können, wer von euch das war und was ihr geholt habt. Stimmt später die Inventur nicht, könnt ihr euch auf was gefasst machen. Ich denke, dass selbst ihr das begriffen habt. Du da ...«, Fjodor zeigte mit dem Finger auf Sophia, »... hol mir das Hemd aus der Kammer. Wir gehen nach oben. Da ist jetzt kein Betrieb. Der Boss wird euch noch ein paar Worte gönnen, bevor ihr den Arsch hinter den Tresen packt. Los, los, beweg dich!«

Sophia wäre beinahe über eine leere Kiste gestolpert, als sie sich auf den Weg zu der Schlafstätte des Riesen machte und mit dem übelriechenden Oberhemd zurückkam. Er riss ihr den Stoff aus der Hand und stieß beide aus dem Lager. Eine schmale Metalltreppe führte nach oben, wo sie wiederum auf einen engen Durchgang stießen, der direkt hinter der Bartheke endete. Dort schlug ihnen grelles Licht entgegen, das von mehreren Deckenstrahlern erzeugt wurde.

Einige davon waren auf eine kleine Drehbühne gerichtet, auf der sich zu einschmeichelnder Musik eine halbnackte Frau um eine Metallstange wand. Ihre Bewegungen waren erstaunlich geschmeidig, während sie die wohlgeformten Beine um die Stange schlang. Immer wieder blickte sie zu einem Mann an der Theke, in dem Galena schnell Kostja erkannte. Ihre Blicke konnte man schon als frivol bezeichnen, was den zumeist männlichen Gästen in der Nacht wohl gefallen dürfte.

»Du willst mir erzählen, dass du das schon in Kiel gemacht hast? Dann wundert mich das nicht, dass die dich gefeuert haben. Du musst deine Muschi mehr an der Stange reiben, so wie du das machst, ist das einfach nur Scheiße. Und ich will, dass du heute Abend weniger anziehst. Deinen Badeanzug da kannst du vergessen. Hau ab und ruh dich aus. Deine Kondition wirst du noch brauchen.«

Kostja tat, als hätte er die Neuankömmlinge erst jetzt bemerkt. Er hob demonstrativ sein Glas und prostete seinem Nebenmann zu.

»Das sind die beiden Neuen, Michail. Kommt her, Mädels! Das hier ist Michail. Er leitet für mich diesen Club und genießt mein volles Vertrauen. Was er euch sagt, habe ich euch befohlen. Haben wir uns in dem Punkt verstanden? Fjodor wird euch bereits das Lager gezeigt haben. Jetzt seht ihr, wo ihr in den ersten Wochen arbeiten werdet. Ihr lernt das Geschäft von der Pike aufwärts. Später werden wir sehen, wo ihr am besten einzusetzen seid. Ich will, dass ihr euch ordentlich aufbrezelt und zeigt, womit die Natur euch ausgestattet hat. Die Besucher an der Theke sollen ihr Geld hier ausgeben und nicht in andere Bars abwandern.«

Galena raffte ihren gesamten Mut zusammen und stellte die Frage, die ihr schon lange auf der Zunge brannte.

»Wir sind auf so was nicht eingerichtet, Kostja. Uns fehlen die Klamotten. Ich denke, dass dir nicht gefallen wird, was wir mitgebracht haben.«

Die harte Hand von Michail schloss sich um Galenas Handgelenk. Seine Augen funkelten gefährlich.

»Damit das von Anfang an klar ist: Für dich heißt das einfach nur Boss, wenn du über oder mit deinem Ernährer sprichst. Zu mir dürft ihr Michail sagen. Und nun zu deiner Frage. Dass ihr mit euren Lumpen nicht hinter den Tresen kommt, war mir klar. Deshalb haben wir eine Garderobe, aus der ihr euch was aussuchen könnt. Die Leihgebühren verrechnen wir mit dem Lohn. Fjodor wird euch nachher alles zeigen. Ruheräume findet ihr oben. Wie die genutzt werden, wird euch auch in den kommenden Tagen gezeigt. Das erledigen die Kolleginnen, die am Abend kommen. Ihr konzentriert euch erst einmal auf das Thekengeschäft. Setzt euch noch einen Moment in die Ecke, bis ich mit dem Boss alles besprochen habe. Dann zeige ich euch, wie das hier mit den Getränken funktioniert.«

Galena zog Sophia in eine Sitzgruppe, auf der sich sonst die Gäste vergnügten. Sie hatte längst bemerkt, dass Sophia mit ihren Gedanken ganz woanders war und der Unterhaltung kaum mehr gefolgt war. Pure Angst schien die Freundin zu lähmen. Allmählich machte sie sich Sorgen um die Zukunft von Sophia, die nicht zu akzeptieren schien, wohin sie ihr Weg führen würde.

»Ich ... ich will das alles nicht, Natalya. Das kann ich einfach nicht ...«

»Verdammt, Sophia. Du darfst mich nicht mehr so nennen. Von nun an heiße ich Galena. Wenn das einer von denen hört, sind wir dran. Die werden uns beide dafür bestrafen, wenn du nicht tust, was sie verlangen. Willst du das? Reiß dich zusammen. Wir schaffen das. Es wird nicht lange sein, das habe ich dir versprochen. Du musst jetzt aufpassen, was uns Michail erklären wird. Du sollst doch nur die Gäste an der Theke bedienen und dabei hübsch aussehen. Mehr verlangen die doch bis jetzt nicht.«

»Aber ich habe so was noch nie gemacht. Wir hatten doch immer nur unseren Hof mit den Schafen. Noch nie habe ich Schnaps oder Sekt eingeschüttet. Können wir beide nicht einfach ...?«

»Sei jetzt still, Sophia! Michail kommt.«

11

»Seid ihr weitergekommen in der Sache mit der Selbsttötung? Was sagt Doktor Lieken dazu? Ich habe da so ein komisches Gefühl.«

Gordon hatte sich gegenüber von Leonie und Mia Richter an den Besprechungstisch gesetzt und blickte gespannt in die Runde, zu der sich auch Kai Wiesner gesellt hatte.

»Der Doktor meint, dass Valerie Klingel mit großer Wahrscheinlichkeit mit einem Schlag gegen die Schläfe betäubt wurde. Erst danach hat man ihr die Schnitte beigebracht. Er ist sich sicher, dass der Hieb von einem Linkshänder von vorne gegen die rechte Kopfseite durchgeführt wurde. Wir wissen bisher nicht, womit das geschah. Die Spurensicherung hat dazu nichts gefunden.«

Leonie überflog ihren Zettel, den sie sich zurechtgelegt hatte, bevor sie fortfuhr.

»Lieken ist sich sicher, dass die Schnitte mit einem sehr scharfen Messer, womöglich ein Skalpell, sehr fachmännisch durchgeführt wurden. Der Mörder wollte sich sicher sein, dass Valerie nicht mehr gerettet werden konnte, selbst wenn sie wachgeworden wäre. Deshalb hat er wohl beide Pulsadern in einer Länge von mindestens zehn Zentimeter aufgetrennt. Sie hatte keine Chance.«

»Was haben die Befragungen in der Nachbarschaft ergeben?«, wollte Kai wissen. Mia Richter meldete sich.

»Das war interessant. Nachdem zuerst kaum jemand mit uns reden wollte, wurden die Leute dann doch gesprächiger. Die Familie Klingel ist unbeliebter, als sie es selbst wohl vermuten dürfte. Man sagt ihnen Arroganz nach und dass sie sich völlig abkapseln. Der Einzige, der halbwegs gut wegkam, war Ralf, der Junge. Man schilderte ihn als still und introvertiert. Seitdem seine Schwester sich den Drogen zugewandt hatte, veränderte sich das Verhalten der Familie. Wir hörten, dass es häufiger Streit im Hause Klingel gab.«

An dieser Stelle übernahm wieder Leonie.

»Wir erfuhren, dass Valerie diverse Zusammenbrüche hatte und sogar notärztlich versorgt werden musste. Das betraf jedoch nicht nur den Drogenkonsum. Näheres wussten die Nachbarn nicht. In der Schule ging es für beide Kinder mit den Schulnoten bergab. Für das Lehrpersonal gab es dafür keine logische Erklärung, zumal die Kinder davor immer gute bis sehr gute Ergebnisse abgeliefert hatten. Die Meinung aller war, dass innerhalb der Familie etwas passiert sein musste.«

Gordon und Kai waren den Erklärungen aufmerksam gefolgt. Gordon war es, der einen neuen Aspekt einbrachte.

»Habt ihr mit dem Schulpsychologen reden dürfen? Die kennen sich doch mit solchen Veränderungen aus.«

»Konnten wir«, meinte Mia, »doch der beruft sich auf seine Verschwiegenheitspflicht. Allerdings ließ er etwas Interessantes durchblicken, wobei er das mit Absicht sehr allgemein formulierte. Er meinte, dass er ähnliche Symptome schon bei anderen Fällen feststellen konnte. Er machte

Andeutungen bezüglich gewisser sexueller Annäherungen innerhalb der Familie. Ganz klar drückte er sich dazu nicht aus. Doch das weist klar darauf hin, dass er Missbrauch nicht für ausgeschlossen hält. Das könnte natürlich auch die Veränderung bei Valerie erklären. Doch warum finden wir das Gleiche bei dem Bruder?«

Kais Interesse war geweckt, da bei ihm der Missbrauch von Kindern und Schutzbefohlenen einen gewaltigen Zorn hervorrief.

»Ihr meint wirklich, dass der Vater ...«

»Halt, halt«, grätschte Gordon dazwischen. »Lasst uns bitte nicht so schnell das Motiv festzurren. Möglich wäre es sicherlich, dass wir in dem Bereich Missbrauch richtig liegen. Doch steht noch nicht fest, wer wen missbraucht haben könnte. Ihr seid mir zu schnell mit der Vorverurteilung des Vaters. Da kann jeder innerhalb der Familie in Frage kommen. Was ist mit den Alibis? Wurden die überprüft?«

Leonie nickte, bevor sie auf ihren Spickzettel schielte.

»Ralf Klingel war tatsächlich bis kurz vor Eintreffen in dem Haus in der Schule. Sein Physiklehrer bestätigt das. Lothar Klingel ist raus, da er nachweislich ein Meeting mit Geschäftsfreunden und Mitarbeitern hatte. Ich finde es interessant, dass Iris Klingel sich anfangs an nichts erinnern konnte, gestern aber bei ihrer Vernehmung hier im Haus behauptete, beim Friseur gewesen zu sein. Die Inhaberin, Cornelia Giese, vom gleichnamigen Salon in der Witteringstraße bestätigt das zwar, sagt aber aus, dass sie schon zweieinhalb Stunden vor Auffinden der Leiche, den Salon wieder verlassen hat. Rein theoretisch hätte sie ausreichend Zeit gehabt, um ...«

»Die eigene Mutter? Ich bitte dich, Leonie«, meinte Mia und sah ihre Kollegin vorwurfsvoll an. »Welche Mutter tötet ihr eigenes Fleisch und Blut?«

»Da könnte ich dir etliche Beispiele nennen«, schaltete sich Kai ein. »Die Menschheitsgeschichte lehrt uns, dass in diesem Punkt nichts unmöglich ist. Aber mal was anders. Was treibt diese Frau so den lieben langen Tag? Ruht sie sich auf dem Reichtum ihres Mannes aus und lebt in den Tag hinein?«

»Nein, Kai, das kann man nicht behaupten. Ganz im Gegenteil. Sie kümmert sich fürsorglich um uns, wenn wir krank sind. Sie arbeitet am Klinikum als Krankenschwester. In den letzten Tagen hatte sie Nachtschicht und an dem besagten Tag sogar frei. Das nutzte sie für den Friseurbesuch.«

Alle blickten auf Gordon, der plötzlich ungewöhnlich ruhig und konzentriert wirkte. Kai stieß ihn an.

»Was ist los mit dir? Träumst du?«

»Ganz im Gegenteil, Leute. Ist euch nichts aufgefallen, als wir über Iris Klingel sprachen?«

Leonie hatte die Augen zu Schlitzen zusammengezogen, als sie ihren Chef ansah.

»Du meinst wirklich, dass sie ...? Nun ja, immerhin hatte sie Zugriff auf medizinische Instrumente. Doch mal langsam. Die könnte eigentlich jeder im Haus haben, wenn man zum Beispiel bastelt. Das beweist gar nichts. Das Einzige, was gegen sie spricht, sind die Tatsachen, dass sie kein Alibi hat und dass sie die Technik des Schneidens beherrschen könnte. Das reicht aber nicht aus, um sie festzunehmen. Jeder halbwegs gewiefte Anwalt holt sie nach fünf Minuten aus der Untersuchungshaft. Und es kommt noch etwas hinzu. Warum sollte die Mutter ihr Kind töten, selbst wenn es vergewaltigt wurde?«

»Leonie hat recht«, bestätigte Kai Leonies These. »Uns fehlt immer noch die Zeit vom Friseurbesuch bis zum Eintreffen am Haus. Angeblich wurde sie von Ralf informiert, auf dessen Handy wir für diesen Zeitpunkt ein Gespräch mit ihr feststellen konnten. So weit, so gut. Doch wo hat er seine Mutter erreicht? Rein theoretisch könnte sie sich nach der Tat wieder entfernt haben. Doch das Warum macht mir Kopfzerbrechen. Was bringt eine Mutter dazu, ihre Tochter so reiflich durchdacht zu töten? Da muss Schlimmes passiert sein in der Familie. Das Geheimnis müssen wir lösen. Ich bin der Meinung, dass wir uns den Jungen noch mal vornehmen müssen.«

»Du hast recht, Kai. Er kennt das Motiv. Ohne Grund fielen seine schulischen Leistungen nicht ab. Der weiß was.«

Gordon wirkte jetzt sehr entschlossen und wies auf Leonie.

»Du hast aus unerfindlichen Gründen die Gabe, bei jungen Männern Vertrauen zu wecken. Du nimmst dir den Knaben vor. Versuche, was aus ihm herauszukitzeln. Wenn das jemand schafft, bist du das. Ich gehe zum Vater. Mal sehen, wie er reagiert, wenn ich ihn auf Differenzen in der Familie anspreche. So cool, wie er tut, ist der nicht. Wir müssen an verschiedenen Stellen ansetzen. Die müssen unsicher werden, sodass wir einen gegen den anderen ausspielen können. Dann mal los, Herrschaften. Kai, du bleibst an der toten Frau aus dem Hafen dran. Kriminalrat Kläver will morgen von mir was dazu hören.«

12

Krasser konnte ein Wechsel kaum sein, als die Schulglocke das Ende einer Stunde ankündigte. Für einige Klassen bedeutete das gleichzeitig das Ende des heutigen Unterrichts. Lärmend strömten die Schüler durch den nun offenstehenden Eingang und verteilten sich auf dem Hof. Ein Teil davon machte sich in Gruppen auf den Heimweg. Leonie musste an ihre Zeit auf dem Gymnasium denken und wie glücklich sie immer gewesen war, wenn sie diese Glocke hören durfte. Sie mochte keine Schule, hatte sie sogar an manchen Tagen gehasst. Mit Grausen dachte sie an Lehrer Schöbig, der sie im Englisch- und Lateinunterricht stets an die Tafel holte. Sie hatte das Gefühl, dass er sie bewusst bloßstellen wollte. Außerdem besaß er die Eigenschaft, beim Sprechen den Speichel über die Schüler zu versprühen. Die feuchte Aussprache hatte sie als abstoßend empfunden.

Ihre Gedanken wurden unterbrochen, als sie Ralf Klingel in einer Traube junger Männer erkannte. Leonie wartete ab, bis sich die Burschen nach wenigen Metern trennten. Um den Jungen zu erreichen, musste sie sich sputen. Sie räusperte sich, damit Ralf überhaupt merkte, dass er mittlerweile eine Begleitung hatte. Es riss ihn aus Gedanken, die Leonie nur zu gerne gekannt hätte.

»Störe ich dich? Ich denke, dass du weißt, wer ich bin. Sag mir nur, wenn du allein sein möchtest, dann hau ich wieder ab. Aber ich finde, dass wir beide uns einmal unterhalten sollten.«

Auf eine Antwort wartete Leonie vergebens, was sie aber nicht davon abhielt, weiterzureden.

»Ich finde es schade, wenn man keine richtigen Freunde in der Schule hat. Ist doch so, oder? Du hast keine Kontakte mit deinen Mitschülern, wenn ich das richtig beobachtet habe. Ich kenne das gut. Bei mir lag es damals daran, dass ich einfach anders war. Schuld daran war ich selber. Ich wollte mit den ständig herumalbernden Mädchen nichts zu tun haben. Ich fand die damals einfach nur doof. Was ist es bei dir?«

Leonie spürte, dass sie damit einen Nerv getroffen hatte, und reagierte.

»Oh, sorry, Ralf. Ich wollte dir nicht zu nahe treten. Das geht mich selbstverständlich nichts an. Vergiss es. Aber es interessierte mich einfach, da mich das seit damals verfolgt hat. Noch heute spüre ich, dass ich nicht zur Masse gehören möchte. Jeder sollte so leben dürfen, wie es ihm von der Natur vorgegeben wurde. Natürlich immer in erlaubten Grenzen. Doch genug philosophiert. Eigentlich wollte ich dich was Persönliches fragen. Darf ich?«

Unvermittelt blieb Ralf stehen und nickte. Sein Blick war jedoch in die Ferne gerichtet.

»Geht es um Valerie?«

»Auch, Ralf. Aber mehr interessiert mich, was in dir arbeitet, was dich belastet. Dass du unglücklich bist, habe ich sofort bemerkt. Du weißt, dass wir den tragischen Tod deiner Schwester nicht so einfach hinnehmen. Es steckt mehr dahinter als ein scheinbarer Suizid. Und ich glaube, dass du mehr darüber weißt. Klar, du könntest denken, dass ich dich lediglich ausfragen will, um der Lösung aus ermittlungstechnischer Sicht schnell näher zu kommen. Gewissermaßen ist es ja auch so. Doch heute bin ich als Privatperson hier. Verstehe das nicht falsch. Ich möchte in gewissem Sinne deine Freundin sein, mit der du reden darfst. Verstehst du mich? Eine Freundin.«

»Ich brauche keine Freundin. Das versteht keiner – lasst mich alle in Ruhe.«

»Das respektiere ich, wenn du das wirklich möchtest. Ich dachte nur, dass wir uns einmal zusammensetzen könnten. Wir beide haben ein ähnliches Beziehungsproblem und ich hoffte, dass wir uns gegenseitig helfen könnten. Doch wenn du das anders siehst, werde ich dich nicht weiter darum bitten. Das war es eigentlich, warum ich auf dich gewartet habe. Solltest du trotzdem einmal jemanden brauchen, mit dem du sprechen möchtest – hier ist meine Telefonnummer. Du kannst jederzeit anrufen. Dir noch einen schönen Tag.«

Leonie legte ihre Visitenkarte in Ralfs Hand, die sich ihr zaghaft entgegenstreckte. Mit gesenktem Kopf drehte sie sich um und machte sich auf den Weg zum Auto. Nur indem sie die Augen kurz schloss, war ihr die Erleichterung anzumerken, als sie ihren Namen hörte.

»Leonie! Ich darf doch Leonie zu Ihnen sagen?«

»Du darfst sogar du sagen, wenn du es möchtest. Was kann ich für dich tun?«

»Gehen wir durch den Park? Da kann uns meine Mutter auf keinen Fall sehen.«

Die Bank wurde genau in dem Moment frei, als sie beide schon verzweifelt nach einer unbesetzten Ausschau hielten. Leonie bot Ralf eines ihrer Pfefferminzbonbons an, die sie immer mit sich führte. Dankend lehnte er ab. Unvermittelt begann Ralf zu reden.

»Ich hatte viele Freunde. Ja, es waren einige dabei, mit denen ich sogar über meine Probleme sprechen konnte. Ich meine damit, die Sorgen, die man eben so als Jugendlicher hat. Mädchen, Pubertät und so weiter. Das änderte sich aber, als es ernst wurde.«

»Was meinst du damit, Ralf? Erkläre mir, was du mit ernst meinst.«

»Da ging es tiefer. Ich weiß nicht, ob ich überhaupt darüber reden sollte.«

»Die Entscheidung kann ich dir nicht abnehmen. Doch du solltest lernen, wem du vertrauen kannst und dass du einen angefangenen Weg zu Ende gehen solltest. Du wirst sonst nie erfahren, ob er richtig oder falsch war. Alles hat schließlich eine Konsequenz im Leben. Damit sollte man aber rechnen, sie einfach annehmen. Selbst wenn es ein falscher Weg war, ist es eine Erfahrung für dich. Ich höre dir zu und verspreche dir, dass alles bei mir bleibt – wenn du es möchtest.«

Bei einem flüchtigen Seitenblick konnte Leonie erkennen, dass sich in Ralfs Augen Tränen sammelten, die nur darauf warteten, fließen zu dürfen. Er verhinderte das, indem er mit dem Ärmel über die Augen wischte. Er zog die Beine an und stützte die Fersen auf der Bank ab. Die Stirn legte er auf die Knie, als er Dinge aussprach, die Leonie mit Entsetzen erfüllten. Immer wieder unterdrückte sie Fragen, während seine Beichte wie Hammerschläge bei ihr einschlug.

»Wir hatten schon gar nicht mehr mit deinem Erscheinen gerechnet, Leonie. Hast du den Jungen zu fassen gekriegt? Erzähl.«

Gordon unterbrach seinen täglichen Bericht, um sich nach der eintretenden Kollegin umzusehen. Leonie füllte sich eine Tasse Kaffee aus der bereitstehenden Thermoskanne und holte tief Luft.

»Das war schon ziemlich hart, was der mir erzählte. Ich musste ihm aber versprechen, bestimmte Details für mich zu behalten. Das darf ich nicht verwenden. Aber alles andere reicht mir schon völlig.«

Leonie blickte in Gesichter, die jetzt gewisse Erwartungen ausdrückten. Niemand unterbrach, als sie mit ihrem Bericht begann.

»Ich hätte niemals gedacht, wie prägend gewisse Ereignisse sich auf Menschen in jungen Jahren auswirken können. Hinter den Türen der gutbürgerlichen und der ehrenwerten Gesellschaft tun sich Abgründe auf, wenn man dahinterblicken darf. Die Klingels sind da ein vortreffliches Beispiel. Hinter der Fassade knistert es gewaltig. Also, zur Sache.« Leonie nahm einen kräftigen Schluck und legte los. Kai und Gordon wirkten gelassen, obwohl auch sie der Bericht erschütterte.

»Unser Hochwohlgeborener, der Herr Klingel, gliederte sich schon vor Jahren in die Riege der Männer ein, die das eheliche Einerlei nicht mehr ertragen konnten. Er besaß auch die finanziellen Möglichkeiten, sich eine Geliebte zu halten. Natürlich alles unter dem Deckmantel der absoluten Geheimhaltung. Niemand wusste davon, mit Ausnahme der gesamten Belegschaft, der Ehefrau und der Kinder. Um das

Gesicht der ehrbaren Familie zu wahren, schwieg man jedoch darüber und litt.«

»Bis hierher hört sich das völlig normal an«, fügte Kai ein. »Da kommt doch bestimmt noch ein Klopper. Habe ich recht?«

»Hast du. Jede andere Ehefrau hätte den Kerl zur Rede gestellt oder sogar verlassen. Nicht Iris Klingel. Die Fassade durfte nicht bröckeln und auf ein Leben in Reichtum wollte sie auch nicht verzichten. Sie rächte sich an ihrem Ungetreuen auf eine bestialische Art.«

Leonie wusste, wie Spannung aufgebaut wurde, und sah sich in der Runde um. Gordon wurde ungeduldig.

»Komm, Leonie, lass die Katze aus dem Sack.«

»Diese Wahnsinnige verging sich an ihrem gemeinsamen Sohn und zwang ihn jahrelang, ihr zu Diensten zu sein. Ich habe heute erlebt, was das aus einem Kind macht, das mit siebzehn langsam erwachsen wird und sich dessen bewusst wird. Das muss die Hölle sein, da kein Sohn gegen seine eigene Mutter vorgeht. Der Junge schweigt und leidet wie ein Tier.«

»Scheiße. Das gibt´s doch nicht.«

Beiden Männern war der Schock anzumerken. Doch Leonie setzte die Tasse wieder ab, aus der sie einen weiteren Schluck genommen hatte.

»Wir sind noch nicht fertig, Kollegen. Wenn Frau Klingel glaubte, dass es ein Geheimnis zwischen ihr und dem Sohn geblieben war, wurde sie enttäuscht. Einer wusste von diesem Inzest – ihre Tochter Valerie. Sie hatte das ihrem Bruder vor etwa einer Woche gestanden. So wie Ralf sich ausdrückte, wollte sie das allerdings nicht so einfach laufen

lassen. Obwohl diese Vergehen schon einige Zeit zurück-
lagen, war sie gewillt, das an die große Glocke zu hängen.
Sie wollte ihre Mutter anzeigen.«

»Wer wusste von ihrem Vorhaben? Ich meine jetzt außer
Ralf.«

»Genau das ist die offene Frage, die es zu klären gibt.
Wusste der Vater davon und möglicherweise auch die
Mutter? Wäre das Motiv ausreichend für einen Mord inner-
halb der Familie? Wer verliert am meisten bei einer
Anzeige? Jeder der drei verfügt über ein Motiv, wobei nun
das jeweilige Alibi entscheidend werden kann.«

Kai konnte sich nicht zurückhalten.

»Wenn wir davon ausgehen, wer das schwächste Alibi hat
und das stärkste Motiv, dürfte die Sache klar sein. Doch
damit allein können wir dem Staatsanwalt nicht kommen.
Wir brauchen Beweise oder ein Geständnis. Wir stehen noch
immer ganz am Anfang.«

13

Der Bartresen war nur zur Hälfte gefüllt, wobei die Männer auf den Hockern eher gelangweilt den verführerischen Bewegungen der Tänzerin beim Table-Dance folgten. Michail unterhielt sich angeregt mit einem Gast, als eine Männergruppe lärmend die Bar betrat. Vier angetrunkene Besucher blieben einen Moment dort stehen und versuchten sich gegenseitig stützend an das vorherrschende Halbdunkel zu gewöhnen. Erst dann wandten sie sich der Theke zu. Als würden sie kaum noch an ihre Standfestigkeit glauben, hatten sie sich gegenseitig die Arme um die Schultern gelegt und sprachen wild durcheinander. Sophia schickte einen hilfesuchenden Blick Richtung Galena, die jedoch in ein Gespräch mit einem Gast verwickelt war. Sophia ergab sich in ihr Schicksal und wandte sich den neuen Gästen zu. Ihr stereotypes Lächeln schien ihnen zu gefallen.

»Wir haben Durst! Wir haben Durst!« Mehrfach skandierten sie diesen Satz und begleiteten das mit lautem Lachen. »Gib uns was zu Trinken, Schönheit. Heute ist ein Tag zum Feiern. Der hier ...«, Einer von ihnen wies auf seinen Nebenmann, »... wird morgen seine Freiheit verlieren. Heute Abend muss er ein letztes Mal den kleinen Piepmatz an die frische Luft lassen. Hast du verstanden? Ab morgen bleibt der brav in der Hose. Gib uns was zu trinken, du Traum meiner Nächte.«

Der Lauteste von ihnen wedelte mit einem Bündel Geldscheinen und drehte sich wieder ab, um der Darbietung der Tänzerin zu folgen. Er rutschte vom Hocker und versuchte, die Bewegung nachzumachen, was gründlich daneben ging und Lachsalven zur Folge hatte. Sophia war froh, aus dem Fokus der Männer geraten zu sein, und öffnete einige Pilsflaschen. Als sie die Gläser danebenstellte, griffen alle vier Männer nach den Flaschen und prosteten sich zu. Kaum konzentrierten sich die Besucher wieder auf den Tanz, als Sophia die Hand Michails um ihr Handgelenk spürte, der sie energisch in den kleinen Raum neben der Theke zerrte. Für einen kurzen Moment breitete sich Zorn in ihr aus.

»Bist du wirklich so bescheuert, oder spielst du mir nur die Beschränkte vor? Was glaubst du, warum ich dich halbnackt hinter die Bar stelle. He? Wir müssen Umsatz machen, du Irre. Den Typen ist der Verstand in die Eier gerutscht. Und was machst du daraus? Du verkaufst denen schnödes Bier. Muss ich dir das erst reinprügeln? In wenigen Minuten will ich Schampus auf der Theke sehen. Die vier sind unterwegs, um ihre Kröten auszugeben. Und das werden die bei dir tun. Hast du das jetzt verstanden? Mach deinen Job, sonst schick ich dich auf den Straßenstrich. Vielleicht kannst du das besser als Bedienen. Los, an die Arbeit.«

Im letzten Moment konnte Sophia die Tränen zurückhalten, als die flache Hand des Chefs in ihrem Nacken landete und sie fast in den Schankraum stürzen ließ. Galena nahm das aus den Augenwinkeln wahr und erstarrte für einen kurzen Moment. Der tiefsitzende Hass, den sie gegenüber diesem Dreckskerl angesammelt hatte, vergrößerte sich. Die erneute Bestellung ihres Gastes lenkte sie wieder von dem Vorfall ab.

Zusammengerollt wie ein Embryo lag Sophia auf dem Bett. Ihr Körper zuckte, während Weinkrämpfe verhinderten, dass sie in den Schlaf fiel, den sie dringend benötigte. Galena hatte zumindest für Stunden das gemeinsame Bett verlassen und legte sich neben die Freundin.

»Schatz, du musst schlafen. Das hältst du nicht lange so durch. Dein Körper braucht Ruhe. Denk dran, dass wir in wenigen Stunden wieder ranmüssen. Wenn Michail deine Ringe unter den Augen sieht, sperrt der dich in den Keller und gibt dir eine Abreibung.«

Die mahnenden Worte verstärkten das Zittern bei Sophia, die sich herumwarf und sich an Galena festklammerte. Die Fingernägel gruben sich in deren Rücken, was sie mit erstaunlicher Geduld ertrug.

Verfluchte Scheiße. Das geht schief mit ihr. Was tu ich nur? Was tu ich nur? Das Mädchen muss hier so schnell wie möglich raus.

Galena presste Sophias Körper eng an sich und summte ihr immer wieder die Melodie eines Kinderliedes ins Ohr. Nur sehr langsam beruhigte sich Sophia und der jetzt unerträgliche Druck ihrer Fingernägel in Galenas Rücken ließ nach. Als sie sich sicher war, dass die Erschöpfung Sophia in den Schlaf gezogen hatte, drückte sie ihr einen Kuss auf die Stirn und schloss selbst die Augen. Nun war sie es, die keinen Schlaf mehr fand. Schließlich legte sie sich eine Decke um die Schultern und verschwand auf den kleinen Balkon, von dem sie weit über den Ortsteil blicken konnte. Draußen tobte um diese Zeit schon das pralle Leben, während sie sich von den Strapazen der Nacht erholen mussten. Galena wusste, dass Michail nicht mehr lange dulden würde, dass Sophia nur die Hälfte von dem Umsatz machte, den sie vorweisen müsste. Ein Teil wurde ihnen als Provision ausgezahlt. Sophias Geld lag noch immer auf der Konsole. Davon würden sie sich maximal eine Mahlzeit kaufen können, während Galena bereits einen Teil ihres Geldes in ein separates Döschen gelegt hatte. Ihr war klar, dass sie unbedingt eine Reserve anlegen mussten, um nach einer Flucht nicht mittellos dazustehen. Galena war nur kurz eingenickt, als sie die Bewegung an der Balkontür bemerkte. Die Stimme des Mannes weckte in ihr alle Lebensgeister.

»Wo ist die kleine Schlampe? Schläft die noch?«

Alexej füllte mit seinem massigen Körper den gesamten Durchgang aus und erzeugte kurzzeitig Angst bei Galena.

»Was willst du von ihr? Die braucht den Schlaf. Lass sie in Ruhe. Sag mir, was du willst, und ich werde es ihr nach dem Frühstück weitergeben.«

Ohne auf die Frage weiter einzugehen, verschwand Alexej wieder und stieß die Schlafzimmertür derart kräftig auf, dass sie vor die Wand knallte. Als hätte sie jemand getreten, sprang Sophia auf und zog sich die Bettdecke schützend vor die Brust, während sie strampelnd zum Kopfteil rutschte. Mit weit aufgerissenen Augen starrte sie auf den Bären, der sich wie eine Lawine auf sie zubewegte. Kurz bevor er nach Sophia greifen konnte, hielt er inne und wehrte Galena ab, die sich wie eine Klette an ihn hängte.

»Verpiss dich bloß, sonst hau ich dir was in die Fresse. Von dir will keiner was. Was kümmert es dich, was Kostja mit diesem blöden Weib vorhat? Setz dich da hin, bevor ich richtig ...«

Weiter kam er nicht, da Galenas Nägel einige blutige Spuren durch sein Gesicht zogen. Es war eine einzige fließende Bewegung, mit der er die wie eine Katze um ihre Jungen kämpfende Frau gegen die Wand warf. Mit einem Stöhnen brach sie zusammen und rutschte in Zeitlupentempo daran herunter. Sophias Schrei wurde von der riesigen Hand Alexejs förmlich erstickt. Sein Gesicht befand sich nur wenige Zentimeter von dem ihren entfernt, als er die Worte zischte.

»Du hast genau drei Minuten. Dann trage ich dich notfalls hier raus. Pack deine Sachen, zieh dir was über die Knochen und dann verschwinden wir hier. Beweg dich, du Miststück!«

»Was ist mit Galena? Sie geht doch mit, oder?«

»Vergiss das Weib. Ich habe nur den Befehl, dich hier abzuholen. Du kriegst einen neuen Job. Kostja hat dich befördert.«

Das gemeine Lachen hätte Sophia eine Warnung sein müssen. Sie stieg über die Freundin hinweg Richtung Kleiderschrank. Einen letzten Blick warf sie auf Galena, die noch kein Lebenszeichen von sich gegeben hatte, bevor sie von Alexej nach draußen gedrängt wurde.

14

»Schön, dass ich dich treffe, Dino. Habt ihr was für mich rausfinden können?« Gordon hielt seinen Freund auf dem Flur des Präsidiums zurück und trat zur Seite, als zwei Beamte einen Mann in Handschellen vorbeiführten. »Ich brauche Infos aus der Szene zum Thema Frauenhandel. Da gibt es doch immer mal eine undichte Stelle.«

»Ein Kollege hat heute Abend ein Treffen mit einem Informanten, das vielversprechend klingt. Doch muss das gut organisiert sein. Der Mann hat eine höllische Angst davor, enttarnt zu werden. Wir alle wissen, dass Verräter keine hohe Lebenserwartung haben, wenn sie erwischt werden. So viel wissen wir allerdings bisher: Die Russen haben mal wieder ihre dreckigen Finger im Spiel. Bisher steht fest, dass die ein kompliziertes Netzwerk aufgebaut haben, in das wir kaum eindringen können. Das läuft über Mittelsmänner, die der darunterliegenden Riege weitestgehend unbekannt sind. Bis in die oberen Hierarchien kommt man nicht. Die Geldsäcke haben sich bestens getarnt und sitzen in ihren Festungen im Ausland.«

»Das ist mir klar, Dino. Doch sollten wir zumindest versuchen, das ganze Gespinst von unten zu zerstören. Kleinvieh macht schließlich auch Mist und lässt die entscheidenden Köpfe vielleicht nervös werden. Daraus entstehen Fehler, die wir nutzen können. Lass uns die kleinen Zuhälter greifen und denen da oben die Basis entreißen.«

»Das sehe ich anders, Gordon. Das mag in deinem Bereich klappen. Wir haben uns aufs Beobachten spezialisiert. Nur so können wir die Fäden verfolgen und entwirren, die uns weiter nach oben bringen. Wenn du die Handlanger einsperrst, werden die im Minutentakt ersetzt. Das bringt uns nicht weiter, füllt nur die Gefängnisse. Kommen die wieder raus, machen sie gleich weiter. Du weißt so gut wie ich, dass ein Gefängnisaufenthalt nur eine Weiterbildungsmaßnahme für die Ganoven bedeutet. Da ist Härte von unserer Seite kontraproduktiv.«

Die Position, die Dino in diesem Punkt einnahm, konnte Gordon zwar verstehen, erwirkte jedoch ein gewisses Erstaunen.

»Was ist los mit dir? Ich will ja nicht behaupten, dass du Unrecht hast, aber sollen wir deshalb weggucken und die Schweine ungeschoren weitermachen lassen? Wer Menschen gegen seinen Willen auf den Strich schickt und dabei sogar über Leichen geht, muss mit aller Härte des Gesetzes bestraft werden. Den müssen wir von der Straße holen, um das Leben der Bürger zu schützen.«

»Gordon«, wandte Dino mit einer gewissen Verzweiflung in der Stimme ein, »lass es mich mal so erklären. Bevor man mit dem Hammer und voller Härte des Gesetzes zuschlägt, sollte man ein wenig über die Konsequenzen nachdenken. Manchmal braucht man den Nagel noch, den man eingeschlagen hat. Dazu fällt mir ein Rat der alten Römer ein, den ich einmal in einer Fortbildung zu hören bekam:

Quidquid agis, prudenter agas et respice finem. Das bedeutet übersetzt, so glaube ich wenigstens mich erinnern zu können: Was auch immer du tust, handle klug, indem du das Ende bedenkst.«

Nachdem Dino eine Weile die Überraschung in Gordons Gesicht genossen hatte, fuhr er fort.

»Wir können uns mit falscher Härte auch spätere Erfolge verbauen. Wir sollten, wenn es soeben noch ertragbar ist, die Schweine unten für unsere Ermittlungszwecke benutzen. Ich würde denen auch manchmal am liebsten die Eier abreißen, aber da fällt mir spontan ein weiterer Spruch eines klugen Mannes ein. Ich glaube, er hieß Abraham Maslow. Der hat mal behauptet, dass wir Menschen, wenn wir empört sind und mit puterrotem Kopf nach Rache schreien, Gefahr laufen, unsere Hirnsynapsen auszuschalten. Die These dazu hat sich bei mir verewigt: Ist das einzige Werkzeug, das wir besitzen, ein Hammer, dann ist es verlockend, alles so zu behandeln, als wäre es ein Nagel.«

Nun hatte es Dino endgültig geschafft, Gordon zu verwirren.

»Hör zu, Herr Professor Wohlert. Ich hoffe, dich weiterhin noch duzen zu dürfen. Dein psychologisches Geschwafel mag andere beeindrucken, mir beantwortet das jedoch nicht die Frage, die ich dir am Anfang gestellt habe. Fazit: Du hast noch nichts Greifbares für mich. Gib mir bitte Bescheid, was das Treffen heute Abend mit dem Informanten ergeben hat. Und jetzt will ich dich nicht länger aufhalten. Du musst bestimmt ins Auditorium zu deinen Studenten. Die darfst du gerne mit deinen geistigen Ergüssen erfreuen. Ich werde mich in der Zeit in der realen Welt rumtreiben und Verbre-

88

cher hinter Schloss und Riegel bringen. Einen schönen Tag noch.«

Gordon machte sich auf den Weg in sein Büro und fing noch die Bemerkung des Freundes auf.

»Etwas Bildung tut uns doch allen gut, Gordon.«

Mit einem »Jepp«, fiel die Antwort äußerst knapp aus.

Leonie ließ sich etwas Zeit, bis sie Gordons Büro aufsuchte. Schon beim Eintreten hatte sie bemerkt, dass ihren Chef etwas beschäftigte. Als sie endlich den Entschluss fasste, ihn zu stören, kam er ihr schon entgegen. Nur teilweise verstand sie, was er vor sich hinmurmelte.

»Manchmal kann er ein richtiges Arschloch sein. Er hat ja recht, lässt aber den Schlauberger raushängen. Scheiß drauf.«

»Sprichst du mit mir oder mit dir selbst? Muss ich mir Sorgen machen, Gordon?«

»Ach nichts. Habe mich nur über den Kollegen Wohlert gewundert, der vor wenigen Augenblicken zum Hobby-Philosophen mutierte und mich mit Lebensweisheiten zuge-müllt hat. Habt ihr denn wenigstens was Brauchbares für mich?«

»Noch nicht viel, wenn ich ehrlich sein soll. Wir hörten lediglich davon, dass es momentan auf dem Strich auffällig viel Frischfleisch geben soll. So nennen die das doch wohl im Milieu, oder? Kunden behaupten, dass es oftmals ungeübte Frauen aus Nordosteuropa sein sollen, die kaum verstehen, was sie an Leistungen bringen sollen. Es weist viel darauf hin, dass wir jede Menge Illegale auf dem Strich haben. Die Gesundheitsämter sind besorgt.«

Gordon war den Worten der Kollegin aufmerksam gefolgt und setzte sich auf die Schreibtischkante.

»Dann lagen wir wohl mit unserer anfänglichen Vermutung richtig, dass neue Lieferungen ankamen. Die Sitte ist schon in hellem Aufruhr und beobachtet das Geschehen mit Sorge. Der ewige Kreislauf in dem Gewerbe. Die einen werden zu alt für den Job, Neue müssen her. Die Not im eigenen Land führt den Schleusern den Nachschub zu, ohne dass sie sich groß darum bemühen müssen. Die Frauen ahnen nicht einmal, was sie hier erwartet. Die tun mir wirklich leid. Wo ist eigentlich deine Kollegin?«

»Mia versucht, im Krankenhaus was über Iris Klingel herauszubekommen. Sie müsste eigentlich gleich wieder eintreffen.«

Kaum hatte Leonie die letzten Worte ausgesprochen, öffnete sich die Tür und Mia erschien, die ihre Jacke fein säuberlich an den Garderobenhaken hängte. Als sie die Blicke der beiden auf sich spürte, blieb sie stehen.

»Is was? Jetzt sagt nicht, dass ihr auf mich gewartet habt. Lasst mich erst mal zu Atem kommen und mein Brötchen auspacken. Ich habe einen Scheißhunger.«

»Nur zu, liebe Kollegin, lassen Sie sich nicht aufhalten. Mit vollem Magen spricht es sich leichter. Sobald Sie fertig sind, könnten Sie berichten, was Sie herausgefunden haben.«

»Entschuldigen Sie, Chef, aber ...«

»Mia, das meine ich ernst. Essen Sie in Ruhe etwas und kommen Sie zur Ruhe. Wir sind nicht auf der Flucht.«

Gordon drehte sich um und verschwand mit einem Lächeln, dass man bei seinem Bartwuchs nur erahnen konnte, hinter seinem Schreibtisch. Dort fand er den Zettel.

»Hi Schatz, hier steht, dass ich eine gewisse Denise Rabe anrufen soll. Was gibt´s?«

»Eigentlich nichts Besonderes. Ich wollte nur nicht mit der Neuigkeit warten, bis du wieder zu Hause bist. Es geht um Jonas. Der läuft durchs Haus wie ein Pfau, der um ein Weibchen wirbt. Mir hat er es schon gezeigt, aber wunder dich nicht, wenn du ein Schulheft neben deinem Teller findest. Du wirst nicht eher dein Abendbrot zu dir nehmen dürfen, bevor du da reingeschaut hast.«

»Willst du mir verraten, was mich erwartet? Natürlich nur, wenn du es willst.«

»Er hat ...«, Denise zögerte einen Moment. »... er hat eine Eins in Deutsch geschrieben. Sie sollten einen Aufsatz über das Zusammenleben in einer Familie schreiben. Also so, wie sie sich das alle als wünschenswert vorstellen. Das muss den Lehrer wohl sehr beeindruckt haben. Ich durfte die Geschichte noch nicht lesen, die Schulnote wurde mir aber schon unter die Nase gehalten. Ich muss sagen, dass ich verdammt stolz auf den Burschen bin.«

Über Gordons Haut zog sich ein wohliger Schauer. Endlich hatte Jonas seine Mutter wirklich stolz gemacht. Nun baute sich eine ungeheure Spannung in ihm auf. Das wird bestimmt ein toller Abend werden, sagte ihm sein Gefühl.

Mittlerweile war Kai ebenfalls eingetroffen, der nun mit den anderen Mias Bericht folgte.

»Erst dachte ich, dass ich im Krankenhaus bei meiner Fragerei gegen eine Wand des Schweigens stoße. Die Kolleginnen machten alle nur Andeutungen, gleichzeitig aber auch keinen Hehl daraus, dass die Zusammenarbeit mit Frau

Klingel, sagen wir einmal, etwas schwierig wäre. Ihre Hochnäsigkeit hat ihr nicht unbedingt Freunde bei den Kolleginnen verschafft. Mehr durch Zufall kam ich mit einem Arzt ins Gespräch, der erstaunlich offen mit mir über Schwester Iris redete. Er glaubte, dass sich die Frau im Laufe der letzten Monate verändert hätte. Den Grund konnte er mir nicht nennen, meinte aber, dass sie eine gewisse Traurigkeit mit sich herumträgt. Sie arbeitete plötzlich weniger im Team, kapselte sich ab und beteiligte sich kaum noch an Gesprächen. Auf eine Nachfrage reagierte sie ausweichend, schien ein Problem in sich reinzufressen. Schließlich gab er es auf, weiter nachzufragen. Die Kolleginnen werteten das Verhalten als Arroganz und mieden Frau Klingel, wo es möglich war. Ihr Zustand der Reserviertheit soll sich nach dem tragischen Tod der Tochter noch verschlimmert haben, was ich verstehen kann.«

Alle am Tisch ließen den Bericht sacken und hingen ihren Gedanken nach. Gordon teilte diese Gedanken als erster und brachte damit Bewegung in die Mannschaft.

»Was mir gerade auffällt, dass wir immer wieder von einem bestimmten Zeitpunkt hören, an dem es Veränderungen im Hause Klingel gab. Ob das unbedingt damit zusammenhängt, dass man von dem Seitensprung des Vaters erfuhr. Kann, muss aber nicht sein. Irgendwann muss etwas in der Familie passiert sein, was alles veränderte. Nun liegt der Verdacht nahe, dass dieser Missbrauch an Ralf dahintersteckt. Eine weitere Möglichkeit, zugegeben. Dazu gibt es bisher allerdings nur die Aussage des Jungen, die wir jedoch nicht verwerten dürfen. Diesbezüglich hängen wir in der Luft.«

»Wir brauchen das Geständnis von Frau Klingel. Ich weiß nur nicht, wie wir sie dazu bringen könnten, ohne die Beichte ihres Sohnes anzuführen. Eine verfahrene Situation.«

Mias Verzweiflung war echt und spiegelte die Hilflosigkeit des Teams wider. Noch eine Weile diskutierten sie das Thema, bis sie das schrille Klingeln des Telefons unterbrach.

»Wo? Nichts anrühren und absperren. Wir sind auf dem Weg.«

15

Zwei Mannschaftswagen nahmen den eintreffenden Kommissaren die Sicht auf den Tatort. Vorsichtig lenkte Gordon den Wagen an den Absperrungen vorbei, nachdem er sich gegenüber den Beamten ausgewiesen hatte. Der ehemalige Kirmesplatz an der Gladbecker Straße war an diesem Abend nur mäßig besucht, sodass Gordon, Leonie und Kai Wiesner schnell einen Überblick gewinnen konnten, wo ungefähr man den toten Freier finden könnte. Der Lärm, den etliche Besucher auf dem weitläufigen Gelände machten, entstand aus sehr lautstarken Debatten mit den Polizeibeamten, die alle Besucher vor Ort festhielten. Kein noch so laut vorgetragener Protest fand Gehör.

»Welcher Wohnwagen ist es?«, wollte Kai von einem der Beamten wissen. Ein mit vielen bunten LED-Leuchten ausgestatteter Wohnanhänger war von Kollegen der Spurensicherung umlagert. Sie machten bereitwillig Platz, als sie Gordon, Leonie und Kai erkannten. Die schoben sich durch den engen Eingang und versuchten, über die Köpfe der Kollegen hinweg einen Blick auf den Tatort zu erhalten. Schließlich bahnten sie sich mit sanfter Gewalt einen Weg durch den Pulk. Schließlich sorgte Gordon mit lauter Stimme für Ordnung.

»Dürfen wir auch mal durch, liebe Kollegen? Wartet ihr bitte draußen, bis wir fertig sind. Das wird sonst hier drin unübersichtlich. Ich leide außerdem unter Platzangst. Vielen Dank. Es dauert nicht lange.«

Aus den Augenwinkeln erkannte Gordon das breite Grinsen auf Leonies Gesicht.

»Wieder eine neue Erkenntnis. Unser Chef leidet unter Agoraphobie. Interessant.«

Als sich der Innenraum des an sich schon kleinen Wohnwagens gelichtet hatte, konnte Gordon das beleibte männliche Opfer ausgiebig untersuchen. Der Schaft des schmalen Stiletts, das immer noch tief in seinem Bauch steckte, ragte unterhalb des rechten unteren Rippenbogens heraus. Seine Hände klammerten sich darum, so, als ob er noch versucht hatte, es herauszuziehen. Erhebliche Mengen Blut waren über den massigen, stark behaarten Körper des Freiers auf den geblümten Vorleger gelaufen. Leonies Magen drehte sich fast um, als sie sich den nackten Körper des Mannes näher betrachtete, dessen Mund weit offen stand, als würde er verzweifelt nach Luft ringen. Zwei tiefgelbe lückenhafte Zahnreihen zeugten von schlechter Hygiene und riefen Ekel bei ihr hervor. Das Kopfhaar, welches nur noch aus einem schmalen Kranz bestand, wies wirr in alle Richtungen. Seine Augen zeigten Verwunderung und stierten an die Decke.

»Ist das ein widerlicher Kerl«, konnte sie sich nicht verkneifen zu erwähnen. Der Gestank in dem Wohnwagen ergab sich aus einer Mischung von billigem Parfüm, Körperausdünstungen und dem metallischen Geruch von Blut. Kai nahm währenddessen das Inventar in Augenschein und inspizierte den Inhalt des Kühlschranks. Der bestand aus

Bier, Schnaps, Sektflaschen und Erfrischungsgetränken. In einem Verschlag fand er kartonweise Präservative und feuchte Reinigungstücher. Sorgfältig kontrollierte er die Kosmetiktasche, die er auf der Sitzbank in der gegenüberliegenden Ecke der Stelle fand, an der der Besucher den Tod auf einer schmalen Liege gefunden hatte. Nebenbei drückte Kai auf einen Startknopf eines DVD-Players, woraufhin die Melodie *je t'aime* erklang. Ein vorwurfsvoller Blick Gordons genügte, dass Kai sofort wieder auf stopp drückte.

»Die Dame muss ziemlich wütend oder verzweifelt gewesen sein, als sie dem Fettsack das Messer in den Wanst stieß. Es muss schon was Heftiges vorgefallen sein, dass eine Professionelle ihren Freier umlegt. Das passiert recht selten und bedeutet wohl, dass der Typ etwas von ihr verlangte, was sie nicht zu geben bereit war. Vielleicht hat er sie auch massiv bedroht. Nun ja, wir werden es bald wissen. Die junge Frau wartet draußen. Zumindest hat er schon bezahlt, was die Scheine auf der Anrichte andeuten – nur diesmal auch mit seinem Leben. Lass uns rausgehen und die Frau verhören. Hier dürfte alles klar sein.«

Leonie blieb noch einen Moment unentschlossen stehen, bevor sie sich dazu durchrang, ein Handtuch über den Unterleib des Mannes zu legen, der noch immer einen steifen Penis zeigte.

»Wo habt ihr die Frau, die die Sauerei verursacht hat?«, wollte Kai draußen wissen. Alle drei folgten dem ausgestreckten Arm des Beamten und trafen auf eine schmale Person, die zusammengesunken auf einem Klappstuhl hockte. Beide Hände waren wie in tiefer Verzweiflung in das lange, schwarze Haar gekrallt. Ihre Schultern zuckten, was auf einen Weinkrampf hinwies. Leonie drängte ihre Kollegen beiseite und legte eine Hand auf den Rücken der schluchzenden Frau. Kaum spürte sie die Berührung, zuckte sie mit einem verhaltenen Schrei zurück und starrte auf Leonie. Als sie bemerkte, dass es sich um eine Frau handelte, beruhigte sie sich und sank wieder in sich zusammen. Als Leonie in die Hocke ging und in das Gesicht der Frau sah, erkannte sie sofort, dass sie es mit einer Ausländerin zu tun hatten. Als ihre Hand das Knie der Täterin berührte, wurde diese sofort wie von einer Ertrinkenden ergriffen. Ihre Augen drückten pure Verzweiflung und Angst aus.

»Würden Sie mir Ihren Namen verraten?«, versuchte Leonie, eine Unterhaltung in Gang zu bringen. Die Stimme eines Polizeibeamten lenkte sie ab.

»Da werden Sie wenig Glück haben. Das haben wir auch schon versucht. Sie scheint nur russisch zu verstehen. Im Wohnwagen haben wir schon nach Ausweispapieren gesucht, fanden aber nur die Arbeitserlaubnis des Ordnungsamtes und den Nachweis, dass sie an dem Beratungsgespräch beim Gesundheitsamt teilgenommen hat. Sie heißt darin Wanja Stefanova. Ich verstehe nur nicht, warum sie russisch und nicht bulgarisch spricht. Wir haben hier viele Bulgarinnen, von denen aber keine russisch spricht. Ich habe mich bei denen umgehört. Keiner kennt die Neue. Aber mehr war aus ihnen nicht rauszuholen. Man redet hier nicht über solche Sachen, müssen Sie wissen.«

»Soll das eine Andeutung sein, dass es sich hier um keine Bulgarin handelt?«, mischte sich Gordon ein. »Sie muss doch weitere Papiere haben. Pass, Aufenthaltsgenehmigung und so weiter.«

»Das finden Sie bei keiner der Frauen, Herr Hauptkommissar. Die werden von ihren männlichen Beschützern aufbewahrt. Damit soll wohl verhindert werden, dass die Damen flitzen gehen. Sie verstehen, was ich damit sagen will?«

»Ich denke schon. Wo können wir diese sogenannten Beschützer finden?«

Die Stimme kam aus dem Hintergrund, die dazu Aufklärung brachte. Der komplett in dunkelbraunem Leder gekleidete Mann drängte sich durch den Kreis von Polizeibeamten und stand nun mit in den Hosentaschen versenkten Händen vor Gordon. Beide Männer waren etwa gleich groß und konnten sich daher direkt in die Augen sehen. Gordon traf die Entscheidung, dass er diesen Typen nicht leiden konnte, im gleichen Augenblick, wie er dessen Stimme vernahm. Die Augen, in die er blickte, zeigten pure Überheblichkeit und Brutalität. Der Mund, um den ein Dreitagebart die Männlichkeit unterstreichen sollte, strahlte Zynismus aus, der Gordon abstieß. Er selbst bevorzugte längere Haare, was manchen Leuten in den oberen Etagen des Präsidiums nicht sonderlich gefiel. Doch am Kopf dieses arroganten Laffen stieß es Gordon förmlich ab.

»Wer sind Sie und was wollen Sie hier? Wir sind mitten in einer Ermittlung.«

»Wanja ist meine Freundin. Ich wollte sie eigentlich nur besuchen, als ich den Auflauf hier um meinen Wohnwagen sah. Ist was passiert? Ja – und mein Name ist Ralf Scheuer. Freunde nennen mich Ralle.«

»Dann würde ich es bei Ralf Scheuer belassen. Sie sprachen gerade von Ihrem Wohnwagen. Wieso ...«

Scheuer unterbrach Gordon mit den Worten: »Die Kiste gehört mir. Wanja hat sie von mir gemietet. Ganz offiziell. Sie zahlt Miete dafür. Es soll ja alles seine Ordnung haben. Sie wollte unbedingt hier arbeiten. Da habe ich ihr das angeboten. Doch ich weiß immer noch nicht, was mit ihr ist. Warum wurde sie festgenommen? Sie hat alle Papiere, die nötig sind und hier ist der Pass. Ich verwahre den, damit ihr der nicht von irgendeinem Freier geklaut wird. Man weiß ja nie, womit man es zu tun bekommt.«

»Wir wissen Ihre Fürsorge sehr zu schätzen, Herr Scheuer. Zeigen Sie mal her.«

Leonie riss dem Fatzke den Pass aus der Hand und blätterte darin herum.

»Wie ich sehe, ist Wanja erst vor fast sieben Wochen in die Bundesrepublik eingereist. Kannten Sie sich schon früher? Ich meine, dass es schon eine reife Leistung ist, sich in der kurzen Zeit mit einer Ausländerin anzufreunden und sie dazu zu bringen, anschaffen zu gehen. Sie scheinen ja ein flotter Aufreißer zu sein.«

»Muss ich mir das gefallen lassen, Herr Hauptkommissar? Wenn das eine Kollegin von Ihnen ist, wäre es vielleicht nett, wenn Sie ihr sagen könnten, dass sie mich nicht in der Art behandeln darf. Ich möchte helfen und sehe nicht ein, dass ich mir das bieten lassen muss.«

»Oh, es tut mir leid, dass ich Ihnen die Kollegin noch nicht vorgestellt habe. Das ist Kommissarin Felten und bei dem Herrn hier über mir handelt es sich um Kommissar Wiesner. Ich muss außerdem gestehen, dass ich der Unterhaltung zwischen Ihnen und der Kollegin nicht gefolgt bin. War völlig in Gedanken.«

Grinsend blickte Gordon auf Kai, der selbst ihn noch um einige Zentimeter überragte.

»Doch warum beschweren Sie sich nicht direkt bei der Kollegin? Haben Sie Vorbehalte gegen Frauen im Polizeidienst? Das müssen Sie nicht. Frau Felten macht einen hervorragenden Job und ist in der Lage, schon selbstständig zu denken – so wie ein Mann. Und jetzt warten wir alle hier auf die Beantwortung der Frage.«

Zum ersten Mal war eine Spur von Unsicherheit im Gesicht des Zuhälters zu entdecken, was er mit einem giftigen Blick auf Leonie quittierte.

»Wanja traf ich mehr zufällig in unserer Kneipe. Ja, wir freundeten uns schnell an. Dabei erzählte sie mir, dass sie gerne als Prostituierte in Deutschland arbeiten würde. Ich habe ihr bei der Anmeldung ein wenig geholfen. Sie wissen ja, wie kompliziert es in Deutschland ist, die nötigen Behördengänge zu absolvieren. Und schließlich hatte ich den Wohnwagen gerade frei, den ich ihr dann vermietet habe. Aber das wissen Sie ja schon alles. Was soll sie denn angestellt haben?«

»Eigentlich nichts weiter«, schaltete sich jetzt Kai ein, »außer, dass sie einen mutmaßlichen Freier abgestochen hat. Woher hatte sie die Waffe? Etwa auch von Ihnen? Ist es üblich, dass Ihre Damen Stichwaffen zu ihrem Schutz bei sich tragen?«

»Warum sagen Sie das mit dem seltsamen Unterton? Von mir hat sie das Messer jedenfalls nicht. Und was bringt Sie dazu, von *meinen Damen* zu sprechen? Ich bin ein unbescholtener Bürger und lasse mich so nicht weiter behandeln. Wanja wird sich das Messer irgendwo besorgt haben.

Und sollte sie den Mistkerl wirklich abgestochen haben, hatte sie ihre Gründe. Da dürfte doch wohl Notwehr im Spiel gewesen sein.«

»Na, damit dürfte die Sache bereits geklärt sein. Wir können abziehen. Herr Scheuer hat den Fall geklärt und wir können den Deckel draufmachen.«

Gordon konnte seine Ironie nur schlecht verbergen, als er das scheinbare Fazit anbot. Er ließ Scheuer einfach stehen und wandte sich an einen Beamten.

»Nehmen Sie bitte die Personalien des Herrn auf und sorgen Sie dafür, dass er uns auch nach der Vernehmung von Wanja Stefanova weiter zur Verfügung steht. Brauchen wir einen Dolmetscher? Ich befürchte, dass es sonst mit Frau Stefanova anstrengend wird.«

»Ich glaube, da kann ich Ihnen helfen, Herr Hauptkommissar. Drei Wagen weiter finden Sie eine Bewohnerin, die bulgarisch, russisch und recht gut deutsch spricht. Soll ich sie mal fragen?«

»Klasse, das wäre schon ein Fortschritt, Herr Kollege. Versuchen wir es. Holen Sie die Dame mal her.«

Gordon wartete gespannt auf die versprochene Dolmetscherin und musste sein Erstaunen verbergen, als ihm diese präsentiert wurde. Gordon gab zu, dass er eine solche Erscheinung hier in diesem Umfeld nicht vermutet hätte. Barisa Gabaloff, wie sie ihm vorgestellt wurde, besaß das, was viele Männer dazu brachte, oftmals länger hinzugucken, als ihre Ehefrauen ertragen konnten. Ein Gesicht, das zum Träumen verleitete, und eine Figur, die unterdrückte Fantasien anzuregen vermochte. Endlich fand Gordon seine Sprache wieder, nachdem er den positiven Schock verarbeitet hatte. Leonies unverschämtes Grinsen war ihm nicht entgangen.

»Was darf ich für euch tun? Ich soll übersetzen, habe ich gehört.«

Der Akzent und das Timbre, was in Barisas Stimme mitschwang, konnte bestimmt bei Freiern den Preis für Liebesdienste hochtreiben, ohne dass große Einwände entstanden. Davon war Gordon überzeugt. Schon fast zu galant führte er die dunkelhaarige Schönheit, die erstaunlich dezent geschminkt war, zu der Stelle, an der Wanja Stefanova immer noch weinend wartete.

»Den Namen haben wir schon, Barisa. Wir müssen wissen, was hier genau passiert ist. Sie soll uns jede Einzelheit schildern. Das ist sehr wichtig.«

Niemand der Umstehenden verstand, was Barisa ihre Kollegin fragte. Stockend berichtete Wanja davon, was sich im Wohnwagen ereignet hatte. Ab und zu unterbrach Barisa und stellte neue Fragen. Schließlich blickte Gordon in die tiefbraunen Augen Barisas und lauschte wie auch die Umstehenden der unglaublichen Geschichte, die ihnen präsentiert wurde.

16

»Das dürften die Mädchen auf dem Strich oder im Puff vermutlich oft genug erleben«, meinte Leonie, die Umstände
der Tat erklären zu müssen. »Ich hätte das Schwein ebenfalls
umgelegt. Was ist los mit den Männern? Wie kann man so
was von einem anderen Menschen verlangen? Mir wird ganz
schlecht, wenn ich nur daran denke. Ich habe immer noch
diesen stinkenden Kerl vor Augen und seinen dreckigen,
steifen Schwanz. Das ist einfach abstoßend.«

Kai und Gordon wechselten einen vielsagenden Blick, der
auch Verständnis für Leonies Äußerung zeigte. Sie wussten
nur zu gut aus ihrer langen Praxis, die sie oft ins Milieu
führte, dass es kaum etwas gab, was diese armen Frauen
noch nicht erleben mussten. Die meisten von ihnen über-
wanden sich irgendwann und führten die Wünsche der Freier
aus, doch gab es auch eine Schmerzgrenze, die nicht über-
schritten werden durfte. Genau das war hier geschehen. Die
drastische Reaktion von Wanja war zwar unüblich, jedoch
auch verständlich. Sie befand sich in einer Notlage, aus der
sie dieser perverse Freier einfach nicht herausgelassen hatte.
Bitten und betteln nützte nichts, sodass sie zum letzten
Mittel greifen musste, um ihr eigenes Leben zu schützen.
Ein Gericht würde später befinden, ob sie wegen Totschlags

bestraft würde oder der Notwehr-Paragraph Anwendung finden konnte. Derzeit saß sie jedoch in Untersuchungshaft.

»Was haltet ihr davon, dass Wanja ausschließlich russisch spricht? Laut Pass stammt sie aus Plowdiw, südöstlich von Sofia. Da spricht man kein russisch. Sie wurde dort geboren. Ich werde mal Auskünfte einholen. Normalerweise sind die Kollegen dort recht kooperativ. Irgendwas stimmt da nicht, sagt mir mein siebter Sinn.«

Kai irrte sich nur selten bei seinen Mutmaßungen. Gordon nickte zustimmend und lenkte das Gespräch auf eine andere Person.

»Ich möchte mich näher mit diesem Ralf Scheuer beschäftigen. Dino erklärte mir vorhin, dass dem Dreckskerl mehrere von diesen Wohnwagen gehören, die an verschiedenen Stellen stehen. Das betrifft nicht nur den Kirmesplatz in Essen. Der hat auch Vermietungen auf der Gelsenkirchener Straße zwischen Gelsenkirchen und Herten. Das ist ein Zuhälter unter dem Deckmantel des Vermieters. Gerne würde ich diesem arroganten Saukerl das Handwerk legen.«

Bevor er sich auf den Weg zu Dino machte, fasste Gordon zusammen.

»Wir sollten einige Recherchen parallel betreiben. Wie viele Buden hat Scheuer vermietet? Was kann uns das Finanzamt zu seinen Einnahmequellen sagen? Du, Kai, kümmerst dich um die tatsächliche Herkunft von Wanja Stefanova. Ich möchte ihren gesamten Stammbaum wissen. Wann genau kam sie nach Deutschland und warum sieht ihr Pass so neu und ungebraucht aus? Fass am besten bei der Ausstellungsstelle in Sofia nach. Aber du, Leonie, bleibst an dem Fall Klingel dran. Keiner ist so tief in der Materie wie du.

Sprich mit dem Vater und noch mal mit der Mutter. Die werden irgendwann das Geheimnis preisgeben, das es mit Sicherheit gibt. Mir ist das einfach zu offensichtlich, dass die Mutter ihre eigene Tochter – nein, das glaub ich einfach nicht. Die wirkt auf mich nicht so, als wäre sie eine berechnende Mörderin. Klar, sie ist eine selbstherrliche und bornierte Frau, aber Mord? Das wäre für mich kaum vorstellbar. Fragt mich nicht, woher ich das weiß, es ist mal wieder nur ein Gefühl. Da würde ich schon eher auf den coolen Daddy tippen. Der hat doch Dreck am Stecken. Du wirst das schon herausfinden, liebe Leonie. Und nimm Mia mit ins Boot. Sie kann viel von dir lernen.«

»So viel Lob an einem Tag? Womit habe ich das verdient, Chef? Egal, ich kümmer mich drum. Und danke – ich meine damit die Szene im Puff. Von diesen Dreckskerlen vom Typ Scheuer gibt es noch zu viele.«

Hauptkommissar Wohlert hatte den Kaffeepott schon gefüllt, als Gordon ins Zimmer trat. Er wusste um die Pünktlichkeit seines Freundes. Wortlos schob er ihm den Pott rüber, als sich Gordon in den Stuhl warf.

»Ich hörte von eurem Ausflug in den Puff. Seid ihr dort zurechtgekommen? Normalerweise erfährt man da nur wenig, da die alle wie Pech und Schwefel zusammenhalten? Ein Mord an einem Freier? Das ist absolut selten. Ab und zu kommt es vor, dass da einer in die Schranken gewiesen und zusammengeschlagen wird. Aber Mord? Was ist genau passiert?«

Gordon fasste die Ereignisse grob zusammen: »Da ist ein Freier vorgefahren, der dieser Wanja Stefanova vorgaukelte, dass er bereit wäre, für eine besondere Behandlung ordentlich was auszuspucken. Erst im Verrichtungswagen machte er ihr dann klar, dass er von ihr erwartete, sie quälen zu dürfen. Anfangs schien das noch recht harmlos zu sein, als er sie anschrie und ihr eins mit dem Hosengürtel überzog. Aber dann muss er wohl sein Messer, ein Stilett, gezeigt haben, mit dem er ihr zu Leibe rücken wollte. Ich kann mir gut vorstellen, wie das Mädel in Panik verfiel. Sie schaffte es, ihm das Messer aus der Hand zu schlagen und ihm anschließend in den fetten Wanst zu rammen. Ich denke, dass sie auf Notwehr hoffen darf. Ich kann ihr das Gegenteil nicht beweisen.«

»Ich hörte, dass diese Stefanova erst vor wenigen Wochen ins Land kam. Da wundert es mich auch nicht, wenn die sofort panisch wird. Andere Mädchen, die schon länger im Geschäft sind, hätten ihre Beschützer geholt. Die haben alle so einen Alarmknopf, mit denen sie um Hilfe rufen können. Die hätten dem Freier schon gezeigt, was man mit denen macht, die derartige Anliegen haben. Es ist wohl nicht schade um den Kerl. Irgendwann hätte der bestimmt mal ein Mädchen bei seinen Spielchen umgebracht.«

»Das mag wohl sein, Dino. Jetzt mal was anderes. Sagt dir der Name Ralf Scheuer was?«

Es dauerte nicht lange, bis Dino eine Seite aufgerufen hatte, die das Konterfei des Angesprochenen zeigte. Gordon kam um den Tisch herum und las, was ihm sein Freund anzubieten hatte.

»Interessant. Dass man schon lange versucht, den Mann wegen Zuhälterei hinter Gitter zu bringen, war mir von Anfang an klar. Doch dass er schon wegen Drogengeschäften hinter schwedischen Gardinen saß, ist bemerkenswert. Wir möchten herausfinden, womit der Penner seinen Lebensunterhalt verdient. Er tut so, als würde er von den Frauen nur die Miete kassieren und dass sie auf eigene Rechnung arbeiten.«

Dino schloss die Seite, streckte die Beine weit unter den Tisch und nippte an seiner Tasse.

»Grundsätzlich oder sagen wir besser, offiziell ist das auch so. Nur sind die Mieten so extrem hoch, dass den Mädchen kaum was zum Leben bleibt. Sicher, er lässt ihnen einen gewissen Obolus, schöpft aber den Rahm des Verdienstes ab. Die meisten Frauen sind bei ihren Beschützern hoch verschuldet. Die haben ja schließlich irgendwann einmal den Kaufpreis hinlegen müssen. Jetzt kommt noch die Miete drauf. Da zieht es sich schon einige Jahre hin, bis alles getilgt wurde. Erst wenn sie für das Geschäft verbraucht sind, gibt man ihnen die Freiheit, auf eigenen Füßen zu stehen. Allerdings ist es Gott sei Dank heute so, dass in die Krankenversicherung eingezahlt werden muss. Dadurch sind die Frauen im Krankheitsfall auf der sicheren Seite.«

»Wenn ich das richtig verstehe: Zuhälterei ist dem Sauhund nicht nachzuweisen? Wie kommt der denn an die Frauen?«, wollte Gordon wissen.

»Die Frauen werden oft unter den Typen wie Fernseher gehandelt. Einer kauft von dem anderen Luden und zahlt dafür hohe Ablösesummen. Dann verschwinden die Mädchen aus der Stadt und tauchen woanders wieder auf. Allerdings gibt es da auch eine Börse. Du musst dir das so vorstellen, dass die Mädchen völlig legal über die Grenze von Bulgarien, Polen oder einem sonstigen EU-Land kommen, dort von Aufreißern geködert werden und schließlich auf dem Strich landen – mehr oder weniger freiwillig.«

»Das versuchen meines Wissens nach doch auch Frauen aus Nicht-EU-Ländern? Dann dürfte es doch Schwierigkeiten mit der Arbeitserlaubnis geben.«

»Jein. Die versuchen es sicher, werden auch von den Menschenfängern aufgegriffen. Aber es ist für die Typen gefährlich, solche Frauen in Clubs zu beschäftigen. Man macht aus denen heute einfach legale Arbeiterinnen, indem man ihnen eine neue Identität verschafft.«

Nun war Gordon hellwach und hakte nach.

»Falsche Pässe also?«

»Genau, Gordon. Ich dachte, das wüsstest du.«

»Das stimmt auch. Nur habe ich das bisher noch nicht im Zusammenhang mit einem Mord erlebt. Gibt es übrigens ein schwebendes Verfahren oder eine Ermittlung gegen diesen Ralf Scheuer? Würde mich da gerne einklinken. Das Schwein will ich von der Straße haben.«

»Eigentlich wollte ich dich erst in den kommenden Tagen darüber in Kenntnis setzen, aber wo wir gerade dabei sind, hier ein Verdacht, dem wir gerade nachgehen. Es heißt in der Szene, dass vor Wochen eine Lieferung aus der Ukraine über den Schiffsweg ankam. In Containern.«

»Du sprichst jetzt über ...«

»Ja, ich meine damit Frischfleisch, Frauen und junge Mädchen. Die werden dann in irgendwelchen geheimen Gewölben meistbietend versteigert. Ein Riesengeschäft für die Händler, kann ich dir sagen. Die Schleuser verdienen dabei doppelt, da die Frauen schon vorher für den Transport latzen mussten.«

Dino beobachtete den Freund kritisch, der jetzt nachdenklich seinen Kaffeepott hob und wieder absetzte, ohne einen Schluck davon getrunken zu haben.

»Ich habe da gerade eine ganz hässliche Szene vor meinen Augen, Dino. Könnte es sein, dass unsere Leiche, ich meine die Frau aus dem Hafenbecken ...?«

Weiter führte er den Gedanken gar nicht aus, da Dino wusste, worauf Gordon hinauswollte. Seinem Schulterzucken folgte lediglich die Bemerkung, die Gordons Vermutung nur verstärkte.

»Gut möglich. Es ist nicht das erste Mal, dass man davon hört. Die Dreckskerle nennen das natürliche Fluktuation, die auf längeren Transporten des Öfteren vorkommt. Nur findet man die Leichen nie. Dass es bei dieser Frau anders lief, war schon ein seltener Zufall. Ich muss mir mal was überlegen, wie wir an die Dreckskerle rankommen. Leicht wird das nicht, da die Bande unglaublich misstrauisch und supergut vernetzt ist. Da reinzukommen grenzt schon fast an ein Wunder. Übrigens handelt es sich dabei in den meisten Fällen um russische Mafia. Denen möchte ich nicht in die Hände fallen.«

»Deshalb kann ich auch verstehen, warum deine Informanten so verschwiegen und vorsichtig sind. Die haben Angst«, ergänzte Gordon. »Lass uns darüber nachdenken, wie wir vorgehen.«

17

Leonie erkannte Lothar Klingel sofort, als sie vor Mia die Tür aufzog. Obwohl sie sich mit ihm in einem der besseren Cafés in der Innenstadt verabredet hatten, fiel dieser Mann schon durch seine elegante Kleidung auf, da man hier eher den sportlichen Stil pflegte. Auch die gepflegte Frisur mit den grauen Strähnen verlieh diesem Geschäftsmann eine Ausstrahlung, die nicht erklärbar war. Sie war einfach da und sorgte für so manchen schnellen Seitenblick der reichlich vorhandenen Damenwelt. Sie näherten sich seinem Tisch von der Seite und nahmen die Tatsache wohlwollend auf, dass er sich zur Begrüßung erhob und sogar eine kleine Verbeugung andeutete. Alte Schule, dachte Leonie und setzte sich ihm gegenüber. Mia nahm die Position direkt neben Klingel ein.

»Was darf ich den Damen bestellen? Hier serviert man den besten Kaffee in der Stadt in reichlichen Variationen. Oder soll es etwas Alkoholisches sein?«

Er beugte sich vor und verriet beiden fast verschwörerisch, dass er sich bereits ein Stück Käse-Sahne gegönnt hatte, da er schon sehr früh hier war und der Heißhunger ihn übermannt hatte.

»Diese Köstlichkeit kann ich Ihnen nur empfehlen.«

»Das ist lieb gemeint, Herr Klingel, aber davon möchten wir Abstand nehmen. Wir wollen gewisse Anstrengungen im Sportstudio nicht für nutzlos erklären.«

Mit der flachen Hand rieb sich Leonie über den kleinen Bauchansatz. Auch Mia zeigte ein smartes Lächeln und schüttelte den Kopf.

»Aber gegen einen Latte macchiato haben wir keine Einwände. Schön, dass Sie so kurzfristig für uns Zeit haben, Herr Klingel. Uns sind gewisse Umstände oder nennen wir sie einmal Informationen, noch nicht so richtig klar. Es wäre für die Ermittlungen sehr hilfreich, wenn wir in diesen Punkten Klarheit schaffen könnten. Bitte nehmen Sie mir das nicht übel, wenn ich ganz offen mit Ihnen darüber rede. Schließlich sind diese kleinen Geheimnisse schon längst keine mehr.«

»Ich habe nichts zu verbergen, Frau Felten. Und es ist mir immer recht, wenn mit offenen Karten gespielt wird. Viel zu oft habe ich es im Geschäftsleben mit Intriganten zu tun, die häufig vielversprechende Verbindungen zerstören. Darum möchte ich sagen: Fragen Sie nach Herzenslust.«

Auf dieser Basis ließ es sich besser reden, dachte sich Leonie und wartete den Abgang der Bedienung ab, bevor sie die erste Frage stellte.

»Lassen Sie uns gar nicht erst um den heißen Brei herumreden, Herr Klingel. Es ist uns zugetragen worden, dass es in Ihrem Umfeld eine Beziehung gibt, die wir einmal als Liebschaft bezeichnen möchten. Das ist eine Tatsache, die Sie zwar mit sich selbst ausmachen müssen, die aber dennoch von Bedeutung für den Fall sein kann. Ich sagte ja schon, dass uns dies zugetragen wurde, was wiederum beweist, dass es eigentlich kein Geheimnis mehr ist. Viele scheinen das zu wissen. Wie sieht es mit Ihrer Frau aus? Weiß sie auch davon? Haben Sie es ihr gestanden?«

Wenn Leonie geglaubt hatte, diesen Mann damit in Verlegenheit gebracht zu haben, wurde sie enttäuscht. Sein Lächeln veränderte sich in keiner Weise, so als hätte er diese Frage sogar erwartet. Höflich bedankte er sich bei der Bedienung, die das Tablett vor Leonie absetzte und mit geübtem Hüftschwung zum nächsten Tisch wechselte.

»Wir haben vor etwa drei bis vier Monaten offen darüber gesprochen. Ich müsste lügen, wenn ich Ihnen sagen würde, dass sie das nicht schockiert hat. Doch sehen wir die Situation einmal ganz pragmatisch. Wir sind jetzt sechsundzwanzig Jahre verheiratet. Das erste Feuer ist fast erloschen, man lebt mehr oder weniger nebeneinander her. Wir wissen es alle sehr gut. Sie, Frau Richter, sind noch jung und werden es sicher irgendwann erfahren müssen. Da findet das Liebesleben quasi nicht mehr statt, außer mehr gezwungene Treffen der mehr lustlosen Art, wenn Sie verstehen, was ich meine.«

Lothar Klingel wartete ab, ob es eine Reaktion bei seinen Gesprächspartnerinnen gab. Sie blieb aus. Leonie und Mia hörten gespannt zu.

»Wir haben ganz offen darüber gesprochen und kamen überein, dass eine Scheidung deswegen nicht in Betracht kam. Es wäre nur zu unerwünschten Beeinträchtigungen im Geschäft, aber auch innerhalb der Familie gekommen. Das gilt es unbedingt zu vermeiden. Es gibt viel zu verlieren, wozu dann auch die Kinder zu rechnen sind.«

Zum ersten Mal schaltete sich Mia ins Gespräch ein und wandte sich an Klingel.

»Wo wir gerade dabei sind. Was war mit den beiden? Waren sie einbezogen worden in das Gespräch? Wussten Ralf und Valerie von Ihren Eskapaden?«

»Nun stellen wir meine Beziehung bitte nicht in die Ecke eines billigen Seitensprungs, Frau Richter. Ich liebe diese Frau und beabsichtige, das Verhältnis, wie wir es besser bezeichnen sollten, fortzusetzen. Um ihre Frage zu beantworten: Ich weiß es nicht. Von mir erfuhren sie es jedenfalls nicht. Darin war ich mir mit Iris einig. Die Familie musste zumindest nach außen weiter funktionieren. Wissen Sie darüber mehr? Wussten die Kinder tatsächlich davon?«

Das Gefühl sagte Mia, dass die Frage ehrlich gemeint war. Seine Miene drückte echte Besorgnis aus. Sie entschloss sich, auszuweichen.

»Das ist eine Frage, der wir noch nachgehen müssen, denn sie würde ein anderes Licht auf die Gesamtlage werfen. Es könnte ja schließlich ein Motiv für den möglichen Suizid liefern.«

»Moment, Frau Richter. Worüber sprechen wir nun tatsächlich? Ermitteln Sie wegen eines Tötungsdelikts, also einem möglichen Mord, oder suchen Sie nach einem Motiv für Valeries Suizid? Steht es noch nicht endgültig fest, was an dem Tag wirklich geschah?«

»Sagen wir das mal so«, klinkte sich Leonie wieder ein, »... wir ermitteln in alle Richtungen.«

»Das erwähnten Sie schon, als Sie zum ersten Mal ins Haus kamen. Mittlerweile dürfte doch wohl Klarheit darüber entstanden sein, ob Valerie ...«

»Nein, Herr Klingel«, unterbrach sie den Vater, »Wirkliche Klarheit wird es erst dann geben, wenn alle Fakten auf dem Tisch liegen. Da gibt es für mein Gefühl noch zu viele Ungereimtheiten. Das Alibi Ihrer Frau lässt zum Beispiel vieles offen.«

Zum ersten Mal entdeckten die Ermittlerinnen Verärgerung im Gesicht des Mannes.

»Das mag vielleicht in Ihren Augen ein Grund sein, um sie zu verdächtigen. Für mich steht eines fest. Iris wäre niemals dazu in der Lage, ihren Kindern etwas anzutun. Was sage ich da? Sie könnte niemandem Leid zufügen. Ich gebe zu, dass sie sich am Tag der Tat auffällig benahm durch ihre Aggressivität. Doch das ist dem Umstand geschuldet, dass sie ihr Kind um jeden Preis verteidigen und beschützen wollte. Außerdem sagte sie doch, dass sie in Rüttenscheid im Salon Giese war. Dort werden Sie sich doch bestimmt schon umgehört haben?«

Leonie ließ auch diese Frage unbeantwortet und wechselte das Thema.

»Ich hätte eine Frage zu Ihren Kindern. Wissen Sie von Freundschaften oder zumindest von engeren Kontakten bei Ralf oder Valerie? Sie sind sechzehn und siebzehn. Da hat man doch meistens schon engere Beziehungen. Wissen Sie darüber etwas?«

Lothar Klingel schien ernsthaft zu überlegen und schüttelte schließlich den Kopf.

»Jetzt, wo Sie das ansprechen, muss ich gestehen, dass ich in diese Richtung nie ernsthaft nachgefragt habe. Wissen Sie, der Job gab mir nicht viel Zeit, um mich ...«

»Sie hatten ja auch noch andere Verpflichtungen, die sicher wichtiger waren als Ihre Kinder. Das verstehe ich«, warf Mia mit einem hintergründigen Grinsen ein, was bei

114

Klingel sofort zu einer Gegenreaktion führte. Auch Leonie warf ihr einen strengen Blick zu.

»Hören Sie, Frau Richter. Ich versuche die ganze Zeit, unser Gespräch auf einer sachlichen, aber auch höflichen Basis zu führen. Warum Sie jetzt mit spitzfindigen Bemerkungen davon abrücken, werden nur Sie beurteilen können. Falls Sie keine weiteren Fragen mehr haben, würde ich es begrüßen, wenn wir hier abbrechen. Aufgaben warten auf mich, die nicht aufzuschieben sind. Bevor von Ihnen beiden wieder eine dieser unqualifizierten Bemerkungen dazu kommt – es handelt sich nicht um meine Beziehung zu dieser Frau. Ich wünsche Ihnen noch einen guten Tag.«

Mit dieser Bemerkung erhob sich Lothar Klingel und legte einen Geldschein neben seinen Teller. Leonie konnte es sich nicht verkneifen, ihm etwas nachzurufen.

»Falls das Geld für die Getränke sein soll, darf ich Ihnen verraten, dass wir unseren Kaffee selbst bezahlen werden. Sie wissen doch bestimmt, dass wir im Dienst nichts annehmen dürfen. Ich sage nur Anti-Korruptionsgesetz – das kennen Sie sicherlich.«

Wenn Blicke töten würden, hätten beide Frauen in den folgenden Sekunden nur äußerst geringe Überlebenschancen gehabt. Alle Gäste blickten empört zur Tür, als diese hart ins Schloss geschlagen wurde.

18

Nachdenklich waren Gordon und Kai Leonies und Mias Bericht über Lothar Klingel gefolgt, der damit endete, dass gespannte Stille einkehrte. Der erste Kommentar stammte von Gordon.

»Meiner Einschätzung nach, ist der Kerl zwar ein ziemliches Arschloch, aber einen Mord an seiner eigenen Tochter traue ich ihm genauso wenig zu wie der Mutter.«

»Aber irgendjemand muss ihr doch die Pulsadern durchtrennt haben. Das scheint doch zweifelsfrei festzustehen«, meinte Kai. »Wäre es denn denkbar, dass dafür jemand von ihnen bezahlt wurde?«

Entschieden schüttelte Gordon den Kopf.

»Nutzen würde das bei viel Phantasie lediglich der Mutter bringen, um die Schmach, die über der nach außen intakten Familie lag, abzuwenden. Doch der gute Ruf besaß schon vorher erhebliche Risse, weil der Drogenkonsum bei Valerie bekannt geworden war. Klar, eine Anklage, wenn sie denn überhaupt vor Gericht gelandet wäre, wirft schon im Ansatz dunkle Schatten über sie. Doch dürfen wir davon ausgehen, dass es niemals zu einer Verurteilung gekommen wäre, solange der Betroffene, also der Junge, dazu schweigt. Sinn würde folglich nur Ralfs Tod gemacht haben. Davon lasse ich mich nicht abbringen, dass uns ein wichtiges Puzzleteil fehlt, zumindest entgangen ist. Die Geschichte stinkt.«

»Ich kann ja nochmal ein bisschen im Umfeld nachhören. Nachher fahre ich bei dem Frisiersalon vorbei. Mia muss ja noch den Bericht schreiben. Es heißt, dass Iris Klingel mit der Inhaberin seit Jahren ziemlich dicke ist. Die kennen sich schon aus der Schule. Und seinem Friseur erzählt man ja bekanntermaßen fast alles. Ich werde nichts unversucht lassen. Und was gibt es Neues bei euch im Fall des toten Freiers? Das Bild mit dem Kerl und dem steifen Glied kriege ich nicht aus dem Schädel. Am liebsten hätte ich ihm noch auf den dreckigen Schwanz gespuckt. Mir wird übel, wenn ich daran denke, was diese Frauen häufig über sich ergehen lassen müssen. Pfui Teufel.«

Kai und Gordon tauschten lediglich einen Blick, ließen diese von starken Emotionen geprägte Bemerkung allerdings unkommentiert. Insgeheim mussten sie der Kollegin recht geben.

»So richtig schlau bin ich nicht daraus geworden, was Sie genau von mir erwarten, Frau Felten. Es geht um Frau Klingel – so viel habe ich verstanden. Doch erwarten Sie bitte nicht von mir, dass ich mich über Kundinnen auslasse. Das ist in meinen Augen ein Vertrauensbruch.«

Leonie folgte Cornelia Giese in den hinteren Raum des Salons, wo sie ungestört vom Trubel des vorderen Geschäftsraumes reden konnten.

»Darf ich Ihnen etwas anbieten? Kaffee, Wasser?«

»Das ist lieb, doch nicht nötig. Ich werde Sie nicht lange belästigen, Frau Giese. Wir sollten jedoch noch einmal auf

Aussagen zu Frau Klingel eingehen. Ich denke, dass Sie von den Vorgängen im Hause Klingel spätestens durch die lokale Presse erfahren haben dürften. Mittlerweile ermitteln wir wegen Mord.«

Mitten in der Bewegung stoppte Frau Giese und zog die Hand zurück, mit der sie nach einem Wasserglas gegriffen hatte.

»Mord? Frau Klingel hat ihre Tochter ... ich meine, sie hat die eigene ...?«

»Nein, Frau Giese. Das dürfen Sie nicht falsch interpretieren. Niemand hat Frau Klingel unterstellt, dass sie die Tochter getötet hat. Ich sprach lediglich davon, dass wir wegen Mord ermitteln. Das richtet sich derzeit noch gegen unbekannt. Um die Ermittlungen zu beschleunigen, benötigen wir Zeugenaussagen. In diesem Fall wurden Sie, Frau Giese, als eine Zeugin angeführt. Frau Klingel behauptet, am Tattag hier im Salon gewesen zu sein. Können Sie das so bestätigen? Über welchen Zeitraum hielt sie sich denn hier auf? Wir sprechen selbstverständlich über den vergangenen Dienstag.«

»Sie entschuldigen mich bitte? Ich müsste dazu das Terminbuch holen.«

Es dauerte nur wenige Sekunden, bis die Friseurmeisterin wieder erschien. Sie blätterte zurück und ließ den Finger auf einer Eintragung.

»Hier haben wir es. Ja, ich erinnere mich gut an diesen Tag, weil kurz vorher genau vor der Tür ein Fahrzeug einer Kundin angefahren wurde. Iris hatte ihren Termin um 11:30 Uhr. Sie kam fünf Minuten zu spät, was wir aber nicht anders von ihr kennen. Ich glaube, das macht sie mit

Absicht. Doch egal. Ja, sie war hier. Ich habe sie persönlich bedient, da sie darauf besteht.«

»Wann waren Sie mit ihr fertig, Frau Giese? Können Sie sich noch an die Uhrzeit erinnern?«

»Nicht auf die Minute genau, aber es müsste so gegen 12:45 Uhr gewesen sein. Allerdings erinnere ich mich gut daran, dass sie es plötzlich eilig hatte. Sie sah irgendwann auf die Uhr und sprang auf, obwohl ich noch nicht mit dem Auskämmen fertig war. Ich gebe zu, dass ich etwas verärgert war, da sie mit einer unfertigen Frisur zur Kasse lief, Geld auf den Tresen warf und eilig in ihren Wagen verschwand.«

»Das ist schon etwas ungewöhnlich. Da gebe ich Ihnen recht. Hat sie denn vorher mit Ihnen geredet?«

Leonie registrierte den verständnislosen Blick der Inhaberin und beeilte sich, eine Erklärung nachzuschieben.

»Ich meine damit nicht das übliche Gerede aus der Nachbarschaft, das Sie sich wohl ständig anhören müssen. Teilten Sie sich ab und zu auch mal Dinge mit, was den privaten Bereich betrifft?«

Nun wechselte die anfängliche Neugierde um in Ablehnung.

»Ich erwähnte bereits anfangs, dass ich vertrauliche Dinge meiner Kundinnen nicht weitertrage. Da kann ich Ihnen nicht ...«

»Einen Augenblick, Frau Giese. Ich möchte an dieser Stelle eines klarstellen. Indem Sie mir Gesprächsinhalte grob darstellen, belasten Sie Ihre Kundin nicht unbedingt. Auch das Gegenteil kann eintreten. Noch einmal zur Erinnerung – wir ermitteln in einem Mordfall an einer Jugendlichen. Jede Kleinigkeit kann zur Lösung des Falles beitragen. Wenn wir

Frau Klingel von der Liste streichen können, verkleinert sich der Kreis der Verdächtigen, und das ist bestimmt zielführender, als wenn Sie wichtige Informationen zurückhalten. Nichts von dem, was Sie mir erzählen, kommt an die Öffentlichkeit, sofern es nicht für den Fall relevant erscheint. Also bitte. Hatte Frau Klingel Probleme, über die sie mit Ihnen redete? Ich möchte nicht unerwähnt lassen, dass Sie sich auch strafbar machen könnten, wenn Sie Informationen zurückhalten, die für die Lösung des Falls relevant sind.«

Der Kampf, den Frau Giese mit ihrem Inneren ausfocht, dauerte nicht lange. Die Vernunft siegte letztendlich und sie sah in Richtung Geschäftsräume, als befürchtete sie Lauscher.

»Einmal«, begann sie, »ich weiß nicht mehr so genau wann, erzählte sie mir, dass etwas Schlimmes bei ihr Zuhause geschehen ist. Das muss aber mehrere Monate zurückliegen. Ich versuchte, Näheres zu erfahren, da ich den Eindruck hatte, dass sie unbedingt etwas loswerden und mit jemandem darüber reden wollte. Als hätte sie sich eines anderen besonnen, machte sie sofort wieder zu. Sie wechselte das Thema und ich hatte das Gefühl, dass sie bereute, überhaupt darüber gesprochen zu haben. Von da an war sie anders. Ja, so würde ich es bezeichnen. Sie benahm sich von da an einfach anders. Sie wirkte nicht mehr so locker, war stets bedrückt und wortkarg.«

»Das hört sich interessant an. Das ist doch schon was, mit dem wir zumindest arbeiten können. Vielleicht spricht sie ja jetzt darüber, nachdem das mit Valerie passiert ist.«

»Um Gottes willen, Frau Felten, Sie werden ihr doch wohl nicht erzählen, woher ...?«

»Da können Sie ganz beruhigt sein, Frau Giese. Das eben war vertraulich und bleibt es auch. Ihr Name wird dabei nicht auftauchen. Wenn es sonst nichts zu berichten gibt, möchte ich mich für Ihr Entgegenkommen herzlich bedanken. Übrigens ein schöner Salon. Vielleicht sehen wir uns in Zukunft wieder. Ich meine, ich als Kundin bei Ihnen.«

Viele Augenpaare verfolgten Leonie, als sie den Salon verließ.

19

Kaum hatte Leonie ihren Bericht bezüglich Iris Klingel in der Runde abgeliefert, trat Ruhe ein. Alle ließen die Fakten sacken und versuchten, sich ein Bild von der Frau zu machen, die von der ehemaligen Schulfreundin und heutigen Friseurin Conny Giese so dargestellt wurde, als schleppe sie ein Problem mit sich herum.

»Ich wüsste nur zu gerne, was die Frau in den letzten Monaten verändert hat«, meinte Kai und sortierte die Zuckerwürfel in dem Porzellanbehältnis neu, um sich dann einen in den Mund zu stecken. Mit der flachen Hand fuhr er sich über den kahlen Schädel.

»Diese Familie verbirgt ein Geheimnis, das möglicherweise zur Lösung des Falles führen könnte. Klar, verdächtig ist die Mutter. Aber das ist mir zu durchsichtig. Der Vater ist mir einfach zu glatt, um nicht verdächtig zu wirken. Außerdem besitzt er das nötige Kleingeld, um eventuell einen Mord zu beauftragen.« Gordon knetete seinen Bart und malte weiter an seinen Strichmännchen auf dem Notizblock. Als würde er mit sich selbst sprechen, machte er einen neuen Vorschlag. »Was haltet ihr davon, wenn einer von uns das Gespräch mit der ominösen Geliebten führt? Die könnte mehr über ihn wissen. Kann man dem Mann ein solch perfides Verbrechen eigentlich zutrauen? Wir wissen immer noch zu wenig über die einzelnen Familienmitglieder. Es ist außerdem nicht auszuschließen, dass Iris Klingel in die Fußstapfen ihres untreuen Ehegatten getreten ist. Gibt es vielleicht jemanden in ihrem Leben? Ausschließen können wir das nicht. Leonie? Was hältst du davon? Könntest du da dranbleiben?«

»Ich wollte den Vorschlag sowieso machen, wobei ich auch mit dem Sohn noch nicht durch bin. Der Junge leidet, weil er sich keinem aus der Familie anvertrauen kann. Er braucht eine Schulter, wenn ihr mich fragt.«

»Hört, hört«, schaltete sich Kai wieder ein. »Und du möchtest dem jungen Mann wohl deine anbieten? Finde ich gut. Du bist dafür die beste Ansprechpartnerin. Du kannst gut zuhören und erhältst so auch guten Input, was die Gelüste junger Heranwachsender betrifft.«

Nicht nur Leonie starrte ihren Kollegen zweifelnd an. Sie wusste absolut nicht, ob Kai es wirklich ernst meinte oder sich etwas hinter dem vermeintlichen Lob versteckte.

»Ich weiß schon um meine Anziehungskraft auf vor allem junge Männer. Aber ich habe Zweifel daran, ob gerade du das richtig beurteilen kannst. Willst du mich etwa auf den Arm nehmen? Wenn ja, dann sage das klar und deutlich. Keiner am Tisch versteht zurzeit deinen seltsamen Humor.«

»Lassen wir das einfach so im Raum stehen«, schaltete sich Dino ein und ignorierte das Grinsen in Kais Gesicht. »Wie ich das sehe, kümmert sich Leonie hervorragend um den Fall, sodass wir uns getrost dem toten Freier zuwenden können. Über das Opfer, diesen Adeel Ben Rashid, gibt es nichts Besonderes zu berichten. Er hat bisher keine

Strafakte. Adeel bedeutet eigentlich Gerechtigkeit – die scheint er ja jetzt gefunden zu haben. Allerdings gibt es Gerüchte, dass seine Familie seinen Tod nicht so einfach hinnehmen wird. Es ist zu befürchten, dass es am Kirmesplatz bald Randale geben wird. Der Frau sollten wir Polizeischutz geben, sobald sie wieder aus der Haft entlassen wird.«

»Genau das habe ich befürchtet, als ich den Mann in seinem Blut liegen sah. Das lässt sich der Clan nicht gefallen. Wir sollten den gesamten Bereich für eine Weile bewachen lassen. Ich habe nachher sowieso einen Termin beim Präsidenten und Kläver.«

Gordon wirkte ehrlich besorgt, als er Dinos Bedenken teilte.

»Ich hätte mir nie träumen lassen, dass wir diese Zuhälterbande irgendwann einmal beschützen müssen. Die Frauen ja, aber nicht dieses wertlose Gesindel. Die sind doch keinen Pfifferling wert.«

»Alle Menschen sind gleich, zumindest vor dem Gesetz, Gordon. Aber in einem Punkt gebe ich dir recht. Sie sind nichts wert. Wie drückte das Immanuel Kant einmal aus? *Was einen Wert hat, hat auch einen Preis. Der Mensch aber hat keinen Wert, er hat Würde.* Da die Würde des Menschen laut Artikel 1 des Grundgesetzes unantastbar ist, hat der Mensch eben keinen Preis.«

Die Stille im Raum war greifbar, sie dröhnte in den Ohren, als sich Kai, Leonie und Gordon ansahen. Gordon fasste sich als Erster.

»Hör mal, Dino. Ist das eigentlich ein Bestandteil deines Arbeitsvertrages, dass du ein solcher Klugscheißer sein musst? Seitdem dein ältester Sohn das zweite Semester Psychologie studiert, kommst du uns dauernd mit solcher Scheiße. Ich stelle mir das gerade so vor, wenn du einen dieser verfluchten Dealer hops nimmst. Du legst dem bestimmt keine Handschellen mehr an – du laberst den solange voll, bis er freiwillig den Stoff rausrückt und in die Zelle flüchtet.«

Sechs Hände applaudierten zu dieser Ansage des Chefs. Leonie ergänzte noch die Frotzelei.

»Vielleicht sollten wir Dino zu Hilfe holen, wenn mal wieder jemand Suizid begehen will.«

»Besser nicht«, fügte Kai hinzu, »der wird sich dann aus lauter Verzweiflung mit einem Halleluja auf den Lippen das Messer ins Herz stoßen.«

»Es ist gut, Leute. Genug gelacht.« Gordon klopfte auf den Tisch, was alle wieder zurück in die Realität holte. »Ich verstehe, was er uns sagen wollte. Lasst uns entsprechende Maßnahmen ergreifen, damit dort kein Krieg ausbricht, der zum Flächenbrand wird. Leiden müssen letztendlich die Frauen darunter, denen es wahrlich schlecht genug geht. Das erinnert mich übrigens daran, dass ich noch ein weiteres Mal mit Wanja Stefanova reden wollte. Bei der ersten Vernehmung machte sie zu, als ich sie auf Ralf Scheuer ansprach. Sie hat Angst. Ich muss ihr klarmachen, dass wir sie beschützen können.«

»Können wir das, Gordon?«

Leonies Frage erzeugte erneutes Schweigen, da alle im Raum wussten, dass es keine endgültige Sicherheit für Verräter gab. Es existierten ungeschriebene Gesetze in der Szene. Eines davon bestand daraus, dass nichts nach außen getragen werden durfte. Die Strafen waren rigoros – und endeten zumeist tödlich.

»Ich weiß, Leonie, ich weiß. Aber es würde uns ja schon helfen, wenn wir Hinweise auf die Strukturen der Organisation erhielten. Ihr Name würde nirgendwo auftauchen und sie würde auch zum Schein eine Strafe bekommen. Es müsste alles echt aussehen. Darüber muss ich mit dem Staatsanwalt reden. Ich muss ihr zumindest was anbieten können, ohne dass es in ihrem Umfeld zu einem Verdacht reicht. Kommt Leute, ich besuche sie in der Zelle und du, Leonie, kümmerst dich um die Familie Klingel.«

20

Wanja Stefanova blieb einen Moment hinter der Eingangstür zum Besprechungsraum der Essener Haftanstalt stehen und blickte unsicher auf Gordon Rabe, der sich erhob und auf sie zuging.

»Kommen Sie bitte, ich werde Sie nicht beißen, Frau Stefanova. Auf dem Tisch haben wir Wasser, oder möchten Sie lieber einen Kaffee?«

Die Untersuchungsgefangene schüttelte lediglich unmerklich den Kopf und folgte Gordon zum Tisch. Sie deutete nur ein scheues Lächeln an, als Gordon ihr den Stuhl zurechtschob und sich zur anderen Seite des Tisches begab. Noch einmal drehte sie sich nach der Justizvollzugsbeamtin um, die sich neben dem Eingang postiert hatte und so tat, als ginge sie das Ganze nichts an. Gordon versuchte, Wanjas Aufmerksamkeit zu erlangen, indem er ihr frisches Wasser in den Pappbecher kippte und reichte. Wieder erntete er nur ein Lächeln.

»Nun ja, dann vielleicht später. Schön übrigens, dass Sie sich wieder an einige Brocken Deutsch erinnern. Bei der Erstvernehmung hatten Sie sicherlich noch Angst vor uns. Ich habe mir noch einmal ihre Aussage vom Tattag durchgelesen und habe dazu Fragen.«

»Ich verstehe nicht«, unterbrach Wanja mit stark gebrochenem Deutsch Gordons Einleitung. »Ich habe doch zugegeben, dass ich den Mann getötet habe, Herr Hauptkommissar. Und der Grund dafür wurde auch angegeben. Was ist daran unklar?«

»Der Tathergang bereitet mir dabei weniger Probleme. Das dürfte nach Meinung der Spurensicherung tatsächlich so abgelaufen sein. Daran haben wir kaum Zweifel. Ich denke, dass wir die Staatsanwaltschaft davon überzeugen können, dass Sie in Notwehr handelten. Das wäre aber nur eines der Probleme, das wir ausräumen müssen.«

Gordon erntete fragende Blicke und freute sich darüber, dass Wanja endlich zum Wasserbecher griff und einen Schluck daraus nahm.

»Was kann ich dazu beitragen, damit wir diese Probleme wegbekommen? Ich habe mir nichts zuschulden kommen lassen.«

»Sehen Sie, Frau Stefanova, genau darin liegt der Irrtum. Wir haben uns Ihre Papiere einmal angesehen. Dabei spreche ich nicht von dem Gesundheitszeugnis und der Anmeldebestätigung beim Ordnungsamt. Es geht um Ihren Pass.«

»Ich verstehe nicht. Ralf hat Ihnen den doch ausgehändigt. Ich habe einen Pass. Alles ist gut.«

Die Entrüstung, die Wanja Stefanova gegenüber Gordon zeigte, wirkte echt. Gordon hatte keinerlei Zweifel daran, dass sie absolut ahnungslos war. Das bestätigte sich, als er das Papier aus der Seitentasche zog und vor sie hinlegte. Ihr Blick wechselte ständig zwischen dem Pass und Gordons Gesicht, das völlig ausdruckslos blieb. Schließlich klärte er sie über ihren Irrtum auf.

»Hatten Sie dieses Ausweispapier schon, als Sie einreisten? Könnte es sein, dass man Ihnen den Pass erst hier in Deutschland aushändigte? Und warum verwahrt Ihr Freund die Papiere? Doch beginnen wir von vorne. Wie kamen Sie an diesen Ausweis?«

»Ralf. Er hat mir gesagt, dass ich mit alten Pass hier in Deutschland Ärger bekomme, da er bald ablaufen würde. Er hat ihn im Konsulat erneuern lassen. Ich war ihm sehr dankbar dafür, dass er mir diese Arbeit abnahm. Ich kann das mit den Behörden nicht so gut. Zwei Tage später zeigte er mir den neuen Pass und schlug vor, dass er darauf achten würde. Man weiß ja nie, wer so alles in den Wohnwagen kommt. Sie haben ja gesehen, was da alles ...«

»Das klingt auch sehr vernünftig, Frau Stefanova. Haben Sie nie daran gedacht, dass es sehr ungewöhnlich ist, dass man innerhalb von zwei Tagen einen neuen Pass erhält? Der muss persönlich beantragt und bestellt werden. Das dauert Wochen. Aber ich kann Ihnen da Aufklärung schaffen.«

Jetzt begann Wanja damit, ihren Becher zwischen den Händen zu drehen. Sie spürte, dass sie nun etwas zu hören bekam, das ihr nicht gefallen würde. Unsicherheit breitete sich in ihr aus, die sich in den zuckenden Lidern bemerkbar machte.

»Der Pass ist gefälscht. Ich gebe zu, dass es eine gute Arbeit ist, aber er ist definitiv nicht vom Konsulat ausgestellt worden. Das bestätigen auch unsere Rückfragen. Ich muss Ihnen leider mitteilen, dass Sie sich illegal in Deutschland aufhalten. Nun möchte ich Ihnen eine Frage stellen, von deren Beantwortung viel für Sie abhängt. Wir müssen beurteilen, wie weit Sie sich strafbar gemacht haben.«

»Ich verstehe nicht. Wieso sollte ich mich strafbar gemacht haben? Das hier ist doch immer noch die EU. Mir wurde versichert, dass ich hier ...«

»Hören Sie auf, Frau Stefanova. Sagen Sie mir einfach, woher Sie stammen. Niemand in Bulgarien kann mir bestätigen, dass Sie dort geboren und ansässig waren. Wer hat Sie woher nach Essen gebracht?«

Ungläubiges Staunen stand in Wanjas Gesicht, bevor sich erste Tränen in ihren Augen zeigten. Wortlos suchten ihre Augen das vergitterte Fenster, durch das die Sonne ihre Strahlen in den Raum sandte. Gordon hatte das Gefühl, dass sich die Gedanken in ihrem Kopf jagten. Sie versuchte wahrscheinlich, sich vorzustellen, welche Konsequenzen die Wahrheit für sie haben konnte. Damit sie sich nicht komplett sperrte, klärte er sie auf.

»Hören Sie, Frau Stefanova. Es bringt uns beide nicht weiter, wenn Sie leugnen, aus einem Nicht-EU-Staat zu stammen. Wir finden es sowieso raus. Außerdem besteht die Gefahr, dass Sie in Abschiebehaft kommen, falls man auf Notwehr erkennt. Es ist eine Empfehlung von mir, dass Sie sich kooperativ zeigen und uns dabei helfen, diesen Sumpf des Menschenhandels auszutrocknen. Arbeiten Sie mit uns zusammen und ich werde mich für Sie stark machen.«

Es grenzte schon fast an Verzweiflung, als Wanja den Kopf schüttelte und immer wieder ein klares Nein wiederholte.

»Dann bin ich tot. Verstehen Sie, Herr Hauptkommissar? Tot! Sie werden mich niemals vor deren Rache schützen können. Sie finden mich, wo auch immer ich mich verstecken würde. In meine Heimat kann ich niemals mehr zurück.

Sie werden sich auch an meiner Familie rächen. Die Bestien haben mich in der Hand. Und dann sagen Sie mir eines: Wovon soll ich leben? Ich habe nichts gelernt. Lassen Sie mich und fragen nie wieder. Wenn es so sein soll, werde ich eben wieder abgeschoben.«

Jedes ihrer Worte schlug bei Gordon ein und zeigte ihm deutlich, mit welchen Druckmitteln diese Kerle arbeiteten. Spätestens jetzt war er davon überzeugt, dass er zu optimistisch an die Sache herangegangen war, obwohl er es hätte wissen müssen. Schon zu oft hatten ihm die Kollegen der Sitte von diesen Machenschaften der russischen Mafia erzählt. Wanja Stefanova würde unweigerlich zwischen die Mühlräder der Behörden geraten, bis man sicher war, wohin sie abgeschoben werden durfte. Seine Vermutung ging in Richtung Weißrussland, Russland oder Ukraine. Einen letzten Versuch wollte er noch wagen.

»Einfach mal in den Raum gestellt, Frau Stefanova. Stellen wir uns vor, dass wir den bulgarischen Pass trotzdem anerkennen würden und Sie daraufhin weiter hier leben dürften – wären Sie bereit, mit uns zusammenzuarbeiten. Niemand würde jemals erfahren, woher wir unsere Informationen hätten. Sie gehen wieder an Ihre Arbeit, als wäre nichts geschehen. Ich habe das gerade nur erfunden, wissen Sie. Aber damit könnte ich die Staatsanwaltschaft möglicherweise überzeugen und Sie wären geschützt.«

Wanja wischte mit dem Ärmel ihrer Anstaltskleidung über die tränennassen Augen und starrte in den Becher, während sie immer wieder stockend antwortete.

»Sie sind ein guter Mensch, Herr Rabe. Doch Sie sind auch ein Träumer. Diese Männer werden mich in die Mangel nehmen, sobald ich wieder frei bin. Schon oft habe ich von deren Foltermethoden gehört, mit denen sie arbeiten. Ich habe keine Chance, selbst wenn ich nicht mit Ihnen zusammenarbeite. Die werden mir nicht abnehmen, dass ich geschwiegen habe, falls ihre Organisation auffliegen würde. Mein Schicksal steht fest.«

Die Mitarbeiterin der Justizbehörde, die immer noch neben der Tür stand und alles mitangehört hatte, wirkte bedrückt und betrachtete ihre Gefangene mitleidig. Auch Gordon spürte, dass er nicht weiter Druck aufbauen sollte. Ihm wurde immer klarer, dass er das Leben dieser Frau damit gefährden würde.

»Mein Gesprächsangebot steht, sollten Sie es sich anders überlegen. Sie können auch später auf mich zukommen. Doch kann ich ohne Ihre Bereitschaft nicht verhindern, dass man weiter nach Ihrer Herkunft recherchieren wird. Eine Abschiebung wäre dann nicht mehr zu verhindern. Ich bin immer für Sie da, wenn Sie reden möchten. Jetzt kann ich nichts weiter für Sie tun und muss auf eigene Faust nach der Wahrheit suchen.«

Noch lange kreisten Gordons Gedanken durch seinen Kopf, nachdem Wanja längst durch die Stahltür verschwunden war.

21

»Gut, dass du kommst, Gordon. Dann kann ich mir den Anruf sparen. Man hat uns gerade benachrichtigt, dass eine Frau dabei ist, sich vom RWE-Hochhaus zu stürzen. Gleichzeitig gibt es die befürchtete Randale am Puff. Da haben sich etwa zwei Dutzend Menschen versammelt, die dort die Mädchen bedrohen. Das SEK ist schon mit drei Einsatzwagen vor Ort. Ich wollte gerade losfahren, um mit der Frau in der Innenstadt zu reden. Kommst du mit?«

»Warum übernimmt das nicht Doktor Hannefeld? Das ist doch ein Fall für einen geschulten Psychologen«, wollte Gordon wissen.

»Ich erfuhr gerade, dass er mit einem Wirbelsäulenproblem im Klinikum liegt. Wir haben schon in Bochum versucht, Ersatz zu bekommen. Das kann aber dauern.« Leonie griff nach ihrer Jacke und drehte sich noch einmal um. »Kommst du jetzt, oder warten wir, bis sie unten angekommen ist? Ich fahre jetzt los.«

Die Polizei hatte das Gelände vor dem Hochhaus großzügig abgesperrt, konnte jedoch nicht verhindern, dass sich davor eine große Zuschauermenge versammelte. Der größte Teil war bemüht, einen Blick auf die Dachkante werfen zu können, an der bisher noch nichts von einer lebensmüden Frau zu erkennen war. Auch die Presse war vor Ort und führte erste Interviews mit Passanten durch. Die Feuerwehr war immer noch bemüht, die Sprungmatte aufzupumpen, um einen möglichen Fall und damit verbundene Verletzungen, zumindest abzumildern. Gordon und Leonie spurteten zu einem der Aufzüge und ließen sich zur Dachterrasse hochtragen. Mit ihnen fuhren etwa fünf Beamte hoch, die einige Angestellte des Hauses zurückdrängten, als die Kripoleute ausstiegen.

»Weiß man schon, wer sie ist«, wollte Gordon von einem der Polizisten wissen, die sich auf der Besucherterrasse auf das Beobachten beschränkt hatten.

»Nein, sie hat bisher auf keine Frage geantwortet. Die faselt nur unverständliches Zeug, das keiner von uns versteht. Unten an der Information soll sie einige Brocken Deutsch geredet haben.«

»Gut, das hilft uns zumindest ein klein wenig. Niemand nähert sich der Frau, bevor ich nicht den Befehl dazu gebe. Ist das klar? Wir werden uns jetzt der Person nähern. Die Feuerwehr dürfte jetzt unten fertig sein. Kommst du, Leonie?«

Das Bild, das sich ihnen bot, ließ Gordon und Leonie zurückschrecken. Die Frau mit dem kurzgeschnittenen Haar, war aus ihrer sitzenden Position aufgestanden und begann damit, das Glasgeländer zu überklettern. Leonie entfuhr ein Schreckensschrei, den sie nicht mehr zurückhalten konnte. Gordon war noch etwa acht Meter entfernt und wurde sich klar darüber, dass er die Distanz nicht überwinden konnte, bevor die Frau die Dachkante erreicht haben würde.

»Das wird Ihr Leben zwar beenden, aber es auch nutzlos machen. Wollen Sie das wirklich?«

Zumindest hatte Gordon erreicht, dass sie ihren bereits erhobenen Fuß wieder sinken ließ. Sie drehte den Kopf, um erkennen zu können, wer mit ihr sprach. Das gab Gordon die Gelegenheit, etwas näher an die Frau heranzukommen.

»Ich will nicht glauben, dass Sie das, was Sie bis jetzt erleben durften, so einfach wegwerfen möchten. Dann war alles umsonst. Lassen Sie uns darüber reden.«

Leonie hielt die Luft an, als sie beobachtete, wie sich ihr Chef auf den Boden setzte und die Füße im Schneidersitz verschränkte.

»Lassen Sie uns reden. So viel Zeit sollte sein, um sich über das Leben auszutauschen. Es ist mir wichtig, zu erfahren, warum sich eine junge, gutaussehende Frau wie Sie, das antun will. Setzen Sie sich und erzählen Sie mir zuerst, warum Sie sich diese wundervollen Haare abgeschnitten haben. Die waren doch einmal lang und umrahmten Ihr schönes Gesicht. Was hat Sie daran so gestört?«

Was ist mit Gordon? Ist der verrückt? Die Frau will sich das Leben nehmen und der quatscht über ihre Frisur. Was bezweckt er damit?

Leonies Gedanken jagten sich.

Den Kampf im Inneren der Frau am Rand des Hauses konnte man sogar in ihrem Gesicht ablesen. Sie suchte scheinbar eine Entscheidung, ob sie ihr Vorhaben sofort zu Ende führen oder erst mit diesem großen bärtigen Mann im Jeansanzug reden sollte. Als würde sie ferngelenkt, behielt sie eine Hand auf der Glaswand und ließ sich wie in Zeitlupe mit dem Rücken an der letzten Sperre vor dem Abgrund zu Boden gleiten.

»So ist es gut. Es war eine schlechte Entscheidung, das zu tun. Doch es ist nichts verloren – es wächst wieder nach. Wenn Sie das nächste Mal kürzen, lassen Sie einen Fachmann dran. Ich muss sagen, dafür haben Sie kein Händchen. Warum tut man das? Ich meine, sich die Haare mit einer Schere derart unprofessionell kürzen. Da ist doch bestimmt was passiert, um einen solchen Schritt zu gehen. Wollen Sie mir davon erzählen? Ich habe Zeit, seit ich Feierabend habe. Übrigens, mein Name ist Gordon. Wie heißen Sie?«

Die Lippen der Frau bewegten sich, ohne dass auch nur ein Ton zu hören war. Geduldig wartete Gordon, bis es ihr endlich gelang, den Namen auszusprechen.

»Ich heiße Sophia. Nein, warten Sie ...«, korrigierte sich die Frau augenblicklich und strich mit der Hand über die Stirn, »... ich heiße Daria – Daria Lebedew.«

Als Gordon spürte, dass sein Gegenüber nicht bereit war, mehr über sich zu verraten, hakte er nach.

»Ein schöner Name: Daria. Ihre Mutter hat den gut gewählt. Er passt zu Ihnen und klingt so melodisch: Daria Lebedew – wirklich schön. Geschwister? Ich meine, haben Sie noch Geschwister?«

Die Hand, die zuvor noch auf der Glasabsperrung lag, ruhte mittlerweile im Schoß von Daria. Die andere Hand hielt sie unter ihrem Bein versteckt. Verzweifelt versuchte sie, das Zittern darin zu unterdrücken. Das war Gordon nicht entgangen. Unbeirrt beobachtete er ihre Reaktionen und hörte mit einer gewissen Zufriedenheit, wie sich Daria weiter öffnete.

»Ich habe einen älteren Bruder und noch eine jüngere Schwester.«

»Das ist ein Segen, Daria. Mir wurde dieser Wunsch nach Geschwistern nicht erfüllt. Mit mir hatte Mama Pech. Danach konnte sie keine weiteren Kinder mehr bekommen. Sie musste sich ihr Leben lang mit mir rumärgern. Es muss schön sein, jemanden neben sich zu haben, mit dem man großwerden darf. Ihre Mutter wird euch bestimmt sehr lieb haben. Das ist bei Müttern immer so. Die lieben uns, egal, was wir auch immer angestellt haben. Und sie halten jederzeit zu den Kindern. Habe ich recht? Da bildet Ihre Mutter sicher keine Ausnahme. Wo ist sie? Soll ich sie holen lassen, damit Sie mit ihr reden können?«

»Nein, nein, das dürfen Sie nicht. Mamotschka darf davon nichts erfahren. Sie kann mir auch dabei nicht helfen.«

»Das will ich niemals wieder von Ihnen hören, Daria. Hören Sie? Niemals wieder. Ihre Mamotschka weiß immer Rat. Ich verspreche Ihnen, dass es so ist. Ich möchte sie und Ihre Familie kennenlernen.«

Gordon wartete Darias Reaktion nicht ab und schob eine Frage hinterher.

»Darf ich mich zu Ihnen setzen? Uns muss ja nicht die ganze Stadt zuhören. Ich werde mich nun langsam erheben und zu Ihnen kommen. Nichts wird Ihnen geschehen. Lassen Sie uns nur reden.«

Umständlich erhob sich Gordon so, dass er Leonie unbemerkt von Daria ein Zeichen geben konnte. Sie verstand, dass sie sich mit den vielen Polizisten zurückziehen sollte. Gordon war wohl der Meinung, dass sie der Frau nur unnötig Angst einflößen. Sie wusste nun, dass er mit ihr auf einem guten Weg war. Seine imposante Gestalt bewegte sich ohne jede Eile auf Daria zu, die ihn aufmerksam beobachtete, jederzeit bereit, ihr Vorhaben dennoch durchzuführen. Daria rutschte wenige Zentimeter zur Seite, als sich Gordon direkt neben ihr auf den Boden gleiten ließ. Schweigend saßen sie eine Weile dort, bevor Gordon die Initiative ergriff.

»Darf ich Daria sagen? Nenn mich einfach Gordon. Ich hoffe, es ängstigt dich nicht, wenn ich dir sage, dass ich von der Polizei bin und dir helfen möchte. Noch nie saß ich neben einer jungen Frau, die so was Entscheidendes vorhatte wie du. Puh, du hast mir Angst eingejagt. Soll ich dir mal was ganz Persönliches verraten, Daria?«

Gordon blickte in zwei braune Augen, die noch immer dieses nervöse Zucken zeigten, das der Anspannung geschuldet war, in der sich Daria befand.

»Ich hatte auch schon einmal den Gedanken, mit allem Schluss zu machen. Es ist mal etwas passiert, mit dem ich glaubte, nicht fertigwerden zu können. Schlimm, wirklich sehr schlimm. Hast du das auch gespürt? Ich war einfach leer, absolut leer und wusste nicht mehr weiter. Mir hat damals ein wirklich guter Freund geholfen, aus dieser verfahrenen Kiste wieder rauszufinden. Wir haben uns damals volllaufen lassen.«

Gordon lachte kurz auf, bevor er weiter auf Daria einredete.

»Wir waren hackedicht und sind bei mir zu Hause auf dem Teppich eingeschlafen. Am nächsten Morgen habe ich dagelegen und die Sonne schien mir mitten ins Gesicht. Obwohl ich einen verflucht fiesen Kater hatte, spürte ich die Sonne, die mir in die Augen stach. Noch nie zuvor habe ich dieses Licht so begrüßt wie an diesem Tag. Hätte ich damals diese Dummheit begangen, hätte ich dieses wunderschöne Licht niemals mehr genießen dürfen. Und soll ich dir mal was sagen? Die Menschen, die mich zuvor geärgert hatten, waren mir plötzlich so was von scheißegal. Ein tolles Gefühl, kann ich dir sagen. Wir haben an diesem Morgen – das weiß ich noch wie heute – Rührei mit Schinken zum Frühstück gegessen. Klaus hat seinen Kaffee quer über den Tisch gegossen. Wir haben uns schiefgelacht. Die Welt war auf einmal ... ja, sie war wunderschön.«

Gordon glaubte, in Darias Augen ein winziges Lachen entdeckt zu haben. Sie betrachtete den Himmel und flüsterte.

»Nicht jedes Problem lässt sich so einfach lösen, Gordon. Mich kann niemand retten, glaube mir. Auch nicht Mamotschka. Sie wird bestimmt nicht stolz auf mich sein, wenn sie erfährt, was ich getan habe. Ich habe sie entehrt und bin einfach ... Ach, warum rede ich noch darüber? Es rettet mich nicht vor diesen Bestien.«

»Du hast Angst, Daria? Sprich darüber. Es wird eine Lösung geben. In dem Augenblick, in dem man das Problem anspricht, ist es nur noch halb so groß. Seit damals habe ich mir etwas zum Wahlspruch gemacht, was mir schon oft geholfen hat: Von all den Sorgen, die ich mir machte, sind die meisten nicht eingetroffen. Merkst du, was ich dir sagen will? Einen Kampf, den du nicht annimmst, kannst du auch nicht gewinnen. Also, wirst du mir jetzt erzählen, was dich bedrückt und ich denke darüber nach, wie ich dir helfen kann. Wir schaffen das zusammen.«

Leonie hatte nie aufgehört, die beiden zu beobachten. Als sie sah, dass Gordon der Frau die Hand reichte, atmete sie erleichtert aus. Nun war sie zu der Überzeugung gelangt, dass Gordon die Situation im Griff hatte und organisierte den geordneten Abzug der Rettungskräfte. Erst als sich der Pulk an Neugierigen vor dem Haus aufgelöst hatte, verließen Leonie, Daria und Gordon das Haus und fuhren ins Präsidium. Es zog sich bis weit in die Nacht, als sie über ein Geflecht von organisiertem Menschenhandel in Kenntnis gesetzt wurden. Die Soko wurde für den kommenden Morgen einberufen.

22

»Wir werden folgendermaßen vorgehen, Kollegen. Ich will die genaue Route, die diese beiden Container benutzt haben. Wer übernahm den Transport, besser, wer ist als Auftraggeber in den Papieren eingetragen. Versucht, mit den Kollegen in der Ukraine zusammenzuarbeiten. Denen muss ebenfalls daran gelegen sein, diesen menschenverachtenden Handel zu stoppen. Dann findet heraus, auf welchem Pott die Container in Essen ankamen. Wohin wurden sie gebracht? Ich denke, da werden wir die größten Schwierigkeiten antreffen, da das vermutlich im Verborgenen ablief.«

»Haben wir Namen und Daten?«, wollte Kai wissen.

»Zumindest teilweise, Kai. Daria Lebedew sprach von mehreren Männern, deren Vornamen sie allerdings nur kannte. Zumindest haben wir die Adresse, wo man sie zuerst und dann später unterbrachte, bevor sie fliehen konnte. Die Häuser und zumindest ein Club sollen einem gewissen Kostja Plowni gehören. Der Erste, den die Frauen bei der Verteilung kennenlernten, war ein Russe, den sie Boris nannten. Drei Männer mit Namen Michail, Fjodor und Alexej scheinen kleinere Lichter, also einfache Soldaten in der Organisation zu sein. Hört euch um in der Szene. Das Auffinden dieser Kerle dürfte nicht so schwierig sein.«

»Wissen wir denn, wo man Daria einsetzen wollte, bevor sie sich absetzen konnte?«, wollte Dino wissen. »Es gibt wahnsinnig viele illegale Appartements, in denen angeschafft wird.«

»Da kann ich dir nicht helfen. Das arme Mädchen kennt sich nicht aus und ist in völliger Dunkelheit aus dem Fenster gestiegen, bevor man sie auf Freier loslassen wollte. Ich hoffe, ihr habt sie sicher untergebracht. Sie befindet sich ab sofort in akuter Lebensgefahr. Es darf nichts nach draußen geraten, denn dann ist sie so gut wie tot. Die Idee, Mia an ihre Seite zu stellen, war gut. Leonie, du gesellst dich ebenfalls zu ihr. Ich muss mich darauf verlassen können, dass Daria nichts passiert. Sie hat mein Wort darauf. Deine Recherche im Fall Klingel wird noch einen Tag aufgeschoben.«

»Ich lass die Telefone im Club anzapfen. Vielleicht erfahren wir dabei mehr über das Geflecht. Was war eigentlich mit dem Mädel, von dem Daria sprach? Ich weiß den Namen nicht mehr. Die arbeitet doch immer noch als Bedienung in dem Club. Was haltet ihr davon, wenn ich bei der Süßen mal auf Tuchfühlung gehe?«

Kai erlangte sofort die volle Aufmerksamkeit der Anwesenden. Gordon überlegte nur kurz.

»Das wäre keine schlechte Idee, Kai. Daria sprach von einer Natalya, die dort aber unter dem Namen Galena arbeitet. Wir wissen sogar, wo die wohnt. Mach das. Die sitzt direkt an der Quelle.«

Leonie konnte ihre Bemerkung nicht zurückhalten, als alle, zufrieden mit dem Vorschlag, aufstanden und sich an die Arbeit machen wollten.

»Du hast die Frage an die falschen Personen gestellt. Deine Frau würde sich wohl anders entscheiden. Willst du sie nicht erst fragen?«

Kai ließ sich einmal mehr auf das Gefrotzel mit der Kollegin ein, an das er sich bereits gewöhnt hatte.

»Irgendwann, wenn du in der Hölle um Einlass bettelst, wird dir der Teufel den Zugang nur wegen deines losen Mundwerks verweigern. Der will sich Ärger zwischen den Bewohnern ersparen.«

Ein breites Grinsen umspielte Leonies Lippen, als sie sich auf den Weg machte, um Mia Richter bei der Bewachung von Daria Gesellschaft zu leisten. Erst beim zweiten Versuch startete der Mini Cooper, der sie zum Versteck brachte. Den dunklen BMW, der ihr im gehörigen Abstand folgte, bemerkte sie nicht.

Erst ein einziges Mal hatte Leonie diese im Wald stehende Hütte betreten. Damals mussten sie einen Kronzeugen vor den Schergen der Mafia verstecken, dessen Aussage schließlich einen bekannten Paten aus Lünen lange hinter Gitter brachte. Danach kümmerte sich das LKA um den Mann.

Den Mini parkte sie in einem Schuppen, hinter dessen Tor sie den Wagen vor fremden Blicken verbergen konnte. Die flüchtige Bewegung der Gardine an einem der Fenster war ihr nicht entgangen, wobei sie sich sicher war, dass es sich um Mia handelte, die die Lage peilte. Die Hintertür stand bereits einen Spalt offen, als Leonie die Hütte betreten wollte. Im Halbdunkel der Diele tauchte Mias Gesicht auf, das deutlich die Freude zeigte über das Erscheinen der Kollegin.

»Schön, dass sich mal jemand blicken lässt. Mit unserem Gast kann man sich nicht so locker unterhalten, da sie vor Angst fast gelähmt ist. Überall sieht Daria Schatten und Gefahr. Glaub mal nicht, dass die auch nur eine Minute geschlafen hat. Sie isst nichts und trinkt nur ab und zu ein Glas Wasser. Die wird uns irgendwann umkippen. Sprich du doch mal mit ihr, bevor sie einen zweiten Suizid versucht. Ich bin mir nicht sicher, ob sie das Ganze durchsteht.«

Ehe Leonie reagieren konnte, legten sich Mias Arme um ihren Hals. Normalerweise hätte sie diese Berührung abgewehrt, hielt jetzt aber still und wunderte sich insgeheim darüber, dass sie es sogar als angenehm empfand. Zögernd legte sie ihre Hände auf den Rücken der Kollegin, wobei sie den Druck nach kurzer Zeit sogar verstärkte.

Was geschieht hier? Wieso lasse ich das zu? Ist Mia mit dem Job etwa überfordert?

Mit einem heftigen Ruck löste sich Mia wieder von Leonie und wich sogar einen Schritt zurück. Fast bittend streckte sie ihr die Hände entgegen und suchte die Augen der Kollegin.

»Scheiße, das wollte ich nicht. Tut mir leid. Ich kann dir gar nicht sagen, was gerade über mich kam.«

»Lass es gut sein, Mia ... bitte. Du musst dich nicht dafür entschuldigen. Es war ja nicht ... Ich meine, es war ja nicht unbedingt ... unangenehm. Es tat sogar gut. Mach dir keinen Kopf darüber. Wo ist Daria?«

Ganz bewusst wollte Leonie mit der Frage von dem Gefühlsausbruch ablenken, den sie sich nicht erklären konnte. Tatsächlich hatte sie Mias Berührung auf eine Art bewegt, die tief ging. Nachdenklich sah sie der Kollegin hinterher, die auf eine verschlossene Tür zusteuerte. Leonie konnte sich des Eindrucks nicht erwehren, dass sie Mia in einem neuen Licht sah, sogar eine gewisse Zuneigung empfand, die sich von normaler Freundschaft unterschied. Mias Klopfen an der Tür unterbrach ihre Gedanken.

»Daria, dürfen wir reinkommen? Meine Kollegin ist soeben eingetroffen. Du solltest etwas essen. Dürfen wir?«

Als keine Antwort kam, legte Mia ihr Ohr an die Tür und flüsterte Leonie zu: »Sie weint wieder. Verdammt, daran sind diese verfluchten Bestien schuld. Komm.«

Entschlossen drückte sie die Tür auf und steuerte auf das Bett zu, auf dem Leonie die zusammengekrümmte Gestalt der jungen Frau erkennen konnte. Mias Hand lag auf dem Haar der Zeugin und strich vorsichtig eine verbliebene Strähne aus dem tränennassen Gesicht.

»Alles wird wieder gut, Daria. Wir sind bei dir und werden dir helfen. Kommst du mit uns in die Küche? Du musst etwas zu dir nehmen, damit du bei Kräften bleibst. Die Kollegen sind schon dabei, die Schweine festzunehmen, die dir das angetan haben. Dir wird nichts passieren, weil wir beide auf dich aufpassen. Komm jetzt mit – ich werde uns einen heißen Kakao zubereiten. Lass uns gehen und einfach ein wenig miteinander quatschen.«

Mit zusammengezogenen Schultern erhob sich Daria und betrachtete unsicher die Frau, die sich zu ihnen gesellt hatte.

»Sind Sie auch bei der Polizei? Ich habe Sie auf dem Dach bei Gordon gesehen.«

»Aber sicher. Ich bin Kommissarin Leonie Felten. Lasst uns heute beim Du bleiben. Das wäre mir lieber. Darf ich Daria sagen?«

Während die Angesprochene wortlos den Raum verließ, wertete Leonie das kaum merkliche Nicken als Zustimmung. Mia hatte tatsächlich sehr liebevoll den Abendbrottisch gedeckt und schüttete den noch dampfenden Kakao in zwei Tassen.

»Darf ich dir auch ...?«

Leonie schüttelte heftig den Kopf, bevor Mia die Frage beenden konnte.

»Nein, danke. Das endet bei mir nur mit einer heftigen Darmverstimmung. Ich habe mir Fruchtsaft mitgebracht. Ich hole meinen Proviant eben aus dem Wagen. Fangt ruhig schon mal an.«

Einen Moment musste sich Leonie an die draußen vorherrschende Dunkelheit gewöhnen. Da die Fenster kaum Licht durch die Vorhänge ließen, musste sie einen Augenblick den schmalen Pfad suchen, der zum Schuppen führte.

Die hätten sich wenigstens eine Behausung aussuchen können, in der man sich nicht den Hals bricht, wenn man zum Auto will. Überall wird gespart.

Kaum hatte sie den Gedanken beendet, als sie den Schatten an ihrer Seite auftauchen sah. Zu spät hob sie schützend den Arm. Der Schlag traf sie genau an der Schläfe und schickte Leonie augenblicklich in das Land der Finsternis. Hart schlug sie mit dem Hinterkopf gegen ein Fass, das zum Auffangen von Regenwasser dort aufgestellt worden war. Das hohe Gras sorgte dafür, dass ihr Körper kaum erkennbar mit dem wuchernden Unkraut verschmolz. Aus dem einen Schatten wurden nun zwei, die kaum hörbar miteinander flüsterten, bevor sie sich an der Hauswand weiterbewegten. Zuvor fuhr eine Hand suchend über Leonies Körper. Die

Dienstwaffe wechselte den Besitzer. Vorsichtshalber zog der Mann einen Kabelbinder um Leonies Handgelenk und befestigte den an einem kräftigen Haken, der eigentlich zum Halten eines Dachabflusses gedacht war.

Etwa sieben Minuten waren vergangen, als Mia immer öfter zur Küchentür sah. Nichts deutete darauf hin, dass Leonie auf dem Weg zurück war. Sie konnte sich nicht erklären, warum sich ein Gefühl in ihr ausbreitete, das Gefahr signalisierte. Niemals hätte Leonie sie so lange allein und im Ungewissen gelassen. Es musste ihr etwas zugestoßen sein. Mit wachsender Panik beobachtete Daria ihre Beschützerin, die sich vom Stuhl erhob, ihre Waffe zog und in geduckter Haltung zum Fenster schlich. Vorsichtig drückte sie den Vorhang beiseite, konnte aber draußen absolut nichts in der Dunkelheit entdecken.

Sie sind da. Man hat uns gefunden. Was ist nur mit Leonie passiert? Gott im Himmel, was tu ich jetzt?

Mias Körper versteifte sich, als sie das leise Klingeln eines Mobiltelefons draußen vor dem Fenster hörte. Trotz ihrer Angespanntheit, versuchte sie, dem Gespräch zu folgen, das nur wenige Meter entfernt von ihr geführt wurde. So sehr sie sich auch bemühte, sie verstand kein Wort.

»Was gibt es, Boss. Das ist jetzt ganz schlecht.«

»Was gut oder schlecht ist, entscheide ich ganz allein, Fjodor. Ich will auf der Stelle wissen, ob ihr die verdammte Schlampe habt. Was ist? Ich höre nichts. Sagst du nein, bist du tot. Hörst du? Ich will, dass sie vor mir liegt.«

Im nächsten Augenblick war die Leitung tot. Fjodor wusste, dass Kostja mit seiner Bemerkung, dass er tot wäre, nicht spaßte. Jeder in der Organisation kannte seine radikalen Methoden, mit denen er seine Leute unter Druck setzte. Zu viele von ihnen ruhten bereits im Jenseits, die glaubten, er würde es nicht ernst meinen.

»Was war das gerade, Fjodor?«, flüsterte Alexej.

»Kostja macht Druck. Lass uns die zweite Fotze ausschalten, und dann krallen wir uns das Weib. Alexej – du gehst um das Haus und klopfst einfach höflich an die Tür. Ich werde durch die Hintertür reingehen und ihr eins überbraten. Denk daran, dass wir sie nicht umbringen. Polizistenmord würde uns die gesamte Bagage auf den Hals hetzen. Da reagieren die Arschlöcher allergisch. Nur ausschalten – hast du verstanden?«

Die Riesensilhouette des Schlägers tauchte im Dunkel des Hausschattens unter und Fjodor hörte kurz darauf das Klopfen an der Tür. Er beeilte sich, um die Hintertür zu erreichen, die einen Spalt offen stand. Der Blick war frei bis zur gegenüberliegenden Haustür. Ein gemeines Grinsen zeigte sich auf seinem Gesicht, als er beobachtete, wie sich die zweite Frau mit vorgehaltener Waffe vorsichtig der Vordertür näherte und dort verharrte. Während er sich auf Zehenspitzen heranschlich, stellte er sich vor, welche Gedanken in diesem Augenblick durch den Kopf der Polizistin gingen.

Sie muss doch ahnen, was da draußen auf sie wartete.

Fjodor genoss diesen Augenblick, in dem er sich unentdeckt an sein Opfer herantasten konnte, das die eigentliche Gefahr vor der Tür vermutete. Seine Hand schoss nach vorne und umklammerte das schmale Handgelenk der Frau, die einen spitzen Schrei ausstieß und versuchte, sich loszureißen. Fjodors Faust landete brutal auf Mias Hals, die nur noch ein kaum wahrnehmbares Gurgeln von sich gab und in sich zusammensackte. Mit nur einer Hand zerrte Fjodor mühelos ihren Körper aus dem Weg und öffnete die Tür, um Alexej reinzulassen. Nachdem er auch Mias Waffe hinter den Gürtel geschoben hatte, knurrte er seinen Kumpanen an: »Such das Drecksweib und dann raus hier. Jeden Augenblick kann jemand von den Bullen nach denen sehen oder anrufen. Hol diese verfluchte Hure und dann nichts wie weg.«

23

»Ich kann dir heute nichts versprechen, Denise. Wir sind alle im Einsatz, um diese Russenbande zu fassen zu kriegen. Gib mir Jonas, dann erkläre ich ihm, warum es heute mit unserem Filmabend nicht klappt. Er wird es verstehen.«

»Einen Moment, er wäscht gerade die Pinsel aus. Ich hole ihn aus dem Bad.«

Ungeduldig wartete Gordon und trommelte mit den Fingerspitzen auf der Tischplatte. Endlich hörte er Schritte und kurz darauf ein knappes »Hallo«.

»Hi, Großer. Ich weiß nicht, ob Mama dir schon gesagt hat, dass ...?«

»Hat sie.«

»Dann wird sie dir bestimmt auch den Grund genannt haben, denke ich.«

»Nein, hat sie nicht.«

»Dann hör mir gut zu. Da sind Männer aus Russland, die einer Menge Frauen viel Schmerzen zugefügt haben. Diese Typen müssen wir so schnell wie möglich dingfest machen. Alle sind dafür im Einsatz, auch Leonie, Mia und Kai. Ich muss denen helfen und ... Hallo, Jonas? Bist du noch dran?«

Wild fuchtelte Gordon mit dem Telefon durch die Luft und war fast geneigt, es auf den Schreibtisch zu schmettern, als er wieder die Stimme von Denise vernahm.

»Gordon? Hörst du mich? Jonas ist zurück ins Bad gegangen und hängt seine Pinsel zum Trocknen auf. Wenn du nach Hause kommst, mach bitte keinen Krach. Ich versuche schon zu schlafen. Und ... passt bitte alle auf euch auf ... wir lieben dich.«

Die Tür schlug krachend gegen die Wand, als Kai in Gordons Büro stürmte und ihn bei seinem Telefonat unterbrach.

»Sie melden sich nicht mehr, Gordon. Da muss was passiert sein.«

»Was ist da los, Gordon? War das nicht die Stimme von Kai? Was soll passiert sein? Sprich mit mir, um Gottes willen.«

»Ich melde mich wieder, Denise. Jetzt muss ich einhängen. Bis später. Ich liebe dich.«

Einen kurzen Moment hielt er inne, dachte über die Reaktion von Jonas nach, bevor er sich wieder an Kai wandte. Der musterte ihn nur mit weit aufgerissenen Augen.

»Jetzt zu dir, Kai. Wer ist damit gemeint, wenn du davon sprichst, dass sie sich nicht melden? Du meinst damit doch sicher nicht Leonie und ...? Seit wann fehlt deren Meldung?«

Kai hatte seine Stimme zurückgefunden und setzte sich schwer atmend auf den Stuhl vor Gordons Schreibtisch.

»Die letzte Meldung war vor siebzig Minuten. Sie sollen sich exakt jede Stunde bei der Zentrale melden. Wir können sie auch nicht mehr erreichen. Ich habe sofort die Jungs hingeschickt. Die müssten dort schon bald eintreffen.

Verdammt, wir hätten das niemals den beiden Frauen zumuten dürfen. Die können doch gegen solche Bestien nichts ausrichten.«

»Wie kommst du darauf, dass jemand das Versteck gefunden haben könnte?«, wandte Gordon ein.

»Frage mich was Einfaches. Ich vermute, dass diese Dreckskerle jemanden im Präsidium haben und bezahlen. Das wäre nicht das erste Mal, dass so was geschieht. Bei genug Kohle oder Erpressung hört die Loyalität auf. Wenn jemand dein Kind bedroht, plauderst auch du jedes Geheimnis aus.«

Gordon ließ diese Bemerkung unkommentiert und sprang zum Kleiderständer, um seine Jeansjacke vom Haken zu reißen. Dass dabei das Holzgestell kippte und auf die Schreibtischkante schlug, störte ihn überhaupt nicht. Kai hatte Mühe, ihm zu folgen.

»Wie geht es dir, Leonie?«

Mias warme Hand lag auf Leonies Wange, während sich in ihren Augen Tränen zeigten. Sie ging das Tempo mit, als die Rettungssanitäter Leonies Trage zum Einsatzwagen schoben. Mit der anderen Hand drückte sie den Eisbeutel gegen ihren eigenen Hals und versuchte ein zaghaftes, jedoch Mut machendes Lächeln.

»Darf ich mitfahren? Ich will jetzt bei ihr bleiben.«

»Aber natürlich, Frau Richter. Sie sollten sich ebenfalls im Krankenhaus durchchecken lassen. Kommen Sie rauf, ich helfe Ihnen.«

Sekunden später bewegte sich der RTW in Richtung Klinikum. Trotz deren dicken Kopfverbandes sah Mia in die leuchtenden Augen Leonies, die ihre Hand fest an sich presste, als wollte sie diese nie mehr loslassen.

»Es tut mir so leid, Leonie, dass ich sie nicht aufhalten konnte. Aber ich hatte mir solche Sorgen um dich gemacht, dass ich für den Moment ...«

»Halt den Mund, Mia. Ich werde schon wieder. Du trägst keine Schuld an Darias Verschwinden. Wir hatten keine Chance gegen die. Ich muss mich bei dir entschuldigen.«

»Warum solltest du dich entschuldigen? Ich habe den Fehler gemacht.«

»Das meine ich nicht, du Dummchen. Ich spreche von deiner Umarmung, die ich einfach ignoriert habe. Das war nicht meine Absicht, dich zurückzuweisen. Ich war nur überrascht, dass du ... ich meine ... dass du etwas für mich empfindest. Du weißt, dass das im Präsidium schnell die Runde macht, obwohl mir das eigentlich scheißegal ist. Ich mag dich auch.«

Der Rettungssanitäter und der mitfahrende Notarzt zeigten ein verständnisvolles Lächeln und hantierten an den Kontrollgeräten. Sie sahen über das rotangelaufene Gesicht der jungen Kommissarin hinweg, die glücklich auf die verletzte Kollegin blickte.

»Sind die beiden schwer verletzt?«, wollte Gordon von einem der zurückgebliebenen Polizisten wissen. Der befreite sich vom harten Griff des Hauptkommissars, der ihn herumgerissen hatte.

»Nein, verdammt. Lassen Sie Ihren Frust an jemand anderem aus. Ich habe nur gesehen, dass beide Frauen miteinander sprachen. Dann wird es wohl nicht so dramatisch sein.«

»Entschuldigen Sie, aber es handelt sich schließlich um Kolleginnen von uns allen. Was ist mit der dritten Frau, die bewacht werden sollte? Wo finde ich die?«

»Das fragen wir uns schon die ganze Zeit. Drinnen ist sie nicht. Die Kollegen suchen bereits die Umgebung ab. Vielleicht konnte sie fliehen und hat sich versteckt. In der Dunkelheit wird das schwer ohne Hunde. Wir haben die Staffel schon angefordert.«

»Das ist in Ordnung. Gut gemacht. Danke.«

Gordon nahm Kai zur Seite und schob ihn zurück zum Wagen.

»Man wird sie nicht finden, Kai. Glaube mir. Die Schweine haben sie jetzt. Oh Gott, ich darf nicht daran denken, was man mit ihr anstellen wird. Jetzt müssen wir schnell sein und die Bande unter Druck setzen. Wir kennen ja mittlerweile einige Köpfe hier vor Ort. Denen müssen wir schnellstmöglich auf den Pelz rücken, um Daria wieder freizubekommen. Lass uns die Mannschaft zusammentrommeln.«

24

»Ich finde das so nicht in Ordnung, Leonie. Wir reißen uns draußen den Arsch auf und du lässt es dir hier im Krankenhaus gut gehen.«

Kai hatte gerade das Zimmer betreten, als er schon mit seiner bekannten Frotzelei begann. Leonie blinzelte beim Erwachen gegen die Sonne, die selbst durch den zugezogenen Vorhang in ihre Augen stach. Dann richtete sie ihren Blick auf die beiden Kollegen, die soeben den Raum betreten hatten. Gordon gab Kai einen Klaps gegen den Hinterkopf und schenkte ihm einen vorwurfsvollen Blick.

»Ist ja gut, Gordon. War doch nur Spaß.«

»Lass ihn ruhig rumalbern, Gordon. Wir müssen dem Riesenbaby noch etwas Zeit geben, bevor es endlich erwachsen wird. Ich werde nie verstehen, was Christine an dem Kerl fand, als sie mit ihm vor den Altar trat. Der Pfarrer hätte sich weigern sollen, diese Kinderehe zu schließen. Doch ihr seid bestimmt gekommen, um mich abzuholen. Ich brauche nur wenige Minuten, bis ich meine Plörren gepackt habe. Kann mir mal einer hochhelfen?«

»Ja, das ist meine Leonie, so wie ich sie mag.« Kai hatte sich über das Bett gebückt und drückte ihr einen Kuss auf die Stirn. »Der Arzt hat uns noch vor wenigen Augenblicken erklärt, dass du ein leichtes Schädel-Hirn-Trauma hast und von Glück sprechen darfst. Wie sagen wir Laien dazu? Gehirnerschütterung? Du sollst dich aber ein paar Tage schonen – das hat er wirklich gesagt.

»Kai hat recht«, ergänzte Gordon und griff nach Leonies Hand. »Ich soll dich von Mia grüßen. Ihr geht es schon wieder besser und sie hängt vor dem Computer. Sie versucht mit den anderen Kollegen, alle Daten und Fakten zu den beteiligten Personen zusammenzutragen. Wir wollen sofort morgen mit den Razzien beginnen. Gleich werden wir beide Kostja Plowni in seiner Bar aufsuchen. Die sollen alle wissen, dass wir ihnen ab sofort wie Kletten an der Kleidung hängen werden. Die sollen sich nicht eine Sekunde mehr sicher fühlen. Mal sehen, ob wir denen nicht das Geschäft etwas vermiesen können. Den Gästen wird das ebenfalls nicht gefallen.«

»Behaltet eure Ratschläge für euch. Ich muss dabei sein. Habt ihr mich verstanden? Ich will diese Kerle für das bluten sehen, was sie uns und vor allem den vielen unschuldigen Frauen angetan haben. Wir können nicht zulassen, dass sie die Menschen wie Müll behandeln. Wenn wir das tun, haben wir das Spiel für immer verloren.«

Das, was Gordon und Kai befürchtet hatten, geschah nun. Die Männer wechselten nur einen schnellen Blick, als Leonie die Beine über die Bettkante schwang und Kai gegen die Schulter stieß.

»Was ist jetzt, du Lästerschnauze? Bist du so gut und holst mir die Tasche aus dem Schrank? Und dann könnt ihr zwei euch nach draußen begeben – ich will mich anziehen. Los, los – die Saukerle warten auf uns!«

Gordon lenkte den Wagen sehr vorsichtig durch den dichter werdenden Straßenverkehr und atmete erleichtert auf, als sie endlich den Parkplatz des Präsidiums erreicht hatten. Leonie schien die Fahrt gut überstanden zu haben, was ihre wild entschlossene Miene bestätigte.

»Ihr müsst euch nicht um mich sorgen. Ich überlasse euch die Zuhälterbande. Ich werde im Fall Klingel am Ball bleiben. Die Mutter und den Jungen werde ich mir ins Büro holen. Mit Mia werde ich gemeinsam besprechen, wie wir die weiter auspressen können. Einer wird sich verplappern, da bin ich mir sicher.«

»Das nimmt mir eine gewaltige Last von den Schultern, Leonie«, meinte Gordon. »Ich hatte schon befürchtet, dass du uns im Außeneinsatz begleiten wolltest. Dann weiß ich zumindest jemanden in der Zentrale, der die Fäden in der Hand hält und Einsätze von hier aus koordinieren kann. Nehmt euch die beiden ruhig mal vor und versucht, das Familiengeheimnis zu lüften. Wir beide verschwinden jetzt zu Dino. Es gibt noch einiges zu besprechen.«

Währenddessen hatten die drei das große Gemeinschaftsbüro erreicht, in dem sie Mia vorfanden, die völlig überrascht zur Tür starrte.

»Was ... was willst du denn schon hier, Leonie. Es hieß doch, dass du frühestens in zwei Tagen wieder rauskommst. Dein Kopf. Es ist bestimmt nicht gut, wenn du schon so früh in den ...«

»Alles ist gut, Mia. Mir geht es gut und ich kann schon wieder am Schreibtisch mitmachen. Wenn du allerdings der Meinung bist, dass ich störe, kann ich ...«

»Nein, nein, bitte bleib hier.«

Kai und Gordon wechselten einen Blick. Gordon näherte sich den beiden Frauen und legte beiden eine Hand auf die Schulter. Ohne dass auch nur ein Wort gesprochen worden war, baute sich eine spürbare Spannung auf, die Gordon schließlich unterbrach.

»Kommt, Leute, lasst uns trotz der Vorkommnisse für einen Moment ein Thema ansprechen, das nur sekundär mit den Fällen zu tun hat. Setzt euch – du auch, Kai. Irgendwie geht es auch dich an.«

Wieder verging ein Augenblick, bevor Gordon endlich die Katze aus dem Sack ließ.

»Seht das, was ich euch sage, bitte nicht als Einmischung in eure Privatsphäre an. Ich spreche mit euch jetzt nicht nur als Vorgesetzter, sondern vor allem als Freund. Dieses Team macht mich deshalb so stolz, weil wir alle ehrlich zueinander sind, uns aufeinander verlassen können und keine Geheimnisse mit uns herumtragen.«

Gordon legte an dieser Stelle eine Pause ein und sah jeden Einzelnen an.

»Uns beiden, und damit meine ich Kai und mich, ist nicht verborgen geblieben, dass etwas zwischen euch entstanden ist, was wir persönlich sehr schön finden und unbedingt tolerieren. Falls wir uns geirrt haben sollten, ist jetzt der Moment, in dem ihr ein Veto einlegen könnt. Es ist uns ein Anliegen, das deutlich zu machen. Wenn sich zwei Menschen zugetan sind, ist zumindest uns das völlig egal, welches Geschlecht das betrifft. Warum sage ich euch das so offen?«

Immer noch blickte Gordon in gespannte Gesichter, die jetzt allerdings von einer gesunden Röte überzogen waren.

»Ich möchte euch nur im Vorfeld davor warnen, diese tolle Beziehung nicht so schnell in die enge Welt des Präsidiums zu tragen. Wie ihr euch vorstellen könnt, denken nicht alle so tolerant und weltoffen wie wir. Es würde sicherlich zu dummen Bemerkungen, vielleicht sogar zu Anfeindungen kommen. Versteht ihr, was ich euch damit sagen möchte?«

»Absolut, Gordon und ich denke, auch im Sinne von Mia zu antworten, wenn ich dir für deine Offenheit danke. Was mich allerdings überrascht, ist die Tatsache, dass ihr ... ich meine, wir beide waren uns bis gerade selbst noch nicht darüber einig, ob wir uns zusammentun. Wieso kommt ihr jetzt schon mit der Predigt?«

An dieser Stelle hakte sich Kai ins Gespräch.

»Leonie, gerade von dir hätte ich diese Frage nicht erwartet. Wir arbeiten doch alle bei der Kripo und wurden geschult, Dinge zu erkennen, die dem Normalbürger weitestgehend verborgen bleiben. Wenn wir Männer schon erkennen, wie ihr euch anschmachtet, euch hier und da berührt, dann ist das ein klares Zeichen für Zuneigung. Was Gordon euch sagen will, ist Folgendes: Zeigt es nicht so schnell in der Öffentlichkeit, da es sein kann, dass man euch daraufhin in verschiedene Abteilungen versetzt. Es gibt noch verknöcherte Ansichten, dass ein Paar nicht innerhalb einer Abteilung zusammenarbeiten sollte. Es kann schnell zu Fehlinterpretationen oder sogar zu Konflikten kommen.«

»Wir verstehen das, so glaube ich«, äußerte sich zum ersten Mal Mia dazu, die nach Leonies Hand griff. Unsicherheit erfasste sie, als Leonie diese im ersten Reflex zurückzog. Als Leonie ihren Fehler bemerkte, sprang sie auf, um Mia zu umarmen.

»Sorry, das war nicht so gemeint, wie es aussah. Es ist nur für mich ... es ist noch so neu.«

An die Männer gewandt zeigte sie sogar ihre feuchten Augen.

»Ich bin so stolz darauf, mit euch zusammenarbeiten zu dürfen. Mia selbstverständlich auch, denke ich. Ich liebe euch dafür. Und jetzt macht, dass ihr hier verschwindet. Wir können nicht den ganzen Tag damit vertrödeln, um über Beziehungen zu diskutieren. Raus mit euch.«

25

Iris Klingel folgte Mia Richter durch den Flur, von dem etliche Räume zu erreichen waren, die zu Zwecken der Vernehmungen genutzt wurden. Alle hatten offene Fensterfronten zum Durchgang. Hier und da konnte sie beobachten, wenn Zeugen befragt wurden, was bei ihr ein ungutes Gefühl hinterließ. Endlich erreichten sie den vorletzten Raum, in den Mia sie hineinführte. Der lange Hals eines Mikrofons war das einzige Utensil, welches aus der Tischmitte herausragte und sich wie ein drohender Finger zur Decke streckte. Zögernd nahm Iris Klingel auf dem angebotenen Stuhl Platz und beobachtete die junge Kommissarin bei den Vorbereitungen zur Befragung, deren Sinn ihr bisher nicht einging. Alles war im Vorfeld gesagt worden. Neugierig machte sie nur der Hinweis, dass es neue Erkenntnisse gäbe.

»Was versprechen Sie sich von diesem Treffen, Frau Richter? Was geschehen ist, habe ich längst bei Ihrer Kollegin zu Protokoll gegeben. Wenn Sie auf die Zeit abzielen, die zwischen Friseurbesuch und dem Eintreffen in der Wohnung liegt, kann ich nur wiederholen, dass ich über die Rüttenscheider Straße geschlendert bin. Mir war einfach nach Bummeln. Wollt ihr mir daraus einen Strick drehen?

Ich habe meine Tochter nicht umgebracht. Dazu wäre ich niemals fähig. Wenn Sie unbedingt einen Schuldigen brauchen, dann werden Sie bei mir bestimmt nicht fündig. Ich hätte auch keinen Grund, Valerie ... ach, was sage ich da? Es ist absurd, das überhaupt anzunehmen. Ich bin ihre Mutter – verstehen Sie das?«

»Bleiben Sie ruhig, Frau Klingel. Mit keinem Wort habe ich Ihnen eine Täterschaft unterstellt. Sie müssen sich nicht verteidigen, wenn Sie unschuldig sind.«

»Da bin ich mir gar nicht mehr sicher. Was ist das, was Sie als neue Erkenntnis erwähnten? Machen Sie es nicht so spannend. Sollte ich mir lieber einen Anwalt hinzuziehen? Dazu habe ich doch ein gutes Recht, oder?«

Mias Miene blieb ausdruckslos, als sie antwortete.

»Natürlich, Frau Klingel. Sollten Sie der Meinung sein, dass Sie sich durch Ihre Aussagen möglicherweise selbst belasten könnten, würde ich Ihnen sogar dazu raten. Wollen Sie? Dort auf der Anrichte steht das Telefon.«

»Sie wollen mich nur verunsichern. Das kenne ich. Ich wiederhole noch einmal: Ich habe Valerie nicht getötet. Geht das nun in Ihren Kopf hinein? Etwas anderes anzunehmen, wäre ...«

Iris Klingel hielt inne, als sie die zwei Personen erkannte, die sich über den Flur bewegten und auf den letzten Vernehmungsraum zusteuerten. Neben der Kommissarin Felten erkannte sie Ralf, der mit stoischem Gesichtsausdruck hinter der Ermittlerin herlief. Das dumpfe Zuschlagen der Tür bewies Iris Klingel, dass sie nur noch durch eine Wand von ihrem Sohn getrennt war. Aufmerksam wurde sie von Mia Richter beobachtet, die schweigend diese Szene verfolgte.

Von nebenan konnte man nur leichtes Gemurmel vernehmen, ohne klare Worte verstehen zu können.

»Was ... was wollen Sie von Ralf? Hat der Junge nicht schon genug gelitten? Der weiß nichts. Das arme Kind hat seine eigene Schwester in ihrem Blut liegend gefunden. Ist das nicht genug Leid? Müsst ihr ihn immer wieder quälen? Das ist unmenschlich.«

Mia ließ Frau Klingel ausreichend Zeit, um sich zu beklagen. Erst dann beugte sie sich vor und sah der Mutter tief in die Augen.

»Warum entsetzt Sie der Besuch Ihres Sohnes so? Wir haben ihn nicht vorgeladen, Frau Klingel. Es war sein eigener Wunsch, hier eine Aussage zu machen. Haben Sie keine Sorge deswegen, dass wir gegen ein Gesetz verstoßen. Noch nehmen wir diese Aussage nicht zu Protokoll. Darin liegt übrigens auch der Grund, warum wir Sie heute hierher gebeten haben. Ein Erziehungsberechtigter wird zugegen sein, wenn Ralf diese wichtige Aussage macht. Dass es wichtig ist, erwähnte übrigens Ihr eigener Sohn. Wir sind gespannt, was er zu berichten weiß. Im Vorfeld deutete er nur an, dass damit der Fall endgültig geklärt werden soll. Gehen wir nach nebenan? Sind Sie so weit?«

»Das ist eine Lüge. Sie haben das gerade nur erfunden. Ralf kann nichts wissen. Er kann Ihnen keine Lösung vorlegen. Er war nicht dabei, als ...«

Hier stoppte Iris Klingel und legte ihre Stirn auf die kalte Tischplatte. Was sie nun sagte, konnte Mia nicht verstehen, da es im lauten Schluchzen unterging.

»Ich bitte Sie, Frau Klingel. Ich konnte Ihnen nicht folgen. Sprechen Sie bitte laut und deutlich. Wobei soll Ihr

Sohn nicht gewesen sein? Wollen Sie mir damit sagen, dass Sie doch entgegen Ihrer Erstaussage Ihre Tochter getötet haben? Wenn es so ist und Sie das jetzt und hier bestätigen möchten, können wir auf die Aussage Ihres Sohnes verzichten. Sie würde ihn nur zusätzlich belasten.«

Immer wieder zuckten die Schultern der Frau, die sich von einer Last befreien wollte. Warum Mia dieser Frau gegenüber Mitleid empfand, konnte sie sich nicht erklären. Sie versuchte, das Gefühl auszublenden, und erhob sich, um die Tür zum Nebenraum zu öffnen.

»Es ist gut, Leonie. Wir brauchen im Moment nicht die Aussage des Jungen. Du kannst ihn wieder gehen lassen. Kommst du dann gleich zu mir?«

Ein stummes Nicken bestätigte Mias Wunsch. Als sich die Tür wieder schloss, hatte Iris Klingel den Weinkrampf überwunden und saß steif vor dem Tisch und starrte auf die gegenüberliegende Wand. Sie nahm nicht wahr, wie ihr Sohn durch den Flur zum Ausgang geleitet wurde. Kurz darauf gesellte sich Leonie zu ihnen und setzte sich neben Mia.

»Frau Klingel? Hören Sie uns zu? Meine Kollegin erklärt mir, dass Sie zu einem Geständnis bereit wären. Ist das so richtig? Wenn ja, würde ich Sie bitten, das laut und deutlich in das Mikrofon zu sprechen.«

Leonie wechselte einen Blick mit Mia und wollte schon Zweifel an dem tatsächlichen Willen der Frau anmelden, als schwach die Stimme von Iris Klingel zu vernehmen war.

»Ich habe es getan. Ja, ich wollte ihren Tod. Sie sagte, dass sie mit allem, was geschehen ist, an die Öffentlichkeit gehen wollte. Das konnte ich nicht zulassen. Sie hätte alles kaputt gemacht, was wir uns aufgebaut haben.«

164

Leonie ließ das Geständnis sacken und schluckte.

»Können Sie uns schildern, was Sie an diesem Tag getan haben?«

Ohne den Blick von dem imaginären Punkt an der gegenüberliegenden Wand zu nehmen, erzählte Iris Klingel mit plötzlich fester Stimme, was vorgefallen war.

»Ich habe einen Riesenfehler gemacht, das weiß ich schon lange. Ich habe geglaubt, dass es niemand erfahren würde, was zwischen Ralf und mir ... Sie wissen schon. Valerie muss uns irgendwann belauscht haben und hat mir eine Riesenszene gemacht. Sie tobte wie eine Wahnsinnige. Lothar konnte sie eine gewisse Zeit beruhigen. Er hat ihr deutlich gemacht, dass mit ihrer Aussage auch ihre eigene Zukunft verbaut würde. Niemand würde mehr etwas mit uns zu tun haben wollen. Ob man ihr das Studium hätte weiterfinanzieren wollen, hat er offengelassen – so als stille Drohung.«

»Moment, Frau Klingel. Wenn wir das richtig verstanden haben, war Ihr Mann über das Verhältnis mit Ihrem Sohn unterrichtet?«, unterbrach Mia die Aussage.

»Klar, dem hat Valerie das sofort erzählt.«

»Und? Wie hat er das aufgenommen? Das muss doch ein Schock für ihn gewesen sein.«

»Den können Sie mit nichts schocken, Frau Richter. Für ihn war nur wichtig, dass niemand seiner Geschäftsfreunde davon erfuhr. Er hat von uns allen verlangt, dass wir darüber schweigen, so wie wir über seinen Seitensprung schweigen. Doch er ahnte nicht einmal, dass man hinter seinem Rücken über sein Bemühen lachte, die Geliebte geheim zu halten. Die Freunde wussten das alle. Wissen Sie, eine Ehefrau begeht eine unverzeihliche Sünde, wenn sie einen Geliebten hat. Bei Männern in seiner Position gehört das einfach dazu. Sie prahlen förmlich mit ihren Abenteuern. Er tat es nicht. Trotzdem war es ein offenes Geheimnis.«

Während sich Mia Notizen machte und das Mikrofon nachjustierte, stellte Frau Klingel selbst eine Frage.

»Was machte Sie so sicher, dass es Mord war? Das mit den Pulsschnitten kann es doch nicht allein gewesen sein.«

Leonie konnte ein schwaches Lächeln nicht vermeiden, als sie Frau Klingel mit der These der Ermittler konfrontierte.

»Für uns stellte sich die Frage, womit sich Valerie die Pulsadern aufgeschnitten hatte. Weit und breit kein Messer, nur in ihrem direkten Umfeld fanden wir Blut. Sie konnte sich die tödlichen Verletzungen also nur direkt vor Ort zugefügt haben. Aber womit? Folglich musste es ein Außenstehender gewesen sein, der die Mordwaffe, warum auch immer, beseitigt hat. Ein entscheidender Fehler. Ich würde sagen, dass es der einzige Fehler war. Ansonsten wären auch wir von Suizid ausgegangen. Was haben Sie mit der Waffe gemacht? Wir haben sie nirgendwo im Haus gefunden.«

Fast zu hastig kam die Antwort.

»Das Skalpell habe ich in eine Mülltonne geworfen. Wo? Das kann ich Ihnen heute nicht mehr sagen. Ich wollte es nur loswerden. Es machte mir plötzlich Angst.«

Nachdem Mia die letzten Notizen gemacht hatte, wandte sie sich noch einmal an die mutmaßliche Täterin.

»Nachdem wir Ihr Geständnis nun aufgenommen haben, werden wir das zu Papier bringen und Sie dann darum bitten, es zu unterschreiben. Sie dürfen selbstverständlich einen

166

Anwalt mit Ihrer Verteidigung beauftragen. Und nun noch der offizielle Teil. Ich verhafte Sie, Frau Iris Klingel, wegen des Verdachts des Mordes an Ihrer Tochter Valerie Klingel. Alles, was Sie aussagen, kann und wird vor Gericht gegen Sie verwendet. Sie haben das Recht auf einen Anwalt. Wir werden Sie nun abführen lassen und morgen dem Haftrichter vorführen. Haben Sie das verstanden?«

»Ja, ja ... ich habe das verstanden. Ich muss darüber mit meinem Mann sprechen. Ich kenne keinen Strafverteidiger.«

»Dort steht das Telefon. Sie dürfen zwei Gespräche führen, bevor wir Sie abführen lassen. Lassen Sie sich Zeit. Wir warten draußen.«

Das Telefonat mit Lothar Klingel fiel erstaunlich kurz aus, was den beiden Beamtinnen bewies, dass dieses Geständnis für den Ehemann nicht überraschend zu kommen schien. Leonie winkte eine Beamtin herein, die schon eine Weile draußen gewartet hatte. Als die mit Iris Klingel Richtung Haftbereich verschwunden war, setzte sich Mia auf die Kante von Leonies Schreibtisch.

»Irgendwie war das ja fies von uns. Ohne diese Finte mit Ralf Klingel hätte die Mutter wohl den Mord nie zugegeben. Was hätten wir eigentlich gemacht, wenn sie nicht darauf hereingefallen wäre? Dann hätten wir blöd dagestanden. Puh, das war verdammt eng.«

»Manchmal kommt man ohne kleine Tricksereien nicht zum Ziel, Mia. Wichtig ist nur, dass wir nichts Ungesetzliches tun. Du erinnerst dich ja daran, wie sich das im Fall von unserem letzten Rächer Fokus auf das Urteil auswirken kann. Gordon wird schön gucken, wenn wir ihm berichten. Aber lass uns jetzt Schluss machen. Ich bin der Meinung, dass wir uns einen Drink und ein gutes Essen verdient haben. Ich koch uns was. Einverstanden?«

Die Freude über die Einladung war mühelos in Mias Gesicht abzulesen. Sie wurde allerdings gebremst, als sie Leonies Frage vernahm.

»Es kann sein, dass es der falsche Augenblick ist, um das anzusprechen. Ich tue es trotzdem, weil es mich beschäftigt. Du hast bei deinem selbstlosen Einsatz mit dem Serienmörder Pablo Martinez-Gomez ein ungeborenes Kind verloren. Da muss also vorher ...«

Leonie spürte Mias Hand, die sich blitzschnell über ihren Mund gelegt hatte. Sie bereute im gleichen Moment, danach gefragt zu haben. Die Antwort der Freundin ließ sie erschauern.

»Du bist die Einzige, die es erfahren wird, außer meiner Mutter. Sie haben mich zu zweit ...« Mias Kopf lag sekundenlang auf Leonies Schulter, bevor sie weitersprach. »Es geschah auf dem Heimweg von der Polizeischule. Ich konnte mich dagegen nicht wehren. Man hat sie nie gefasst, diese Schweine. Es war stockdunkel. Vielleicht ist es so ganz gut, dass dieses Kind niemals diese Welt ...«

Leonie zog Mia noch enger an sich und flüsterte ihr ins Ohr: »Sage das nie wieder, Mia. Jedes Leben ist wertvoll. Doch ich kann dich verstehen. Bitte verzeih mir, dass ich dich gefragt habe. Es tut mir so leid.«

26

Natalya war der großgewachsene Glatzkopf sofort aufgefallen, da er zwar die Statur eines russischen Verbrechers besaß, jedoch ein freundliches Lächeln zeigte. Eine menschliche Eigenschaft, der sie hinter dem Tresen nur allzu selten begegnete. Entweder blickte sie in lüsterne Männeraugen, die unentwegt in ihren üppigen Ausschnitt schielten, oder in die verschobenen Gesichtszüge volltrunkener Gäste. Sie hatte sich daran gewöhnt und wusste mittlerweile, wie sie die Provision an den verkauften Getränken in die Höhe treiben konnte. Männer waren so einfach zu manipulieren. Das lernte sie sehr schnell. Wohlwollend stellte Natalya fest, dass der neue Gast sich gravierend von den anderen Lustmolchen unterschied, da er zuerst in ihre Augen sah, bevor er sich ein Pils bestellte. Sie gönnte ihm deshalb ein besonders freundliches und ehrliches Lächeln. Das war auch noch vorhanden, als sie ihm die Bestellung auf die Deckel servierte. Statt des üblichen Knurrens, das ein Danke ersetzen sollte, vernahm sie ein klares »Dankeschön«.

Ein Lichtblick in dieser miesen Hütte. Gott sei Dank.

Bevor sie den Gedanken zu Ende gedacht hatte, rief ein angetrunkener Kerl am anderen Ende der Bar nach ihr. Kai Wiesner wusste sofort, dass er die gesuchte Frau vor sich hatte, die sich in diesem Umfeld Galena nennen ließ. Daria hatte ihnen vor ihrem Verschwinden verraten, dass ihr richtiger Name Natalya Popow war. An diesem frühen Abend war die Bar noch schwach besucht, sodass die Table-Tänzerin eher müde ihren Job machte und Natalya Zeit fand, den netten Gast näher zu betrachten. Sie bemerkte sofort, dass die Pilsflasche längst ihr Leben ausgehaucht hatte und die freundlichen Augen ihr signalisierten, dass noch Bedarf bestand. Kaum stand die Flasche vor ihm, suchte er das Gespräch mit ihr, was ihr sogar gelegen kam. Man erwartete von ihr, dass sie die Gäste gut unterhielt und zum Trinken animierte.

»Hier steppt ja nicht gerade der Bär. Bin ich zu früh dran? Ach, was soll's, ich will ja auch nur in Ruhe ein Pils trinken. Dass ich dabei solch attraktive Gesellschaft antreffe, hätte ich nicht gedacht. Warum versteckt man ein so schönes Gesicht hinter einer dunklen Theke? Das ist reine Verschwendung.«

»Warum sagen Sie das? Wüssten Sie, wo ich besser aufgehoben wäre? Wer sind Sie? Ein Filmagent, ein Zuhälter oder einfach nur einer, der billige Komplimente loswerden möchte? Ich fühle mich hier wohl, wenn es das ist, was Sie hören wollten.«

»Entschuldigen Sie bitte, wenn ich mich falsch ausgedrückt habe. Bin auf dem Gebiet der Konversation nicht besonders geübt. Ich finde nur, dass Sie wirklich sehr hübsch sind und das Licht des Tages bei der Arbeit verdient hätten. Tut mir leid, wenn es falsch rüberkam und sich nach primitiver Anmache anhörte.«

Natalya winkte ab.

»Schon gut. Ich höre solche Sprüche eben nur zu oft. Da wird man empfindlicher. Sie gehören aber auch nicht unbedingt zu den üblichen Stammgästen einer Bar. Haben Sie Streit mit Ihrer Frau oder wollten Sie einfach mal raus aus dem Einerlei? Wenn ich zu persönlich werde, sagen Sie es mir. Aber Sie scheinen nett zu sein.«

Während des Smalltalks glitt Kais Blick über die mäßig besetzten Tische, wobei ihm einer besonders ins Auge fiel, an dem sich zwei Männer intensiv unterhielten. Ab und zu beobachteten sie ihn und Natalya. Ihm wurde sofort klar, dass er es mit der Sorte Männer zu tun hatte, denen er auf den Pelz rücken wollte. Unverkennbar war, dass es Natalya zusehends nervöser machte, beobachtet zu werden.

»Sie dürfen mir ruhig schon ein neues Pils hinstellen, damit die Herren am Tisch erkennen können, dass Sie Ihren Job vernünftig machen.«

Natalya quittierte die Bemerkung mit einem dankbaren Lächeln und kam der Aufforderung nach. Tatsächlich verfolgten Kostja und Michail jede ihrer Bewegungen. Als sie zurückkam, erwartete sie eine große Überraschung, die sie nur schlecht vor den beiden Beobachtern verbergen konnte.

»Es ist nicht die Langeweile, die mich in die Bar führte, Galena. Oder sollte ich besser Natalya zu Ihnen sagen? Jetzt tun Sie uns einen Gefallen und benehmen sich unauffällig. Sie werden sich fragen, woher ich das weiß. Daria hat mir das verraten.«

»Wer sind Sie? Was wollen Sie von mir? Polizei?«

»Bitte regen Sie sich ab und lächeln Sie, damit wir uns weiter ungestört unterhalten können. Die beiden sehen schon wieder herüber.«

Natalya warf dem Tisch einen Blick zu und lächelte mehr gequält, was aber ausreichte, um das Interesse der beiden Zuhälter zu reduzieren.

»Also Polizei, denke ich. Werden Sie mich jetzt auch hochnehmen? Haben Sie Daria schon einkassiert?«

»Nun mal langsam, Natalya. Keiner will Ihnen was anhaben. Ich komme lediglich, um etwas über Daria zu erfahren. Sie befindet sich in großer Gefahr und Sie könnten uns helfen, damit wir ihr helfen. Das hört sich kompliziert an, ich weiß das, aber Sie müssen mir vertrauen.«

In wenigen Worten schilderte Kai der verdutzten Frau, was mit ihrer Freundin passiert war.

»Wir gehen immer noch davon aus, dass Daria lebt. Unsere Vermutung ist, dass man sie irgendwo versteckt hält und woanders einsetzen wird. Man wird sie womöglich verkaufen und zur Prostitution zwingen. Schließlich ist sie für diese Unmenschen eine Gelddruckmaschine. Mit ihrer Hilfe könnten wir sie da rausholen. Haben Sie mich verstanden? Niemand will Ihnen etwas. Aber Sie können Ihre Freundin vor einem schrecklichen Schicksal bewahren, wenn Sie herausfinden könnten, wer dahintersteckt und wo man sie hingeschafft hat.«

Der Schock saß tief bei Natalya, was ihr deutlich anzumerken war, obwohl sie sich bemühte, emotionslos zu wirken. Sie atmete schneller, was Kai mit Sorge beobachtete. Einen Besuch der beiden Kerle wollte er auf jeden Fall vermeiden. Er lachte laut auf, um anzuzeigen, dass er sich ausgezeichnet von der Bedienung unterhalten fühlte. Damit schränkte er zumindest die Aufmerksamkeit der beiden Männer ein. Sie vertieften sich wieder in ihr Gespräch.

»Was erwarten Sie von mir? Ich habe keine Ahnung, wo sich Daria aufhalten könnte. Seit man sie aus der Wohnung holte, habe ich nichts mehr von ihr gehört. Ich dachte schon, sie sei tot. Ich hatte ihr versprochen, dass ich sie hier wieder raushole. Gerne würde ich diesen Menschenschindern das Handwerk legen. Aber sie werden mich umbringen, wenn sie auch nur den Verdacht haben, dass ich gegen sie arbeite. Doch Sie müssen Daria helfen.«

»Hören Sie zu, Natalya. Ich denke, dass Sie in den Morgenstunden hier Feierabend machen und in Ihre Wohnung gehen. Ich weiß, wo das ist. Darf ich Sie um die Mittagszeit besuchen? Ich bin eben nur ein Freier, der Sie für Liebesdienste bezahlt, falls wir überrascht werden. Würden Sie dieses Risiko für Daria eingehen? Glauben Sie mir, dass wir alles tun werden, um Daria aus den Händen der Organisation zu befreien und um Sie anschließend zu schützen.«

Wieder lachte Kai laut auf und schlug sich vor Begeisterung auf die Schenkel. Hinter ihm strömten vier Männer in die Bar, die es durch ihr aufdringliches Auftreten schafften, die Aufmerksamkeit auf sich zu lenken.

»Morgen etwa um zwölf? Einverstanden?«

Kai warf einen großen Geldschein auf die Theke und registrierte dankbar das unauffällige Nicken Natalyas. Er verließ die Bar und atmete befreit die frische Luft ein. Alles schien nach Plan zu laufen. Endlich konnte auch er sich auf den Feierabend mit Christine freuen, die ihm leckere Reibekuchen versprochen hatte.

27

Gordon ließ sich erschöpft in den Sessel fallen. Denise beobachtete ihn besorgt, da sie wusste, dass er schon seit mindestens dreißig Stunden keinen Schlaf mehr hatte.

»Ruhe dich aus, Schatz. Ich muss sowieso Jonas mit dem Wagen von der Schule abholen. Der bringt heute einige Sachen mit nach Hause, die sie in den letzten Wochen vor den Ferien gebastelt haben. Ich bin ehrlich gespannt darauf. Der Lehrer ist hellauf begeistert. Bin gleich wieder da.«

Gordons Augen waren schon geschlossen, als ihm Denise einen Kuss auf die Stirn drückte. Sie hob seine Füße an und schob den Hocker darunter. Nachdem sie ihm die Stiefel ausgezogen hatte, drückte sie fast geräuschlos die Haustür ins Schloss und verließ die Garagenauffahrt.

Das eigentlich sehr leise Geräusch ließ Gordon aus dem Schlaf hochfahren. Seine Hand fuhr automatisch an die linke Achsel, wo normalerweise seine Waffe im Holster steckte. Als er die Augen aufriss, sah er nur noch den Rücken seines Sohnes, der sich wieder geräuschlos aus dem Staub machen wollte. Gleichzeitig bemerkte er die Folie auf seinem Bauch, in das ein bedrucktes Blatt Papier eingeschoben worden war. Es war nicht schwer, auf Anhieb ein Zeugnis zu identifizieren. Gordon kannte diese Augenblicke aus der eigenen Jugendzeit. Nur war er stets bemüht, dieses Dokument so lange, wie es eben möglich war, vor dem strengen Blick seines Vaters zu verbergen. Nun war er hellwach. Jonas hatte damit keinerlei Probleme, obwohl einige Noten in Hauptfächern in der Vergangenheit einen gewissen Anlass zur Unzufriedenheit geliefert hatten. Dazu gehörten stets Deutsch und Geschichte. Noch bevor Gordon einen Blick auf die Noten werfen konnte, bemerkte er Denise, die wortlos, mit einem unerklärbaren Lächeln auf den Lippen im Türdurchgang auf seine Reaktion wartete.

»Das ist ... verdammt ... ich glaube es einfach nicht. In Deutsch eine Zwei und in Geschichte hat sich der Bengel auf eine Drei verbessert. Und das legt der mir einfach so schweigend auf den Bauch. Wo treibt der sich rum? Ich will ihn sofort hier vor mir sehen.«

Mit lauter Stimme schrie Gordon durch das Haus: »JONAS? Komm sofort her! Wir haben was zu besprechen.«

Denise trat zur Seite, als der Junge seinen Kopf neben der Türzarge zeigte. Seine Augen waren neugierig auf seinen Vater gerichtet, der nun aufsprang, ihn umarmte und wild herumwarf. Denise sprang lachend zurück, um nicht von den Schuhen des Jungen getroffen zu werden.

»Das ist sensationell, Jonas«, bemerkte Gordon, als er seinen Sohn schweratmend wieder absetzte. »Du glaubst gar nicht, wie glücklich du deine Eltern damit gemacht hast. Jetzt hast du einen Wunsch frei. Sag mir, was ich Gutes für dich tun kann.«

Statt einer Antwort erntete Gordon nur einen Blick des Burschen, der keinerlei Rückschlüsse auf seine Gedanken zuließ. Jonas drehte sich um und verschwand einfach in seinem Zimmer. Als auch Denise genau wie Gordon davon überzeugt war, dass alles damit erledigt war, erschien Jonas wieder auf der Treppe. In der Hand hielt er einige Blätter, die er auf dem Wohnzimmertisch ausbreitete. Denise kam jetzt ebenfalls näher, um zu erfahren, warum Gordon so erstaunt auf die Papiere sah. Verschiedene Staffeleien waren zu sehen, die von unterschiedlicher Größe waren. Abwartend stand Jonas daneben und spielte mit den Händen in den Hosentaschen mit etwas, was die beiden nicht erkennen konnten. Noch immer war weder Freude noch irgendeine andere Gemütsregung in seinem Gesicht zu sehen – lediglich ein Hauch von Angespanntheit. Gordon wechselte mit Denise einen Blick, der ihm signalisierte, dass auch sie eine Antwort von ihm erwartete.

»Ich muss gestehen, dass ich überhaupt nicht weiß, was richtig für dich wäre. Welche Staffelei würdest du denn ...?«

Gordon kam nicht dazu, den Satz zu Ende zu bringen, als der Finger des Jungen schon auf ein Modell wies, das sich in einer mittleren Preisklasse bewegte. Wieder riss Gordon Jonas in die Luft und schrie wie ein Wilder.

»Jawohl, jawohl ... so soll es sein. Du bekommst von uns diesen Wunsch erfüllt. Aber eines musst du mir versprechen, Jonas.«

Zumindest Denise blickte ihn gespannt an, da sie keinen Schimmer davon hatte, worauf Gordon hinaus wollte.

»Auf deinem ersten Bild möchte ich deine wunderschöne Mutter sehen. Schaffst du das?«

Statt einer Bestätigung beobachteten sie, wie Jonas die Zettel wieder einsammelte und sich damit auf den Weg nach oben machte. Gordon wusste in diesem Augenblick nicht, ob er darüber lachen oder es so akzeptieren sollte. Die Entscheidung wurde ihm abgenommen, als er Denises Lippen auf seinen spürte.

»Gib ihm Zeit, Gordon. Ich glaube, dass er sich sehr über deine Zusage gefreut hat. Morgen fahren wir am ersten Ferientag in die Stadt und suchen nach dem Modell. Ich freue mich ebenso darüber. Meinst du nicht auch, dass er glücklich ist?«

»Das bin ich auch«, antwortete Gordon und schob Denise in die Küche. »Ich muss übrigens in ungefähr drei Stunden wieder weg. Wir wollen raus zu einer größeren Razzia. Da muss ich unbedingt dabei sein. Ach, bevor ich es vergesse dir zu sagen. Ich finde es unglaublich. Du hast ja Mia Richter kennengelernt. Stell dir vor. Sie und Leonie sind ein Paar. Davon wissen bisher nur wenige vom Team, aber ich finde es einfach nur schön.«

»Na siehst du. Ich erinnere mich noch gut daran, dass du bemerkt hattest, dass du dir Sorgen um Leonie machen würdest. Sie interessierte sich zu wenig für Männer. Jetzt weißt du auch warum. Hoffentlich vertragen die zwei sich auf Dauer. Das wird sicher nicht dadurch einfacher, dass sie tagtäglich in einer Abteilung zusammenarbeiten. Da könnten schon Spannungen mit nach Hause getragen werden. Aber warten wir das erst einmal ab. Jedenfalls freue ich mich für die beiden. Aber nun Schluss damit. Bevor die gehst, musst du noch was essen. Du kannst mir beim Gemüseputzen helfen.«

28

»Es war einfacher, als ich angenommen hatte, Gordon. Natalya, wie sie ja richtig heißt, war zwar anfangs schockiert, dass wir alles über sie und ihre Herkunft wussten, hat sich aber sofort bereit erklärt, mitzuarbeiten. Ich werde das Gefühl nicht los, dass sie eine Stinkwut auf diese Dreckskerle hat und sich für irgendetwas rächen will. Wir haben uns ja noch später an ihrer Wohnungstür getroffen. Rein konnte ich nicht, da man sie eingeschlossen hatte. Dabei erzählte sie mir, wie das mit dem Transport aus der Ukraine organisiert wurde. Ich mach dazu noch einen Bericht, damit wir die Kollegen dort informieren können. Aber wenn du hörst, wie die hier in Deutschland mit den Frauen umgehen, kriegst du das große Kotzen.«

»Ich weiß, Kai«, unterbrach Gordon den Kollegen, »das sind keine Menschen mehr. Die sehen nur die Ware, die man zu Geld machen kann. Das Geschäft müssen wir zumindest hier in unserer Stadt ausräuchern. Ich befürchte nur, dass wir der Hydra einen Kopf abschlagen und dass sofort wieder einer nachwächst. Mir geht es in erster Linie darum, dass wir ein paar dieser Frauen aus den Klauen der Bestien befreien können. Vor allem will ich mein Versprechen bei Daria einlösen. Bist du weiter mit Natalya in Verbindung?«

Kai wirkte nicht sonderlich glücklich, als er Gordon aufklärte.

»Es ist nicht so einfach, wie man denken könnte. Sie besitzt kein Telefon. Selbst in der Bar hat man ihr verboten, zu telefonieren. Man sagte ihr, dass sie sich erst das Vertrauen erarbeiten müsse, bevor man ihr eines geben würde. Solange muss ich quasi durch die Tür mit ihr reden. Aber sie versprach, sich umzuhören. Einige von den Schwachköpfen, meinte sie, wollen sich immer hervortun und quatschen viel. Sie glaubt, dass sie einen Weg finden wird, wie sie diese gewalttätigen Affen zum Singen kriegt. Jetzt lasse deiner Phantasie mal freien Lauf, wie sie das bewerkstelligt. Egal, Hauptsache wir erhalten Infos.«

Kai wusste genauso wie Mia und Leonie, dass sie sich gedulden mussten, bevor sie gezielt losschlagen konnten. Hausdurchsuchungen waren ohne schlagkräftige Beweise kaum durchführbar. Er wandte sich an die Frauen im Team.

»Übrigens habe ich von Gordon erfahren dürfen, dass ihr Mutter Klingel zum Geständnis gebracht habt. Glückwunsch. Dieser Fake mit dem Sohn war schon reichlich ausgekocht. Frauen scheinen doch besser als wir zu wissen, wie Frau in solchen Situationen reagiert. An euch sind Psychologen verloren gegangen. Gut, dass wir uns jetzt alle auf diesen Fall hier konzentrieren können.«

Leonie wollte etwas auf die Lobeshymne erwidern, als Mia ihr zuvorkam.

»Dass wir beide mindestens ebenso scharf darauf sind, die Schweine von der Straße zu holen, erklärt sich doch wohl von selbst. Dass sie uns in der Hütte ausgeschaltet haben und uns wie Idioten haben aussehen lassen, verzeihen wir denen nicht. Dafür sollen sie bezahlen. Aber an erster Stelle steht Daria. Ich habe lange mit ihr über ihre Heimat und das Elternhaus gesprochen. Es war deprimierend zu hören, wie leid es ihr schon kurz nach der Flucht tat, alle verlassen zu haben. Aber sie wollte, dass es denen wieder gut geht, wenn sie Geld nach Hause schicken würde. Niemals hätte sie sich vorstellen können, wie schlimm es tatsächlich wurde. Wie drückte sie sich aus? *Ich würde eher sterben, als mich diesen Männern hinzugeben.* Sie schilderte eindrücklich, wie sie von den Tieren hergenommen wurde. Ich weiß nicht, wie ich das verarbeitet hätte. Es war wohl die Hölle.«

Betretenes Schweigen erfüllte den Raum, als eine Beamtin die Tür aufstieß und rief: »Sie hat sich umgebracht! Iris Klingel ist tot!«

Gordon und Leonie waren die Ersten, die vom Stuhl hochsprangen.

»Was ist passiert?«, wollte Gordon wissen und schüttelte die Frau an den Schultern.

»Sie hat sich die Anstaltskleidung ausgezogen und sich damit an den Fenstergittern erhängt.«

»Das ist doch nicht möglich. Die Gefangenen werden doch in kurzen Abständen kontrolliert. Hat denn die ganze Mannschaft geschlafen, verdammt? So was darf doch in unseren Gefängnissen nicht passieren. Das wird gewaltigen Trubel verursachen. Die Pressefuzzis werden sich darauf stürzen wie die Schmeißfliegen. Scheiße, Scheiße und noch mal Scheiße.«

»Beruhige dich bitte, Gordon. Wir hätten das nicht verhindern können. Sie hat sich selbst für das gerichtet, was sie ihrem Sohn und der Tochter angetan hat. Klar, es wird viele

Fragen zu beantworten geben, aber die Tatsache ist ja unumstößlich, dass sie gemordet hat. Der Fall wird eben ohne Gerichtsverhandlung abgeschlossen. Sie hat selbst das Urteil gesprochen und sofort vollstreckt. Sie muss sich nur noch vor Gott und ihrer Tochter für den Mord rechtfertigen.«

Kai ließ Gordon nach diesen Worten wieder los, nachdem er ihn von der Beamtin weggezerrt hatte.

»Du redest dir die Situation nur schön, Kai. Jeder Mensch hat ein Recht auf eine faire Verhandlung. Ich halte außerdem die Selbsttötung in einem solchen Fall für eine Flucht vor der Strafe. Sie hat Leben genommen und verkürzt die Zeit der Vergeltung damit nur. Ich weiß, dass ihr das nicht ebenso betrachtet, aber ich sehe das so. Kriminalrat Kläver wird toben, weil er jetzt wahrscheinlich der Presse erklären muss, wie es zu einem solchen Fehler kommen konnte.«

Gordon lief durch den Raum und überlegte, wie man es dem Chef am besten mitteilte. Er riss das Telefon aus der Schale und begleitete den Wählvorgang mit den Worten: »Das bringen wir sofort hinter uns, sonst dreht der noch durch, wenn er später unterrichtet wird.«

Leonie, Mia und Kai verfolgten die Darstellung Gordons gegenüber Kläver und erschraken, als sie anschließend deutlich mithören konnten: »Bewegen Sie Ihren Hintern zu mir! Sofort!«

Mit starrem Gesichtsausdruck warf sich Gordon die Jeansjacke um die Schultern und donnerte beim Hinausgehen die Tür hart ins Schloss. Leonie ließ ihre Meinung dazu hören.

»Aua. In Gordons Haut möchte ich jetzt nicht stecken. Der Alte war stinksauer.«

29

Natalyas Hände zitterten, als sie die Tür zum Getränkekeller öffnete und einen Blick den Gang entlang wagte. Noch vor wenigen Minuten hatte sie gesehen, wie Fjodor durch die Tür zum Keller verschwunden war. Die Bar öffnete erst in etwa zwei Stunden. Vorher mussten die Getränkeregale wieder aufgefüllt werden. Wenn Natalya geglaubt hatte, dass ihr einer dieser Riesenkerle auch nur eine Kiste nach oben getragen hätte, wurde sie schon am ersten Tag enttäuscht. Die waren nur damit beschäftigt, den Tänzerinnen an den Hintern zu fassen und dumme Sprüche abzulassen. Hin und wieder vernahm sie das Stöhnen, wenn eine der Frauen wieder für harten Sex herhalten musste. Erstaunlicherweise war sie selbst bisher davon verschont geblieben.

Auf dem halbdunklen Gang herrschte gespenstige Ruhe, was bedeuten konnte, dass sich der faule Sack ein kurzes Schläfchen gönnte. Sie wagte die ersten Schritte Richtung der Kammer, in der sie das Ekel vermutete. Der Geruch von Alkohol, Schweiß und sonstigen Körperflüssigkeiten schlug ihr erbarmungslos entgegen. Mittlerweile hatte sie sich in den letzten Tagen daran gewöhnt und verzog nur angewidert den Mund. Leichte Schnarchtöne bestätigten ihre Annahme, dass Fjodor sich seinen Schönheitsschlaf gönnte. Niemand sonst schien sich zu diesem Zeitpunkt in diesen halbdunklen Räumen aufzuhalten. Schwach hörte sie von oben die Musik, zu der zwei Tänzerinnen ihren Auftritt übten. Warum ihr ein Schauer über den Rücken lief, konnte sie sich nicht erklären. Es mag allein an der Vorstellung gelegen haben, was sie in den kommenden Minuten vorhatte. Sie presste ihre Hände zu Fäusten und trat entschlossen in den Raum.

Natalya sprang erschrocken zurück, als Fjodor sich wie eine Sprungfeder von der Liege erhob und wild um sich schlug.

»Verdammt, was ist los? Wer ist da?«

Erst jetzt entdeckte er Natalya und ließ sich erleichtert wieder zurückfallen.

»Was willst du hier? Hast du nichts zu tun? Verpiss dich wieder, bevor ich dir was auf die Fresse haue.«

»Warum bist du so schlecht gelaunt, Fjodor? Ich werde dir schon nichts tun. Hab mir nur gedacht, schau mal nach dem Mann. Vielleicht ist dir ja langweilig. Dann hätten wir ja was zusammen – du weißt schon, was ich meine. Ich bin ja den ganzen Tag eingesperrt und muss es mir selbst besorgen. Den letzten richtigen Mann hatte ich vor Wochen. Aber ich will dich nicht stören und hau dann wieder ab in den Getränkekeller. Schlaf ruhig weiter.«

»Warte, warte, jetzt sei mal nicht gleich beleidigt. Du scheinst wohl wirklich keine Ahnung zu haben, was hier abgeht. Der Boss hat verboten, dass dich einer von uns anfasst. Du kommst in Kürze in die VIP-Abteilung. Der scheint deinen Arsch besonders zu mögen. Aber wir könnten ja trotzdem einen netten Quickie veranstalten. Du musst nur die Schnauze halten. Wenn der davon erfährt, kann ich mir einen anderen Job suchen. Komm her und zeig mal, was du anzubieten hast.«

Fjodors Erklärung schockierte Natalya ein wenig. Trotzdem kam sie mit wiegenden Hüften näher und rieb ihren Hintern am Kopf des Schlägers.

»Wart ihr bei Sophia auch so rücksichtsvoll, bevor ihr sie den Hunden zum Fraß vorgeworfen habt? Kam sie auch in die VIP-Abteilung?«

Es war ein gefährlicher Punkt, an dem sich Natalya derzeit bewegte. Das erkannte sie auch an dem kurzen Aufblitzen in Fjodors Augen.

»Was weißt du von der?«, knurrte er. »Es ist besser, du kümmerst dich nur noch um deinen Kram. Die Schlampe wird bekommen, was sie verdient hat. Jetzt werden wir ihr mal zeigen, was es heißt, uns ans Messer liefern zu wollen.«

»Nun kröpf dich mal nicht so auf, Fjodor. Die war doch sowieso zu blöd, um hinter der Bar zu arbeiten. Was könnte die denn verraten? Habt ihr sie richtig hergenommen? Wo ist sie denn hingeschafft worden?«

Während Fjodor umständlich versuchte, seinen Hosengürtel zu öffnen, spürte Natalya, dass aus dem Saukerl nicht viel herauszuholen war. Er hatte Angst.

»Habt ihr sie wenigstens am Leben gelassen, denn tot bringt sie keinen Cent? Ich denke, dass sie in einem Puff das tut, was sie vielleicht besser kann. Ich bin froh, dass ich alleine in der Bude pennen kann.«

Der Zufall half Natalya, sich den sicherlich ekeligen und unwürdigen Akt mit Fjodor zu ersparen. Oben öffnete sich die Kellertür und ein langer Schatten fiel auf die Kellertreppe. Mit fahrigen Bewegungen schloss Fjodor schnell wieder seinen Hosenbund und legte sich auf die Liege. Natalya entfernte sich ins Getränkelager. Sie atmete auf, als der Besucher in Fjodors Zimmer verschwand. Die Stimmen der beiden Männer waren gut zu unterscheiden, wobei eine Michail gehörte.

»Würdest du mal so langsam deinen Hintern von der Liege bewegen? Es ist früher Nachmittag, verdammt. Hast du übrigens Alexej heute schon gesehen? Kostja will ein ernstes Wort mit ihm reden.«

Natalya hörte die Sprungfedern der Matratze knarren, was ihr sagte, dass Fjodor sich wenigstens erhoben hatte.

»Der hat sich noch nicht sehen lassen. Er faselte irgendwas von einem Zahnarztbesuch. Ist was vorgefallen?«

»Du warst doch dabei, Fjodor. Hat dieser hirnlose Penner tatsächlich diese Sophia Laleva gevögelt, bevor die bei Boris ankam? Habt ihr euren Verstand nur in der Hose? Der Schwachkopf hat das Mädel blutig gebumst. Die kann Boris vorerst nicht anbieten. Ich kann dir nur verraten, dass der stinksauer ist und deshalb mit Kostja neu über den Rückkauf-Preis verhandeln will. Alexej dürfte das eine Stange Geld kosten. Das wird der teuerste Fick, den er jemals hatte. Wo hattet ihr das Weib eigentlich zwischendurch deponiert?«

Fast weinerlich war mittlerweile Fjodors Stimme zu hören, als er Michail antwortete.

»Die haben wir, wie es verabredet war, in dem Camper am Kirmesplatz gelassen. Ralle sollte dann den Weitertransport organisieren.«

»Ganz toll. Dieser dämliche Ralf Scheuer hat die bestimmt noch besteigen lassen und sich die Kröten auf die

Tasche getan. Pass mal genau auf mein Freund. Du treibst jetzt sofort deinen Kumpel Alexej auf und dann bewegt ihr euren Arsch zu Boris. Ich will, dass sich Alexej bei ihm entschuldigt. Wir wollen wissen, wie er sich den Rückkaufpreis vorstellt. Wenn alle Stricke reißen, holt ihr die Laleva wieder ab und wir bringen sie woanders unter.«

»Und wenn das Weib nicht mitspielt und Probleme macht?«, wollte Fjodor wissen.

»Was schon? Dann geht sie an die Grenze auf den Straßenstrich. Die werden ihr notfalls die Zunge rausreißen oder sie in irgendeinen See werfen. Beweg dich endlich, damit Boris nicht komplett durchdreht.«

Natalya spürte, wie ihr die Kälte über den Rücken kroch. Eines war ihr in den letzten Minuten klar geworden. Sie musste jetzt sofort tätig werden. Nicht nur das Leben von Daria stand auf dem Spiel, sondern auch ihres. Auf keinen Fall würde sie als Matratze für reiche Kerle herhalten.

Das Telefon. Ich muss Kommissar Wiesner alle Informationen weitergeben. Vielleicht können wir Daria noch retten.

Nachdem Michail längst über die Kellertreppe wieder verschwunden war, konnte Natalya aus Fjodors Zimmer hektisches Treiben und lautes Fluchen verstehen. So leise wie möglich klemmte sie sich ein paar Flaschen Champagner unter die Achseln und verschwand nach oben über die Treppe, die direkt hinter den Tresen führte. Dort empfing sie der strenge Blick von Michail, der vor der Theke auf sie wartete.

»Das ging bei dir aber auch schon schneller. In der Zeit hätte ich eine komplette Getränkelieferung vom Lkw entladen. Du kannst dich schon darauf vorbereiten, Galena.

Kostja will dich um genau achtzehn Uhr in seinem Büro sehen. Gleich kommt eine neue Kollegin, die du heute Nacht anlernen sollst. Vergiss es nur nicht – der Boss ist nicht besonders gut drauf.«

Natalya nickte und räumte mit gespielter Gleichgültigkeit die Flaschen in die Kühlung. Als sich Michail endlich verzogen hatte, wanderte ihr Blick zum Telefon, das hinter einem Vorhang in einem Nebenraum stand. Niemand beachtete sie, als sie den Zettel mit Kais Nummer aus dem BH fingerte. Noch immer übten die beiden Tänzerinnen ihren Auftritt an den Stangen. Die Musik übertönte Natalyas Stimme, mit der sie ihrem neuen Vertrauten wiedergab, was sie im Keller zu hören bekommen hatte.

30

»Ich will jeden einzelnen Camper durchsucht haben. Findet die Frau. Und schafft mir diesen Ralf Scheuer ran.«

So aufgebracht hatte bisher keiner Hauptkommissar Rabe jemals erlebt. Kurze, klare Befehle, die er gab, um sich anschließend den ersten Wagen vorzunehmen, aus dem zuvor ein Freier ausgestiegen war. Darias Foto hielt er der verdutzten Freudendame direkt vor das Gesicht.

»Wo finde ich diese Frau? Komm mir nicht damit, dass du sie noch nie gesehen hast. Ich weiß, dass sie bei euch versteckt wird. Also, kennst du sie?«

Der Bademantel, den sich die Brünette umgelegt hatte, ließ mehr offen, als er verdeckte, wofür Gordon jedoch keinen Blick hatte. Er achtete nur auf die Körpersprache der Frau, die erst vor einem Augenblick einen Mann bedient hatte. Der Geruch der Ausdünstungen lag noch in der Luft. Der kurze Stoß aus einem Raumerfrischer änderte das, machte den Aufenthalt dadurch jedoch nicht angenehmer. Sie schüttelte den Kopf, nachdem sie einen Blick auf das Foto geworfen hatte.

»Die Frau ich haben noch nie hier gesehen. Du musst fragen Ralle. Er alles wissen.«

»Wo finde ich Ralle?«

Wieder nur das Zucken der Schultern. Gordon gab es in diesem Wagen auf und wechselte zum nächsten, aus dem jedoch lautes Stimmengewirr erklang. Zwei Personen stritten sich, sodass Gordon keinerlei Skrupel hatte, die Tür aufzureißen. Der Mann, der mit erhobener Hand und heruntergelassener Hose vor der drallen Blondine stand, hielt mitten im Satz inne und starrte völlig überrascht auf den komplett in Jeans gekleideten Mann.

»Polizei. Dürfen wir erfahren, was hier los ist? Nehmen Sie die Hand runter und ziehen Sie sich bitte wieder an.«

Das erste Erstaunen über die Störung dauerte nicht lange an. Während sich der Kerl, dessen bereits ergraute Haare wirr in der Stirn hingen, die Hose hochzog und notdürftig über dem traurig hängenden Penis verschloss, schrie er wieder die Frau an.

»Gut, dass Sie kommen. Dieses Miststück hat mir hundertzwanzig Euro abgeknöpft und versprochen, dass sie mir eine Spezialbehandlung verschafft. Die hat mir einen runtergeholt und glaubt, dass ich mich damit zufriedengeben würde. Der werde ich es zeigen. Das ist Betrug.«

»Nichts werden Sie ihr zeigen, guter Mann«, widersprach ihm Gordon mit ruhiger Miene. »Nehmen Sie Ihre Sachen und danken Sie Gott dafür, dass man Ihnen diese Behandlung ersparte. Das hätten Sie wohl in Ihrem Alter nicht mehr überlebt. Kommen Sie da raus. Wir müssen arbeiten.«

»Das ist doch wohl eine Unverschämtheit. Jetzt arbeitet die Polizei schon mit denen ...«

»Moment, Kollege. Jetzt sagen Sie nichts, was Sie später vor Gericht bereuen würden. Sie können offiziell eine Anzeige erstatten und die Dame hier wegen Betrugs anklagen. Dann wird der Fall zusammen mit der Beamtenbeleidigung verhandelt. Die Entscheidung liegt ganz bei Ihnen. Was ist jetzt. Hauen Sie nun ab, oder soll Sie ein Kollege zur Wache bringen?«

Als hätte ihn der Himmel plötzlich mit Sprachlosigkeit gestraft, verzog sich der ältere Herr mit eingezogenen Schultern Richtung Sichtzaun, durch den er schnellfüßig auf die Gladbecker Straße verschwand. Zurück blieben einige Beamte, die Mühe hatten, das Lachen zu verbeißen. Selbst die dralle Liebesdienerin grinste und wusch sich dabei die Hände. Eine Antwort blieb sie Gordon allerdings schuldig, als dieser seine erste Frage stellte: »Finden Sie das nicht auch ein wenig teuer? Ich meine, nur so mit der Hand?«

»Was treibt die Polizei in meine Hütte? Das kann doch unmöglich nur wegen des Gezeters von dem Methusalem gewesen sein.«

Kai hatte seinen Glatzkopf mittlerweile in den engen Raum gesteckt und antwortete für Gordon.

»Sehen Sie sich bitte das Foto von der Frau an, das der Hauptkommissar in der Hand hält. Wo finden wir sie? Sehen Sie – mehr wollen wir gar nicht. Sie sind dem Chef was schuldig. Also?«

»Ach du Scheiße, so sah die einmal aus? Ich will das nicht beschwören, aber ich glaube, die haben einige von den schweren Jungs in der Mangel gehabt. Das war drüben in dem großen Hänger, ganz am Ende. Ich wette, ihr würdet die jetzt nicht mehr wiedererkennen. Ralle ist mit der vor etwa zwei Stunden weggefahren. Aber von mir habt ihr das nicht. Versprecht ihr mir das? Die schlagen mir sonst die Zähne aus.«

»Wohin man die Frau brachte, wissen Sie auch?«, hakte Gordon nach.

»Hören Sie Herr Hauptkommissar. Ich kann Ihnen versprechen, dass das keine von uns Frauen wissen möchte. Die werden Sie wohl niemals wiedersehen. So ist das nun einmal, wenn man gegen den Strom schwimmen will. Ich vermute mal, dass man sie an der ungarischen oder rumänischen Grenze auf die Straße schickt. Kein schöner Job, kann ich Ihnen sagen. Schlimmstenfalls endet sie in einem dieser Filmstudios. Mehr werde ich Ihnen aber nicht sagen. Darf ich jetzt wieder arbeiten? Ich muss noch ein paar Kröten verdienen und ihr versaut uns hier das Geschäft mit eurem Aufmarsch.«

Gordon spürte, dass er hier schon mehr erfahren hatte, als er vorher zu hoffen gewagt hatte. Normalerweise schwiegen die Frauen hier, da sie wussten, wie die Bestrafung aussehen konnte. Was mit Daria passiert war, musste wohl selbst unter den abgebrühten Huren für Entsetzen gesorgt haben. In ihm breitete sich neben aufsteigendem Zorn allmählich Mutlosigkeit aus, als er über das Schicksal dieses armen Mädchens nachdachte.

»Wir müssen diesen Ralf Scheuer zur Fahndung ausschreiben. Ich werde diesen Dreckskerl erst wieder freilassen, wenn ich aus ihm herausgeprügelt habe, wohin er Daria gebracht hat.«

»Gordon, beruhige dich erst einmal. Wir müssen unsere Emotionen heraushalten. Du weißt doch am besten aus dem Fall Fokus, was daraus entstehen kann, wenn wir aus der Rolle fallen. Ich sage es dir ehrlich. Große Hoffnung habe ich nicht, dass wir Daria aus deren Händen befreien können.

Die würden das Mädchen eher irgendwo verbuddeln, bevor sie das Risiko eingehen, dass sie gegen diese Tiere aussagt. Klar, ich will diesen Sauhund auch an die Wand nageln, aber lass uns das cool angehen. Ich gebe die Fahndung raus. Und du solltest dich beruhigen.«

Mit gesenkten Häuptern betraten Kai und Gordon das Büro, in dem Mia und Leonie vor dem Bildschirm sitzend über etwas diskutierten. Ohne zu wissen, was passiert war, ahnten sie, dass die Aktion im Essener Puff komplett in die Hose gegangen sein musste. Geduldig warteten sie ab, bis die beiden Männer den dampfenden Kaffee vor sich stehen hatten und gedankenverloren in die Tassen starrten.

»Ist ... ist Daria tot?«

Allein Mias Frage löste die Starre der beiden Männer und holte sie wieder aus ihrer Gedanken. Gordons Faust landete direkt neben der vollen Tasse und ließ sie tanzen.

»Das kann so nicht enden, Kai. Daria wird nicht die letzte Frau sein, die so endet. Ich will etwas tun. Was ist mit dieser Natalya? Können wir mit der rechnen und arbeiten?«

Lange noch verfolgte Kai den in der Tasse kreisenden Schaum, sodass man das Gefühl bekam, er hätte die Frage von Gordon nicht verstanden. Plötzlich nickte er und sah jeden Einzelnen im Raum an.

»Das können wir bestimmt. Ich frage sie. Sie weiß mehr als die anderen Mädchen, weil sie näher an der Quelle ist. Ich glaube auch, dass sie sich nicht vor diesen Schweinen fürchtet. Daria war für sie wie eine Schwester. So drückte sie sich wenigstens aus. Sie hatte ihr versprochen, sie da wieder rauszuholen. Wir sollten ihr dabei helfen. Ja, ich frage sie.«

31

»Das kann nicht sein, das darf einfach nicht passieren. Daria hat sich sicher darauf verlassen, was ich ihr versprochen habe. Nun ist sie diesen Bestien ausgeliefert. Was kann ich tun, damit ihr sie findet?«

Heute war die Bar recht gut besetzt, als sich Galena, wie sie hier auch genannt werden wollte, zu Kai über den Tresen beugte und ihm ihr Entsetzen über die Entwicklung zuraunte. Niemand am Tisch, wo auch Michail zu finden war, interessierte sich für den Gast, der zwar keine Riesenumsätze machte, aber dennoch zum Stammgast zu werden schien. Galena zog ihn vermutlich an wie ein Magnet.

»Ich habe bereits versucht, mehr über den Aufenthaltsort von ihr rauszufinden, doch diese Schweine halten dicht.«

Natalya flüsterte ihrer neuen Kollegin etwas zu und näherte sich Kai, der immer wieder einen Blick zum Stammtisch warf. Schließlich wandte er sich Natalya zu, die er mittlerweile ins Herz geschlossen hatte. Sie gehörte einfach nicht hierher, obwohl sie sich überraschend schnell integriert hatte.

»Sie sagten, dass Sie in einen VIP-Bereich kommen sollen? Was verstehe ich darunter? Sehen wir uns dann nicht mehr?«, wollte Kai wissen.

»So wie ich von den Mädchen hörte, meint man damit eine eigene Wohnung in einer besseren Gegend. Ein Privatclub sozusagen für die Männer, die mich auch für Außentermine buchen können. Ich werde das nicht tun. Ich lass mich von den reichen Bonzen nicht mieten und befummeln. Ich werde einen Weg finden, um abzuhauen. Doch vorher werden wir Daria finden. Ich verlasse das Land nicht ohne sie.«

»Kommen Sie hier ungesehen raus, bevor man Sie wieder in der Wohnung einsperrt? Ich würde dafür sorgen, dass Sie irgendwo unterkommen. Ich kann Sie heute Nacht aufsammeln und mitnehmen. Wenn alle Stricke reißen, öffnen wir auch die Tür Ihres Appartements.«

Bevor Natalya Kai eine Antwort geben konnte, rief ein angetrunkener Gast nach ihr und schwenkte sein leeres Pilsglas. Als sie wieder vor Kai trat, schnellte seine Hand nach vorne und umklammerte Natalyas. Sie spürte, dass er ihr etwas zugeschoben hatte, das sie unauffällig unter ihrem Gürtel verschwinden ließ, der den kurzen Rock hielt.

»Es ist eine einzige Telefonnummer darauf gespeichert, auf der Sie mich erreichen können. Nur wenn Sie das Codewort *Popow* sagen, werde ich antworten. Ansonsten weiß ich, dass man es bei Ihnen gefunden hat. Dann werde ich Sie auf jeden Fall hier rausholen. Sind Sie nicht hier, orte ich das Gerät. Auf keinen Fall überlasse ich Sie diesen Kerlen. Ich warte im Wagen, auch wenn es die ganze Nacht dauert.«

Kai warf einen Geldschein auf die Theke und verließ mit einem unguten Gefühl die Bar, nicht wissend, was in dieser Nacht noch geschehen sollte. Zwei traurig dreinblickende Augen verfolgten ihn, die jedoch kurze Zeit später eine wilde Entschlossenheit zeigten. Natalyas hasserfüllter Blick glitt zum Tisch, an dem jetzt Michail fehlte. Seine Nähe spürte sie, als sie sich hinter den Vorhang zurückziehen wollte, der die Tür zum Getränkekeller verdeckte. Sein forschender Blick schien Natalya durchdringen zu wollen.

»Was will dieses Riesenbaby von dir? Glaubst du wirklich, dass uns das nicht auffällt, wenn du den Kerl anhimmelst. Du sollst die Säcke zum Trinken bringen und nicht dazu, dass sie sich mit dir verloben wollen. Also? Was hattet ihr zwei so lange zu bequatschen?«

Natalyas Herz stockte einen Moment, als Michail näher herantrat und ihr ins Haar griff. Er zog ihr Gesicht ganz nahe an seines, sodass ihr sein knoblauchgeschwängerter Atem entgegenschlug. Sie schluckte die Übelkeit hinunter und bemühte sich um Selbstsicherheit. Erstaunlich schnell hatte sie sich wieder gefasst und erwiderte seinen Blick.

»Ja, ja, das Arschloch glaubt wirklich, dass ich was für ihn empfinde. Soll ich ihn deshalb rausschmeißen lassen? Solange der einen Steifen hat, säuft der und gibt gutes Trinkgeld. Wenn du es möchtest, sage ich ihm, dass er sich verpissen soll. Kein Problem. Es ist dein Geld, was du verlierst.«

Mehrere Sekunden ruhte Michails Blick auf Natalya, als wollte er tief in ihrer Seele forschen, ob sie die Wahrheit sagte. Schließlich stieß er sie zurück und kratzte sich in der Leiste.

»Scheißegal, was der Trottel denkt. Er hat dich heute sowieso zum letzten Mal gesehen. Wenn du morgen ausgepennt hast, holt dich Fjodor ab und bringt dich nach Düsseldorf. Kostja hat dich befördert. Er findet, dass du mit deinem

Arsch viel mehr Kohle machen kannst als hier hinter dem Tresen. Die reichen Säcke werden sich bald um dich reißen. Die Hütte, in die du einziehst, ist übrigens vom Feinsten. Das solltest du würdigen. Morgen kommt der Chef zu dir und klärt dich darüber auf, was du zukünftig tust.«

Michail drehte sich bereits ab, als ihm noch etwas einfiel.

»Bevor ich es vergesse, Galena. Man wird dich dort nicht mehr einschließen. Warum sage ich dir das wohl? Ganz einfach. Solltest du auch nur im Entferntesten einen Gedanken daran verschwenden, abzuhauen, behalte ein paar Fakten im Hinterkopf: Wir haben immer noch deinen Pass. Du kommst also nicht über die Grenze. Solltest du zu den Bullen gehen, werden wir dich finden und ich garantiere dir, dass das nicht nur so dahingesagt ist. Uns entkommt keine von euch. Und wenn wir dich haben, dann Gnade dir Gott. Bevor du zu deinen Ahnen gehst, wirst du dir wünschen, nie geboren zu sein. Deine Freundin wird davon bald ein Lied singen können. Hast du mich verstanden?«

»Was habt ihr mit ihr gemacht? Sage es mir, verdammt.«

»Eigentlich sollte dich das nicht mehr interessieren, aber du sollst es wissen, um dir selbst das zu ersparen. Die Schlampe verkauft in wenigen Tagen ihren Hintern an deutsche Touris, die an der Grenze ihre Gelüste ausleben wollen. Das wird sie nicht allzu lange aushalten, das garantiere ich ihr. Dann packen wir sie eben in einen Keller für Snuff-Filme. Sollen die Perversen sie mit der Kettensäge bearbeiten. Spaß macht ihr das bestimmt nicht.«

Eigentlich hätte Michail bemerken müssen, wie sich Natalyas Körper straffte, als er Daria und ihre Zukunftsaussichten ins Spiel brachte. Wohl nur seiner Überheblichkeit war es zu verdanken, dass er die wilde Entschlossenheit in ihren Augen nicht erkannte. Er bemerkte auch nicht, wie Natalyas Hand nach dem Eispickel tastete, der in der Spüle abgelegt worden war. Ihre Finger schlossen sich um den Griff. Sie riss die Waffe hoch. Michails Abwehrreaktion kam um Bruchteile von Sekunden zu spät. Der Eispickel versank bis zum Schaft unterhalb des rechten Ohrs. Noch dreimal stach Galena mit aller Kraft zu. Die Hand, die sie Michail über den Mund gelegt hatte, unterdrückte das Stöhnen des Verbrechers. Ihre kalten Augen blickten auf den Mann hinunter, der mit ungläubigem Blick zusammensank. Das ausströmende Blut verteilte sich über den Boden und wurde gierig von den Teppichfliesen aufgesaugt. Natalya warf einen schnellen Blick durch den Schlitz des Vorhangs und stellte erleichtert fest, dass ihre Vertretung hinter der Theke intensiv mit einem Gast flirtete. Sie riss den Eispickel aus dem Hals des verhassten Clubleiters und tastete seinen Körper ab. Schnell fand sie das Stilett, das sie sich hinter den Gürtel schob. Das Blut, das reichlich über ihre Hand gelaufen war, wischte sie an Michails Hose ab. Mit zwei Schritten war sie an der Tür, die den Gang hinab zum Keller versperrte.

Noch bevor sie die Theke verlassen hatte, war ihr aufgefallen, dass weder Fjodor noch Alexej am Stammtisch gesessen hatten. Sie mussten sich irgendwo im Bereich des Hauses aufhalten. Nur wo? Sichernd wie ein Raubtier nahm sie Stufe für Stufe, blickte in jeden Winkel. Ihre Sinne waren dermaßen geschärft, dass sie zusammenfuhr, als auf dem Flur lediglich die Kühlung eines Sektschrankes ansprang. Mit der Hand wischte sie über die schweißnasse Stirn und streckte die andere mit dem Stilett vor, um gegen jeden plötzlichen Angriff gewappnet zu sein.

Sie kamen näher – die schweren Schritte, die sie sofort Fjodor zuordnete. Sein Schatten zeichnete sich auf dem grauen Estrich ab, wurde immer größer, bis er vor ihr stand und auf das Messer starrte.

»Was soll das denn? Bist du jetzt völlig durchgeknallt? Seit wann hast du Angst vor den Ratten hier unten? Steck das Messer weg und hol dir, was du brauchst. Ich warte hier auf dich.«

Erstaunlich schnell fasste sich Natalya wieder und zog die Waffe zurück. Ihre Frage verwunderte Fjodor zwar, er zögerte aber keinen Augenblick mit der Antwort.

»Wo warst du denn? Michail sucht dich schon oben. Da randaliert einer und hat eine von den Mädchen an die Brüste gefasst.«

»Ist der bescheuert? Noch vor ein paar Minuten hat er mir gesagt, dass ich seine Karre umparken soll. Ich klär das gleich.«

Den Schlüsselbund, den er in der Hand hielt, steckte er jetzt in die Hosentasche und wollte sich auf den Weg machen. Noch ein letztes Mal drehte er sich um, als er seinen Namen aus Natalyas Mund hörte. Das breite Kantholz, das zuvor an der Wand gelehnt stand, sah er zwar kommen, doch zu spät. Es traf ihn mit großer Wucht im Nackenbereich und schickte den Riesenkerl augenblicklich in das Land der Träume. Wie eine Irre wühlte Natalya in der Tasche, in der sie den Schlüsselbund wusste. Ihrem Mund entfuhr ein befreiendes Jauchzen, als sie ihn endlich in der Hand hielt. Auf wackligen Beinen bewegte sie sich zur

Stahltür, die die einzige Barriere zum Hinterhof, zur Freiheit, bedeutete. Noch ein letztes Mal ging ihr Blick Richtung Kellergang, an dessen Ende sie eine Bewegung erkannte. Fjodor versuchte, auf die Beine zu kommen, und rieb sich den Nacken. Verzweifelt suchte Natalya den passenden Schlüssel, um die letzte Hürde in die Freiheit nehmen zu können. Erst beim dritten Versuch rutschte ein Schlüssel in das Schloss. Hinter sich hörte sie das heftige Fluchen von Fjodor, der nun die ersten Schritte getan hatte, um sie einzuholen. Sie riss die Stahltür auf, die sich nur sehr zögernd einen Spalt öffnete. Immer lauter war das Keuchen des angeknockten Schlägers hinter ihr zu hören, als sie es endlich schaffte, ihren Körper durch den Spalt zu pressen. Mit aller Gewalt drückte sie die Tür zu und steckte den Schlüssel von außen ins Schloss. Gerade als sie die Tür wieder abschließen wollte, warf sich Fjodor dagegen. Ungläubig sah Natalya die schwere Tür auf sich zufliegen und spürte im gleichen Moment den schmerzhaften Aufprall. Mehrere Meter flog sie durch die Luft und suchte Halt. Den fand sie auch an den Beinen eines Mannes, der sich sofort von ihr befreite und über sie hinweghechtete. Nur durch einen Nebel nahm sie noch wahr, wie Kai Wiesner sich auf den bulligen Russen stürzte und ihm einen Hieb gegen das Jochbein versetzte. Fjodor stürzte mit einem Schrei auf den Lippen zurück in den Gang, was Kai die Gelegenheit gab, die Tür endgültig zuzuwerfen und zu verschließen. Er rieb sich die Knöchel der Faust und zeigte trotzdem ein Lächeln, als er sich zu Natalya bückte.

»Kommen Sie. Es bleibt nicht viel Zeit, um zu verschwinden. Mein Wagen steht gleich um die Ecke.«

Er reichte Natalya seine Hand und half ihr auf. Kurze Zeit später entfernte sich der Wagen ohne Licht aus der Nebenstraße und bog erst aufgeblendet auf die Altenesser Straße ein, als Kai sicher sein konnte, nicht verfolgt zu werden. Sie waren schon einige Zeit unterwegs, als Kai die weichen Lippen seiner Beifahrerin auf seiner Wange spürte.

»Danke, Großer. Du hast mir das Leben gerettet. Lass uns nach Daria suchen. Ich glaube, ich weiß, wo sie sein könnte.«

32

Leonie war dermaßen tief in Gedanken versuchen, dass sie hochschreckte, als sich das Telefon meldete.

»Jetzt bitte nichts, was mit Verbrechen zu tun hat. Was gibt es?«

»Tut mir leid, Kommissarin Felten«, erklang eine Stimme aus der Leitstelle, »aber ich habe hier eine Frau mit einem jungen Mann, die Sie unbedingt sprechen wollen. Ich habe denen schon gesagt, dass sie einen Termin brauchen, aber die Frau lässt sich nicht beruhigen und sagt mir auch nicht, um was es geht. Darf ich die hochschicken?«

»Oh, verdammt. Ja, in Gottes Namen tun Sie es – nein, warten Sie – ich komme lieber runter. Vielleicht ist es ja nicht so wichtig.«

Nur wenige Minuten später erschien Leonie auf der Treppe und sah das Pärchen auf der Holzbank warten. Die Frau redete unentwegt auf den schlaksigen Jungen ein, der ihr mit auf der Brust verschränkten Armen und trotzigem Gesichtsausdruck zuhörte. Bevor Leonie die Bank erreicht hatte, sprang die Frau auf und eilte mit weitausholenden Schritten auf die Kommissarin zu.

»Sie sind bestimmt die Frau, die mit dem Fall Iris Klingel zu tun hatte? Ist es so? Wir haben eine Aussage zu machen.

Ich meine, mein Sohn möchte eine machen. Es ist wirklich sehr wichtig.«

Leonie verdrehte leicht die Augen, als sie die Frau aufzuklären versuchte.

»Hören Sie ... wie heißen Sie eigentlich? Sie wissen, dass ich bei der Mordkommission arbeite?«

»Das ist mein Sohn Sven. Ich bin die Mutter und heiße Magdalena Platzek. Ja, das weiß ich. Wir müssen etwas Wichtiges ...«

»Bitte warten Sie einen Moment, Frau Platzek. Der Fall ist abgeschlossen, was doch in allen Zeitungen stand. Frau Klingel hat sich ...«

»Ich weiß das alles, Frau Kommissarin«, wurde Leonie von Frau Platzek unterbrochen und zerrte ihren Sohn von der Bank hoch, der sie um mindestens einen Kopf überragte.

»Gut, dann kommen Sie mit. Ich habe aber nicht viel Zeit. Fassen Sie sich kurz.«

Leonie zog einen zweiten Stuhl heran und gab Mia ein Zeichen, dass auch sie sich dazugesellen sollte.

»So, Frau Platzek, wir hören.«

Die ersten Worte zauberten den beiden Ermittlerinnen das blanke Entsetzen auf das Gesicht und ließ eine bedeutsame Stille im Raum zurück.

»Die Frau war unschuldig!«

Magdalena Platzek blickte von einer zur anderen und wartete die Wirkung ihrer Worte ab. Als eine Reaktion ausblieb, stieß sie ihren Sohn mit dem Fuß an und schrie: »Sag endlich, was du mir erzählt hast! Verdammt, das ist wichtig!«

Als Sven Platzek noch immer schwieg, platzte es aus der Mutter heraus.

»Die Frau Klingel hat das nicht getan. Da können Sie sicher sein, Frau Kommissarin. Sie ist eigentlich sogar ein Opfer.«

Wieder warf sie ihrem Sohn einen bösen Blick zu und forderte ihn auf, endlich zu reden. Leonie zeigte ihr mit einer Handbewegung an, dass sie jetzt die Regie übernehmen wollte, und rückte näher an den bockigen Jungen heran.

»Du gehst mit Ralf Klingel auf dieselbe Schule, denke ich da richtig?« Ein knappes Nicken bestätigte ihre Vermutung, was Leonie zeigte, dass sie sich auf dem richtigen Weg befand, um zu dem Burschen durchzukommen. »Ich heiße Leonie Felten und das da ist meine Kollegin Mia Richter. Wenn deine Mutter sagt, dass du was Wichtiges zu berichten hast, hören wir dir gerne zu. Erzähle einfach mit deinen Worten, was es so Bedeutsames gibt. Warum soll Frau Klingel unschuldig gewesen sein? Hat dir Ralf etwas anvertraut?«

Sofort spürte Leonie, dass sie genau hier einen Punkt getroffen hatte, der wesentlich war. Noch ein letztes Mal suchte Sven Platzek den Blick seiner Mutter, deren Augen nur kurz aufblitzten. Stockend begann er.

»Ralf ist eigentlich ein Arschloch. Der kommt mit keinem aus der Klasse zurecht. Ein richtiger Freak ist das. Und dann machte er manchmal so komische Sachen.«

»Könntest du da etwas genauer werden?«, meldete sich nun auch Mia.

»Einfach komisch eben. Der packt ab und zu die Mädchen an. Ich meine, er fasst sie an den Hintern. Eine aus der Klasse hat mir gesagt, dass er ihr schon an die Brust gefasst hat. Sie hat das bisher keinem gesagt, weil sie sich schämte.

Einige von uns haben ihm schon angedroht, dass sie ihm was aufs Maul hauen, wenn er das noch mal machen würde. Der Arsch hat nur blöd geguckt. Immer steht er abseits und spielt sich an den ... na, Sie wissen schon, was ich damit meine.«

»Gut, Ralf scheint ein bisschen frühreif zu sein. Aber was hat das mit dem Tod von Valerie zu tun? Gab es einen dir bekannten Grund, warum Frau Klingel ihre Tochter umbrachte?«

Leonie konnte es sich nicht erklären, aber es schien ihr, als würde hier bald eine Bombe platzen. Sie rückte näher an Sven heran und blickte ihm tief in die Augen. Der senkte den Blick und suchte erneut den seiner Mutter.

»Verdammt, jetzt sag endlich, was du weißt!«

»Er war vor ein paar Tagen auf einer Party, obwohl ihn eigentlich keiner eingeladen hatte. Später hatte der aber ganz schön einen sitzen und hat sich in eine Ecke verzogen. Ein Mädchen hat sich trotzdem um ihn gekümmert, weil er ihr leidtat. Anstatt ihr dafür dankbar zu sein, hat sie der blöde Sack auch noch angeschrien und weggestoßen.«

Wieder stockte Sven eine Weile.

»Ich werde mit dem Jungen noch wahnsinnig«, schrie Frau Platzek und trat ihn vor das Schienbein.

»Jetzt sag es endlich, sonst ...«

»Ja, ist ja schon gut, Mama. Also, er hat sie richtig ange-schrien. Er schrie so laut, sodass es alle im Raum hören konnten, dass er sie alle macht, so wie er es schon bei seiner Schwester getan hatte. Dabei hat er solche Bewegungen gemacht, als würde man sich die Pulsadern aufschneiden. So, jetzt ist es raus. Ich sage jetzt gar nichts mehr. Alle werden mich für einen Verräter halten, für eine Petze.«

Magdalena Platzek schien erleichtert und strich ihrem Sohn über den Arm. Schließlich glitt ihr Blick zu den beiden Ermittlerinnen, die noch immer fassungslos den Jungen anstarrten. Was sie gerade zu hören bekommen hatten, saß sehr tief.

Sollte dieser Junge, der ihnen stets wegen seines Leidensweges leidgetan hatte, selbst der Mörder seiner Schwester gewesen sein? Hatte er ihnen die ganze Zeit ein Theater vorgespielt?

Leonie fasste sich als Erste und konnte die Frage nicht zurückhalten: »Sven, nun verrate uns nur noch, warum du bisher geschwiegen hast? Ein Mensch starb, der vielleicht unschuldig war und nur das eigene Kind schützen wollte. Frau Klingel wäre noch am Leben, wenn du sofort damit zu uns gekommen wärst. Ich verstehe das nicht.«

Beide Frauen schraken zurück, als Sven aufsprang und durch den Raum lief. Wild gestikulierend stellte er klar, was ihn dazu bewegt hatte.

»Wir haben doch alle geglaubt, dass der Bescheuerte wieder mal was in den Raum warf, um sich bei den Mädchen interessant zu machen. Keiner glaubte die Geschichte wirklich. Schon oft hat der so komische Schauergeschichten mit toten Tieren und son Zeugs erzählt. Erst als Mama mir den Bericht in der Zeitung zeigte, in der das von der Mutter stand, kamen mir Zweifel. Ich habe es ihr erzählt. Es konnte doch keiner ahnen, dass dieser Spinner tatsächlich ...«

»Es ist gut, Sven. Beruhige dich wieder. Wir verstehen das ja. Du musst unseren Unmut aber auch verstehen. Dein, das heißt, euer Schweigen hat schließlich ein unschuldiges Leben gekostet.«

Magdalena Platzek schaltete sich wieder ins Gespräch und legte ihren Arm um ihren Jungen.

»Muss Sven jetzt ins Gefängnis? Er hat doch nicht gewusst, was er da anrichtet.«

»Natürlich nicht, Frau Platzek. Ihr Sohn dürfte erst siebzehn sein und ist deshalb noch nicht voll strafmündig. Niemand wird ihn anklagen wollen. Wir möchten Sie nur darum bitten, dass er seine Aussage noch zu Protokoll gibt. Weiß sonst noch jemand davon, dass Sie diese Aussage machen wollen?«

»Nur mein Mann. Aber der hat auch gesagt, dass es besser wäre, das zu erwähnen. Können wir jetzt gehen? Der Junge ist ganz fertig. Sehen Sie doch.«

»Aber natürlich, Frau Platzek. Hinterlassen Sie nur bei meiner Kollegin Adresse und Telefonnummer. Wir werden bestimmt noch einmal bei Ihnen vorstellig. Mich entschuldigen Sie jetzt bitte. Es gibt viel zu erledigen.«

Leonie griff zum Telefon und wählte Gordons Nummer. Geduldig hörte er zu und reagierte erst, als Leonie mit ihrem Bericht fertig war. Er ersparte ihr jeglichen Kommentar und erklärte nur recht kurz: »Ich fahre zum Vater Klingel. Würde mich interessieren, was der dazu zu sagen hat.«

33

»Was wollen Sie jetzt noch von mir? Haben Sie mit Ihrer Nachlässigkeit im Haftbereich nicht schon genug Schaden angerichtet?«

Lothar Klingel öffnete Gordon die Tür nur einen Spalt und machte Anstalten, als wolle er diese sofort wieder schließen.

»Es geht nur teilweise um den Tod Ihrer Frau. Ich hätte letzte Fragen, damit wir die Akte komplett schließen können. Darf ich?«

Ohne weiter zu fragen, drückte Gordon die Tür weiter auf und betrat die Diele dieses pompösen Hauses. Wo er auch hinsah, bemerkte er hochwertige Einrichtungen, die er sich bei seiner Gehaltsstufe niemals hätte erlauben können. Erstaunt blickte er auf die riesige Wohnlandschaft, auf der sich eine etwa vierzigjährige Frau rekelte, die darum bemüht war, den Bademantel über der Brust zusammenzuhalten.

»Es freut mich, Herr Klingel, dass Sie es geschafft haben, es bei einer relativ kurzen Trauerzeit zu belassen und sich um die angenehmeren Dinge und Ihre Zukunft zu bemühen. Ich werde auch nicht lange stören. Darf ich Ihnen ein paar Fragen stellen. Ich meine nur ... im Beisein Ihrer Bekannten?«

»Machen Sie nur, Herr Hauptkommissar. Wir haben keine Geheimnisse voreinander und auch nichts zu verbergen. Was muss denn noch geklärt werden?«

An dieser Stelle legte Gordon eine Pause ein und erhob sich. Er hatte ein Foto auf dem Sideboard entdeckt, das seine Aufmerksamkeit erregte. Es handelte sich scheinbar um ein Familienfoto, das den Hausherrn, Iris Klingel und die beiden Kinder vor dem Hintergrund eines weiten Hügels zeigte. Eine Kleinigkeit war ihm sofort ins Auge gefallen.

»Das ist aber sehr ungewöhnlich, Herr Klingel«, begann Gordon und hielt das Foto im Bilderrahmen hoch. »Warum hat jemand das Gesicht von Ralf mit einem Filzmaler unkenntlich gemacht? Wir reden doch schließlich über ein Mitglied der Familie. Können Sie mir dazu was sagen?«

»Das geht Sie überhaupt nichts an. Wenn das alles ist, warum Sie uns hier stören, können Sie gleich wieder verschwinden. Da hat sich scheinbar jemand einen Scherz erlaubt. Ich bemerke das jetzt zum ersten Mal.«

Vorsichtig stellte Gordon den Bilderrahmen wieder ab und blieb vor Klingel stehen, der zu ihm hochsehen musste.

»Könnte es damit zu tun haben, dass Sie ihm den Mord an Valerie nachtragen? Bitte überlegen Sie es sich gut, was Sie jetzt sagen. Ich will nicht unterschlagen, dass wir Aussagen und Beweise in Händen halten, die zumindest einen Verdacht auf Ihren Sohn lenken. Was wissen Sie darüber? Lassen Sie mich erwähnen, dass Sie nicht verpflichtet sind, mir diesbezüglich zu antworten. Sie könnten schließlich sich selbst oder ein Familienmitglied damit belasten. Doch nehme ich an, dass wir eine logische Erklärung finden werden.«

»Sie sind wahnsinnig, Herr Hauptkommissar. Wie können Sie meinem Sohn einen Mord unterstellen, den meine verstorbene Frau bereits gestanden hat? Der Fall ist damit erledigt. Versuchen Sie bloß nicht, einen Kübel Unrat über meine Familie auszuschütten. Es ist genug geschehen, wobei ich zwei Tote zu beklagen habe. Ich habe Ihnen nichts mehr zu sagen.«

Völlig unbeeindruckt vom Aufstand des Mannes wendete sich Gordon an die Geliebte des Hausherrn.

»Wussten Sie davon, dass es eine Beziehung zwischen Mutter und Sohn gab, die weit über normale Mutterliebe hinausging? Darüber werden Sie sich doch möglicherweise ausgetauscht haben. Ich meine, wenn es, wie Herr Klingel behauptet, keine Geheimnisse zwischen Ihnen gibt.«

»Natürlich weiß ich davon. Ich gebe zu, dass ich es schon etwas außergewöhnlich fand, dass der Sohn die eigene Mutter vergewaltigt, aber ...«

»Halt verdammt noch mal die Klappe. Das geht niemanden etwas an. Du weißt nicht, worüber du da sprichst. Herr Rabe, bitte verlassen Sie sofort mein Haus. Wir haben Ihnen nichts mehr zu sagen. Wenden Sie sich an meinen Anwalt, wenn Sie klare Beweise dafür gefunden zu haben glauben, dass Sie meine Frau fälschlicherweise des Mordes angeklagt haben. Raus jetzt, aber schnell!«

»Ich fasse es nicht, Gordon. Was du da gerade erzählt hast, ist kaum glaubhaft.« Leonie war tief entsetzt und musste sich setzen. »Sollte mich dieser Mistkerl so getäuscht haben? Ich habe ihn stets bedauert. Was ist mit dieser Welt los? Wie verkommen ist diese Familie wirklich?«

Mia trat hinter ihre Freundin und legte ihre Hand auf Leonies Haare.

»Das ist wirklich ungeheuerlich. Wenn ich die Gesetze halbwegs in Erinnerung habe, bekommen wir es mit zwei Problemen zu tun. Selbst wenn es klare Beweise für Ralfs Schuld gäbe, die allerdings nicht vorhanden sind, hätten wir keine Möglichkeit, ihn nach dem Erwachsenenstrafrecht zu verurteilen. Der Vater wird schweigen. Die Aussage von Sven Platzek beruht auf einer Behauptung Ralfs während eines Trinkgelages. Die wird er in Abrede stellen. Das gipfelt mit Sicherheit darin, dass er behauptet, sich nur wichtig getan zu haben. Uns sind die Hände gebunden, solange dieses Monster kein Geständnis ablegt. Wie kann der Verstand eines siebzehnjährigen nur solch perfide Gedanken produzieren? Der ist ein heranwachsender Serienkiller und gehört weggesperrt. Das macht mir Angst.«

Niemand äußerte sich zu diesen Mutmaßungen. Alle wussten genau, dass Mia die Realität klar in die richtigen Worte gefasst hatte. Leonie ergänzte das Gesagte.

»Wir müssen sogar Stillschweigen darüber bewahren, da uns sonst Klingels Anwalt die Hölle heiß macht. Hoffen wir, dass auch die Familie Platzek die Füße stillhält. Aber eines können wir nicht verhindern und ich würde es auch gar nicht erst versuchen: Mittlerweile wird sich das in der Schule herumgesprochen haben. Die Presse hat nun Futter, um über die Klingels und uns herzufallen. Herzlichen Glückwunsch.«

34

»Es ist besser so, Natalya, wenn wir Sie bei der Kollegin Felten unterbringen, bis wir eine Möglichkeit gefunden haben, Sie wieder in die Heimat zu schicken. Das wird noch ein Kampf, da Sie sich durch die illegale Einreise strafbar gemacht haben. Ich darf Sie doch jetzt wieder mit Ihrem richtigen Namen ansprechen?«

»Aber gerne. So ist es mir auch viel lieber. Ihr könnt euch nicht vorstellen, wie dankbar ich allen bin. Aber dass jemand in eurer Dienststelle ein Informant sein soll, macht mich nachdenklich. Ich dachte, das gibt es nur bei uns in der Ukraine. Ich werde auch der Kollegin nicht zur Last fallen. Es macht ihr hoffentlich nichts aus, dass ich schon jetzt in der Wohnung bin. Ich versuche, ein wenig zu schlafen.«

Kai, der sich zuvor nicht nur die Zusage von Leonie, sondern auch den Wohnungsschlüssel besorgt hatte, zog die Tür hinter sich zu und blieb noch einen Moment in Gedanken versunken im Flur stehen. Vor seinem geistigen Auge sah er sich am Strand entlanggehen. Was ihn dabei irritierte, war die Frau neben ihm, die seine Hand hielt und die eine frappierende Ähnlichkeit mit Natalya aufwies.

»Geht es Ihnen nicht gut, junger Mann? Kann ich Ihnen helfen?«

Die weißhaarige Nachbarin, die er von früheren Besuchen her kannte, stieß Kai vorsichtig mit dem Finger gegen den Arm und richtete ihren besorgten Blick auf ihn. Als er den Kopf schüttelte, schob sie ihren Rollator weiter, um vor sich hinbrabbelnd im Aufzug zu verschwinden. Kai nahm die Treppe, um wieder einen klaren Kopf zu bekommen. Als er im Präsidium eintraf, wartete das Team schon auf ihn. Gespannt erwarteten sie seinen Bericht, den er prompt ablieferte. Drei Augenpaare richteten sich anschließend auf ihn, was ihn völlig irritierte.

»Warum starrt ihr mich alle so an? Hängt mir ein Popel an der Nase? Was ist mit euch los?«

»Das wollten wir dich fragen, Kai«, erwiderte Leonie und erntete dafür ein zustimmendes Nicken der anderen. »Du schleppst etwas mit dir herum, was wir so an dir bisher nicht kennen. Hat es vielleicht mit ihr zu tun – ich meine damit Natalya? Du benimmst dich ... so anders, finden wir. Und eines kann man nicht leugnen – sie ist verdammt attraktiv.«

Seine Reaktion, die Entsetzen über diese Vermutung ausdrücken sollte, kam so spontan, dass alle am Tisch augenblicklich wussten, dass Leonie mitten ins Schwarze getroffen hatte.

»Ihr seid wahnsinnig, Leute. Das ist doch irre. Ich weiß gar nicht, wie ihr darauf kommt. Ich bin glücklich verheiratet.«

Keiner ging weiter auf das Thema ein. Gordon stellte die wichtigste Frage an diesem Morgen: »Wie sollen wir vorgehen? Vorschläge? Es bleibt uns nicht allzu viel Zeit, wenn wir Daria aus den Hände der Schlepper befreien wollen.«

Mia schaltete sich ein.

»Meiner Meinung nach ist Ralf Scheuer das schwächste Glied in der Kette. Könnten wir nicht diesen miesen Zuhälter unter Druck setzen? Der müsste doch wissen, welchen Weg Daria geht, nachdem er sie abgeliefert hat. Über den können wir vielleicht an die Köpfe der Organisation herankommen. Die russischen Quadratschädel werden wir kaum zu einer Aussage bringen können. Die wissen genau, was ihnen blüht, wenn man sie beim Verrat erwischt.«

»Bevor wir hier noch lange rumdiskutieren, müssen wir uns eine Darstellung für die Öffentlichkeit überlegen, was den toten Barleiter von heute Nacht betrifft. Auch die Szene sucht nach einer plausiblen Erklärung. Offiziell wird Natalya Popow von uns zur Fahndung ausgeschrieben. Bis zur endgültigen Klärung muss sie sich in Leonies Wohnung versteckt halten. Die örtliche Polizeidienststelle in der Ukraine hat mir versprochen, die Familie zu beschützen. Die Drecksäcke aus der Organisation werden sich für den Mord an einem der ihren rächen wollen. Ich befürchte, dass sie Mittel und Wege finden werden, das durchzuführen.«

Das allgemeine Schweigen bestätigte nur zu deutlich Gordons Vermutung. Die Vorgehensweisen der Banden waren allen hinlänglich bekannt. Es war ein sehr schmutziges Geschäft, bei dem häufig völlig Unschuldige ihr Leben lassen mussten. Man kannte diese Vorgehensweisen schon von der italienischen Mafia. Die 'Ndrangheta hatte diese Methode ins Leben gerufen und konsequent verfolgt. Bei ihnen wurden Familienangehörige, von denen, die Verrat übten, sogar bis in das siebte Glied der Verwandtschaft getötet. Niemand wusste vorher, wen es in der Familie treffen wird. Die Stimmung im Team war auf dem Nullpunkt angelangt, als Dino Wohlert den Raum betrat.

»Was ist denn in euch gefahren? Ist was mit der Oma? Kommt wieder raus aus eurer Trauer – es gibt viel zu tun. Wir wissen, dass Ralle wieder im Lande ist. Es war ja bekannt, dass er in den Osten gereist war. Jetzt taucht diese Ratte wieder bei seinen Huren auf. Ich lass ihn beobachten. Du hast mir doch gesagt, dass du ihn befragen willst. Gordon – er gehört dir.«

»Gerade haben wir noch über den Typen gesprochen. Gut, Dino, dann wollen wir uns das Arschloch mal vorknöpfen. Ich nehme Kai mit und hol den Kerl hierher. Mal sehen, was er uns zu erzählen hat. Mir wird schon auf der Fahrt zum Puff was einfallen, warum wir ihn kassieren. Auf geht's, Kai.«

Um die Camper herum war es an diesem Tag relativ ruhig. Die Huren spürten es immer deutlich, wenn die Lohn- und Rentenzahlungen kurz bevorstanden. Das Geschäft blieb mau. Ralle kannte jedoch jedes Versteck, welches seine Frauen nutzten, um Geld zu unterschlagen, das er schließlich für sich und seine angeblich immensen Ausgaben beanspruchte. Immer wieder waren Streitgespräche und Schmerzensschreie zu hören, wenn er seine Besuche durchführte. Kai fragte erst gar nicht, wo man die Ratte suchen musste. Der Lärm aus dem vorletzten Campingwagen wies ihnen den Weg. In dem Augenblick, in dem Ralle den Anhänger verließ, sah er sich zwei mächtigen Körpern gegenüber, in denen er die Männer der Kripo erkannte. Hinter ihm war noch eine zusammengesunkene Frau zu erkennen, die sich auf der Liege zusammenkrümmte und weinte.

»Na, hast du wieder deine Wuchermieten eintreiben müssen, du feiges Arschloch? Oder war das sogar Notwehr? Solltest du einmal Lust darauf verspüren, es mit einem richtigen Gegner aufzunehmen, stehen wir dir gerne zur Verfügung. Aber ich denke, dass das nicht in deinem Sinne wäre. Schmerzen auszuhalten ist wohl nicht unbedingt dein Ding. Wir gehen mal davon aus, dass dich das Mädel da drin brutal angegriffen hat, sodass du ihr eine zum Selbstschutz verpassen musstest. Beweg jetzt deinen Arsch zum Wagen. Wir haben im Präsidium was zu besprechen.«

Kai war unschwer anzumerken, wie sehr ihm dieser Kerl zuwider war. Gordon musste ihn zurückhalten, als er auf Ralle zugehen wollte, um ihn vom Wohnwagen wegzuzerren.

»Lass es gut sein, Kai. Die feige Socke wird uns freiwillig begleiten. Ist doch so, Ralle, oder?«

»Ich weiß nicht, was ihr von mir wollt. Ich habe die Miete kassieren wollen. Glaubt ihr Bullen eigentlich, dass wir keine Ausgaben haben?«

Kai machte schon wieder einen Schritt nach vorne, als er die feste Hand Gordons spürte.

»Sieh mal an, ihr habt Kosten. Ich dachte immer, dass ihr allein von Lust und Liebe lebt. Aber letztendlich ist es ja auch so. Während du deinen beschissenen Kadaver durch die Kneipen schleppst, müssen die Mädchen den Hintern für geile Säcke hinhalten. Die Arbeitsteilung scheint dir zu gefallen. Beweg dich jetzt endlich zum Wagen, bevor ich dich an deinem Schwanz dorthin schleife!«

»Was wollt ihr von mir? Ich habe mir nichts zuschulden kommen lassen. Alles ist völlig legal. Gibt es einen Haftbefehl gegen mich?«

Allmählich ging es auch Gordon gegen den Strich, dass sich der Zuhälter ihnen gegenüber aufblies.

»Hier einmal alles in Kurzform, lieber Freund. Wir ermitteln in einem großen Team wegen Menschenhandel, Zuhälterei, Steuerbetrug und möglicherweise wegen Drogenhandel. In allen Bereichen taucht uns viel zu oft der Name Scheuer auf. Um jeglichen Verdacht von deinen Schultern zu nehmen, sind wir gewillt, alle Aussagen von dir zum Thema anzuhören und zu überprüfen. Ganz vorne steht die Frage, warum du an den letzten beiden Tagen mit deiner Protzkarre den weiten Weg in Deutschlands Osten auf dich genommen hast. Aber das möchten wir doch sicherlich nicht in aller Öffentlichkeit besprechen. Sieh mal, wie interessiert die Frauen schon hinter den Gardinen liegen. Das wirft bestimmt kein gutes Licht auf dich und deine russischen Freunde werden das bestimmt mit Argusaugen betrachten. Auf geht es, wir haben noch ein volles Programm. Lass deinen Wagen ruhig stehen. Du fährst mit uns und wir bringen dich später wieder zurück. Es sei denn ... aber das steht ja noch in den Sternen. Alles hängt ein wenig davon ab, wie kooperativ du dich zeigen wirst.«

Den beiden geschulten Kripobeamten war nicht entgangen, wie sich plötzlich Blässe über das normalerweise gebräunte Gesicht des Luden gelegt hatte. Ohne jegliche Gegenwehr ließ sich Ralle zum Polizeiwagen führen, wobei Kai bewusst darauf achtete, ihn am Ellbogen anzufassen, um ein Abführen zu simulieren. Diese Szene würde sich im

216

Milieu rasend schnell herumsprechen, was auch in der Absicht von Kai und Gordon lag.

Kaum waren die drei Männer im Büro angekommen, als Leonie auf Gordon zueilte, ihn wegzog und mit ihm flüsterte. Sein Körper versteifte sich nur einen Moment, entspannte sich jedoch sofort wieder.

»Danke, Leonie. Und kein Wort darüber. Verstanden?«

»Ist doch klar, Gordon. Macht dieses Miststück fertig. Er hat es verdient.«

Seine Schritte waren mehr schleichend, als Gordon sich wieder zu Kai gesellte. Der betrachtete seinen Partner genau und konnte die Frage nicht zurückhalten.

»Ist was passiert? Was wollte Leonie von dir?«

»Nichts Besonderes, Kai. Denise hatte angerufen wegen Jonas. Ihm geht es nicht so gut. Möglicherweise nur eine Erkältung.«

Gordon spürte sofort, dass Kai dahinter eine Ausrede erkannte. Er war ihm dankbar dafür, dass er sich wieder auf Ralle konzentrierte, den er in den Verhörraum schob. Lange saßen sich die drei so ungleichen Männer gegenüber und schwiegen, bis Ralle der Kragen platzte.

»Wollt ihr mich verarschen? Solltet ihr zwischendurch ein Schweigegelübde abgelegt haben, lasst es mich wissen. Dann verpisse ich mich hier wieder. Für so eine Scheiße habe ich keine Zeit und auch keinen Bock. Sagt, was ihr wissen wollt, und gut ist.«

Gordon drehte ruhig seinen Kugelschreiber und begann damit, unförmige Kreise auf ein leeres Blatt Papier zu zeichnen. Völlig emotionslos kamen seine Worte rüber.

»Sagt dir der Name Daria Lebedew etwas?«

»Nö, wer soll das sein?«

»Vielleicht hilft dir auf die Sprünge, wenn wir über Sophia Laleva reden. Das ist der Name, den ihr dem Mädchen verpasst habt. Also?«

»Kenn ich nicht. Ist das alles?«

Kai übernahm nun, nachdem er seine große Faust auf die Tischplatte donnern ließ. Ralle fuhr auf seinem Stuhl zusammen und rückte vom Tisch ab. Gordons Partner beugte sich nach vorne, bemühte sich aber darum, seiner Stimme die Schärfe zu nehmen, was ihm nur teilweise gelang.

»Dann erzähl uns doch einmal, wer dich auf der langen Fahrt auf dem Rücksitz begleitet hat. Vergiss bitte nicht, dass uns bereits Informationen vorliegen. Warum sonst sollten wir dich eingeladen haben? Überlege dir gut, was du jetzt sagst. Wir werden das auf jeden Fall überprüfen.«

Als hätte jemand Ralle an eine Steckdose angeschlossen, begann er mit den Beinen zu wippen. Seine Gedanken mussten jetzt durch den Kopf rasen, was Gordon und Kai innerlich amüsierte. Dieser Schuss ins Blaue schien Früchte zu tragen. Ralle war zumindest verunsichert.

»Wer soll das gesagt haben? Ich will ...«

»Einen Scheiß willst du, mein Freund. Du wirst uns jetzt nur noch die Wahrheit sagen, bevor wir dich wegen Entführung und Menschhandel einsperren und uns damit Zeit lassen, den Haftrichter zu informieren. Allerdings werden wir mit Freude unters Volk bringen, dass wir einen Kronzeugen gefunden haben, der gegen die Russenmafia aussagen möchte. Ich weiß, dass wir damit etwas vorpreschen, aber es wird sowieso damit enden. Du glaubst gar nicht, wie schnell sich das auch im Untersuchungsgefängnis rumspricht, wen wir da bringen. In deiner Haut möchten wir nicht stecken. Doch musst du keine Angst haben. Die Leute von der Justiz werden deine Unversehrtheit mit ihrem Leben verteidigen. Ist es nicht so, Kai?«

Kais Nicken bestätigte Gordons Worte, während er den Zuhälter nicht aus den Augen ließ. Er erinnerte sich an Natalyas Beschreibung, als sie berichtete, was Daria alles erleiden musste. Seine Fäuste schlossen und öffneten sich, was Ralle jedoch nicht sehen konnte. Gordon fielen diese Emotionen allerdings auf und bereiteten ihm zusehends Sorgen. Lange würde er Kai nicht zurückhalten können. Auf keinen Fall sollte sich eine solche Entgleisung wie bei ihm im Verhör des Kindermörders Fokus wiederholen.

»Zum letzten Mal, Ralle: Wohin hast du das Mädchen gebracht? Meine Geduld endet allmählich. Ich gebe dir zwei Minuten, in denen du deine Zukunft mitgestalten darfst. Danach können wir nur noch hoffen, dass man dich wie einen wahren Freund unter den Gefangenen aufnimmt. Du selbst kannst jetzt mitentscheiden, ob du überhaupt eine Zukunft hast. Deine Zeit läuft.«

»Die werden mich töten. Ich kann nicht ...«

»Lass es damit gut sein, Ralle. Wir haben verstanden.«

Gordon erhob sich und winkte den Beamten heran, den sie zuvor auf dem Flur platziert hatten. Schließlich wandte er sich wieder an Ralle.

»Hiermit verhaften wir Sie wegen des Verdachts auf Entführung und der aktiven Beteiligung am Menschenhandel. Sie haben das Recht zu schweigen. Ansonsten kann alles, was Sie sagen, vor Gericht gegen Sie verwendet werden. Haben Sie das verstanden? Führen Sie den Kerl ab.«

Kai befürchtete, dass der Lude jeden Augenblick anfing zu flennen, als der sich losriss, sich wieder auf den Stuhl warf und sich wie ein trotziges Kind an der Tischkante festklammerte. Seine Stimme überschlug sich, als er die Kommissare anflehte.

»Das könnt ihr nicht machen. Das wäre mein Todesurteil. Die Frau war doch schon so gut wie tot. Ich habe sie nur transportiert. Kein Haar habe ich ihr gekrümmt. Ihr könnt mich deswegen nicht wegen Entführung drankriegen.«

»Wohin?«, beharrte Kai mit ernster Miene auf einer Antwort.

»Ich habe die Frau auf einem Rastplatz in der Nähe von Thurnau übergeben. Sie haben diese Daria dann nach Karlsbad in Tschechien bringen wollen. Mehr weiß ich nicht. Ihr müsst mir glauben.«

»Kennzeichen? Du wirst doch wohl das Kennzeichen wissen, wenn du dich mit einem anderen Fahrzeug treffen solltest. Her damit.«

Kai trommelte ungeduldig mit den Fingern auf der Tischplatte. Jetzt traten wirklich Tränen in Ralles Augen und Todesangst zeichnete sich bei ihm ab. Immer wieder schlug er mit der flachen Hand auf den Tisch und schrie verzweifelt: »Ich weiß das nicht ... ich weiß das wirklich nicht. Die kannten meines und haben mich angesprochen. Ich kann euch nur sagen, dass es sich um einen Mercedes 300 SE handelte. Grau war er ... nein wartet ... er war dunkelblau und hatte ein tschechisches Kennzeichen. Ich habe mir das verdammt nochmal nicht gemerkt. Warum sollte ich auch? Ich kann euch nicht helfen. Sie haben mich angerufen, kurz bevor ich dort eintraf.«

»Wann war das?«, wollte Gordon wissen und streckte seine Hand aus. Verständnislos blickte Ralle auf die offene Hand und sah wieder hoch.

»Gestern Nachmittag, so um etwa fünfzehn Uhr. Was wollen Sie von mir?«

»Das Handy. Rück endlich dein Handy raus. Ich will die Nummer, von der du angerufen wurdest.«

Umständlich kramte Ralle in seiner Hosentasche und reichte Gordon schließlich sein Telefon.

»Entsperren, verdammt. Stell dich nicht blöder an, als du schon bist. Und dann will ich die Anrufliste sehen.«

Mit fahrigen Bewegungen versuchte Ralle das entsprechende Register aufzurufen, wurde irgendwann sogar fündig. Gordon riss ihm das Gerät aus der Hand. Während er sich die Zahlen betrachtete, ging er um den Tisch herum und hielt Ralle das Display vor die Augen.

»Jetzt zeige mir, welche Nummer das gewesen sein könnte. Du wirst doch wohl die bekannten Nummern ausschließen können.«

Mit dem Ärmel wischte Ralle die Tränen aus den Augen und blinzelte, damit er die Zahlen erkennen konnte. Kai und Gordon verfolgten die stummen Lippenbewegungen, mit denen sich Ralle die Namen der Teilnehmer ins Gedächtnis rief. Endlich schien er sich sicher zu sein und wies auf eine ihm unbekannte Nummer.

»Die hier, das muss sie sein. Die Zeit kommt ebenfalls hin. Ja, das müssen die Kerle sein. Wenn ihr die findet, komme ich dann ...?«

»Halt jetzt einfach die Klappe und warte in der Zelle auf Nachrichten.« Er wandte sich an den wartenden

Polizeimeister. »Bitte bringen Sie den Herrn in die Arrestzelle. Wir melden uns.«

Als wäre soeben die gesamte Welt zusammengebrochen, ließ sich Ralle mit hängenden Schultern abführen. Er drehte sich noch ein letztes Mal um.

»Mein Handy. Was ist mit meinem Handy?«

Kai schenkte dieser Frage keinerlei Beachtung und wählte eine Nummer an seinem Telefon. Ralles Schlurfen durch den Flur verhallte, als Kai seinen Wunsch äußerte.

»Ich habe hier eine Telefonnummer und brauche gestern den Teilnehmer, Leute. Bitte schnell, denn da könnte ein Leben dranhängen.«

35

Kai und Gordon verließen den Aufzug und wären fast auf dem Flur mit drei Personen zusammengestoßen, die ihnen im Gespräch vertieft entgegenkamen. Sofort erkannte Gordon darin Lothar Klingel und den Sohn Ralf. Er vermutete hinter der dritten Person den Anwalt, wobei er richtig lag. Der Geschäftsmann blieb stehen und zeigte sein coolstes Lächeln.

»Gut, dass ich Sie noch antreffe, Hauptkommissar Rabe. Wir haben gerade schon bei Ihrer Kollegin gesessen und versucht, deutlich zu machen, dass es Ihnen und Ihrer gesamten Dienststelle unter Strafe untersagt ist, meinen Sohn als Mörder seiner Schwester darzustellen. Die Mörderin wurde zweifelsohne als meine verstorbene Frau identifiziert. Sie hat die Tat vor ihrem Suizid gestanden. Somit ist der Fall für uns alle abgeschlossen und jede andere Aussage wird für Sie teuer. Näheres entnehmen Sie der Unterlassungserklärung auf Ihrem Schreibtisch.«

Lothar Klingel hätte wohl noch weiter ausgeholt, wäre er nicht von seinem Anwalt fortgezerrt worden.

»Lothar, bitte. Es reicht. Komm jetzt mit.«

Gordons Blick ruhte allerdings nur auf Ralf Klingel, dessen zynisches Grinsen in ihm eine enorme

Gefühlswallung verursachte. Gordon fühlte, wie sich die kräftige Hand Kais um seine Handfessel legte und ihn fortziehen wollte. Er befreite sich jedoch und stellte sich vor den Siebzehnjährigen.

»Wir werden uns irgendwann wiedersehen. Das ist so sicher wie der immer wiederkehrende Sonnenaufgang. Und dann wirst du mich kennenlernen.«

Im nächsten Moment blickte Gordon in das Gesicht des Anwalts.

»Wollen Sie meinen Klienten etwa bedrohen, Herr Rabe?«

»Das war keine Drohung, Herr Anwalt«, mischte sich Kai ein, »das war ein Versprechen, denn dieser Junge wird es nicht bei dem einen Mal belassen. Er wird es wieder tun. Und dann sind wir da und nehmen ihn uns vor. Verschwinden Sie jetzt besser mit diesen ... mit dieser Familie, bevor wir etwas tun, was wir später tatsächlich bereuen.«

Nun endlich schaffte es Kai, seinen Chef zum Gehen zu bewegen. Nach wenigen Metern äußerte sich Gordon zum ersten Mal wieder.

»Danke. Ich weiß nicht, was ich getan hätte, wenn du nicht gewesen wärst.«

»Ich weiß, Gordon, ich weiß.«

»Habt ihr die Bande noch getroffen? Stellt euch einmal vor, was der bescheuerte Anwalt ...«

»Wissen wir schon, Leonie«, unterbrach Gordon die aufgebrachte Kollegin. »Wir geben das Schreiben zur Rechtsabteilung und lassen das prüfen. Eines wird wohl sicher sein: Den Mord werden wir dem Jungen nicht nachweisen können. Gestehen wird dieser abgewichste Bursche niemals. Man muss sich das einmal vorstellen. Da schafft es dieses Monster, Mitleid bei dir zu erwecken, nimmt sogar in Kauf, dass sich seine Mutter opfert, und reagiert absolut gefühllos auf den Suizid. Die Kälte des Vaters hält diesen Burschen besetzt. Für mich eine Horrorvorstellung.«

Kai stierte aus dem Fenster, als er seine Meinung beisteuerte.

»Du hast es ja bereits erwähnt, Gordon, den werden wir wiedersehen. Das war nicht sein letzter Mord. Der wird Gefallen daran finden, weil er sich einbildet, dass er nicht zu fassen ist. Solche Narzissten sind die geborenen Serienmörder.«

»Leute, lasst uns über was anderes reden. So kommen wir nicht weiter.«

Gordon griff gerade zum Telefon, als es sich von selbst meldete. Er notierte sich etwas auf dem Zettel und winkte Kai heran.

»Wir haben jetzt den Inhaber der Telefonnummer. Eine Nummer der O2 Czech Republic. Ein gewisser Milan Svoboda, der in Karlsbad gemeldet sein soll. Irgendwie erinnert mich diese Stadt an einen alten Fall, wo man eine junge Frau dort in einem Puff kaserniert hat. Sie wurde nach Jahren hier in Deutschland tot und verstümmelt aufgefunden.«

»Danke, Gordon, das war der Mutmacher des Tages«, bemerkte Kai und hackte wie wild auf seiner Tastatur herum. Schließlich schien er gefunden zu haben, wonach er suchte.

»Hier haben wir den Kerl. Der ist bei uns schon aktenkundig wegen illegalem Autohandel und Hehlerei. Aber auf dem Gebiet der Prostitution wurde der Bursche bisher noch nicht auffällig. Den benutzt die Organisation wohl nur für Transporte. Trotzdem sollten wir uns den mal vorknöpfen.«

Schon längst hatten sich Leonie und Gordon hinter Kai versammelt und prägten sich das vernarbte Gesicht des Mannes ein. Kai drehte sich zu ihnen um, als Leonie aussprach, was auch er dachte.

»Da sind uns die Hände gebunden. Obwohl die seit 2004 EU-Mitglied sind, haben wir dort keinerlei Befugnisse. Wenn wir Interpol um Hilfe bitten, müssen wir denen aber auch was Beweisbares in die Hand geben. Bisher haben wir nur einen Verdacht und eine dubiose Aussage eines Ganoven.«

Sie erschrak, als sie in Gordons harte Augen blickte.

»Gordon? Hallo. Du hast doch wohl nicht das vor, von dem ich glaube, dass du es vorhast? Kai, bitte, sprich mit dem Sturkopf. Das wird sich die Polizei dort nicht bieten lassen, wenn wir auf eigene Faust in einem fremden Land ermitteln. Wenn das schiefgeht, hast du hier ein Riesenproblem. Lass uns darüber reden. Es muss eine andere Lösung geben.«

Wortlos öffnete Gordon seinen Aktenschrank und räumte dort Akten um, bis er endlich den großen Atlas fand. Seine Finger fuhren erstaunlich ruhig durch die Seiten, blieben an einer bestimmten Stelle stehen. Kai sah ihm über die Schulter und signalisierte der Kollegin, dass er zumindest versuchen würde, den Chef umzustimmen.

»Das kann dich deinen Job kosten, weißt du das? Bis jetzt hat Kriminalrat Kläver alles gedeckt, was du veranstaltet hast. Doch dabei sind selbst ihm die Hände gebunden. Überlege es dir genau.«

»Habe ich schon, Kai. Ich habe noch mindestens achtzehn Urlaubstage, die ich jetzt teilweise nehmen werde. Habt ihr auch nur ansatzweise eine Vorstellung davon, was Daria Lebedew dort drüben erwarten könnte? Ich rette dem Mädchen nicht hier das Leben, um es drüben von stinkreichen Perversen foltern zu lassen. Ich hole sie da raus – koste es, was es wolle. Basta. Ihr arbeitet mir von hier aus zu. Ansonsten habt ihr nichts mit meiner Eigenmächtigkeit zu tun. Ihr wisst von nichts. Offiziell bin ich nur ein paar Tage zum Entspannen verreist.«

»So, das hast du dir so mal auf die Schnelle ausgedacht. Und jetzt glaubst du ernsthaft, dass wir das abnicken und die Hände in den Schoß legen. Wenn du das glaubst, hast du dich gewaltig geirrt. Wenn du ein paar Tage Urlaub machen willst, tue ich es auch. Wo sind die Formulare, Leonie? Die habe ich schon so lange nicht mehr benutzt, dass ich vergessen habe, wo man die findet.«

Kai blickte in das verschlossene Gesicht seines Vorgesetzten und hielt dem Blick stand, der Wut und gleichzeitig Überraschung ausdrückte. Erleichtert bemerkte er die allmähliche Veränderung, die schließlich ein Lächeln zwischen den dichten Barthaaren zeigten. Gegen die Faust, die sich Kai entgegenstreckte, schlug er seine eigene und nahm die Anträge aus Leonies Hand entgegen.

36

Längst hatten Gordon und Kai die Stadtgrenze von Karlsbad hinter sich gelassen und waren dem Flussverlauf der Teplá nach Süden gefolgt, als sie endlich das Schild sahen, auf dem sie den ersten Hinweis auf die Pension fanden, die sie suchten. Milan Svoboda war aus unerfindlichen Gründen dort gemeldet, erschien aber nicht als Inhaber der Unterkunft. So weit das Auge reichte, zog sich der dichte Wald entlang der Straße, die sie an teilweise verfallen Häusern vorbeiführte. Plötzlich legte Kai die Hand auf Gordons Arm und wies auf ein Schild, das auf einen Parkplatz hinwies.

»Lass uns vorsichtshalber hier halten und die letzten fünfzig Meter zu Fuß gehen. Du fährst nur über die Brücke. Siehst du, da führt der Weg zur Pension weiter. Sieh dir mal an, wie viele teure Wagen hier parken. Man spricht dort wohl deutsch. Fast ausschließlich weiße Nummernschilder aus der BRD. Ich befürchte, hier sind wir richtig.«

Gordon bog den dichtbewachsenen Ast zur Seite, der ihn und Kai vor den Blicken aus dem Haus schützte. Was sie zu sehen bekamen, war ein Backsteinhaus, das sicher schon bessere Zeiten erlebt haben dürfte. Kais Hand zeigte auf die linke Seite des Gebäudes, an der der Blick frei wurde auf drei geparkte Fahrzeuge. Auch Gordon sah nun den dunkelblauen Mercedes, so wie ihn Ralle beschrieben hatte. Kai flüsterte: »Dann hat uns das Arschloch doch nicht belogen. Der hatte wohl die Hosen gestrichen voll.«

Nach einem leisen, aber kurzen Lacher wurde Kais Gesicht sofort wieder ernst. Mit dem Fernglas suchten die beiden jedes einzelne Fenster ab, ohne auch nur eine Bewegung erkennen zu können. Gordon entschloss sich, aktiv zu werden.

»Verdammt, irgendwo müssen die Leute doch sein, wenn schon die Autos dort parken. Möglicherweise halten sich sogar die Fahrer der Protzkisten vom großen Parkplatz hier auf. Wo sollten die auch sonst hin? Rundherum ist nur Wald. Gehen wir näher ran, Kai. Auf der Rückseite sehe ich eine Tür, die nicht sonderlich stabil aussieht. Durch den Vordereingang würde ich nicht gehen. Wir haben schließlich nicht gebucht.«

Kais erhobener Daumen signalisierte Einverständnis. Ungewöhnlich schnell zog nun die Abenddämmerung über die Landschaft, was den beiden Ermittlern sehr entgegenkam. Gordon legte den Finger auf die Lippen und drückte die mit Moos belegte Klinke herunter. Zum Erstaunen beider öffnete sich die Tür, wobei sie unangenehm über Dreck schabte und dabei hässliche Geräusche verursachte. Erschrocken darüber verlangsamte Gordon die Arbeit und versuchte, die Tür etwas anzuheben. Der Blick bot ihnen einen stockdunklen Flur, von dem eine steile Holztreppe in den unteren Bereich führte. Kai hielt Gordon einen Moment zurück, als er von unten nachhallenden Applaus hörte. Gordons Nicken signalisierte ihm, dass auch er es gehört hatte.

»Zuerst das Erdgeschoss, Kai, ich möchte nicht gerne auf dem Weg nach unten überrascht werden. Du rechts, ich links.«

Noch einen Moment gönnten sie ihren Augen die Gelegenheit, sich an die Dunkelheit zu gewöhnen. Nur durch zugehängte Fenster drangen Strahlen einer außenstehenden Laterne durch einen großen Raum, der wohl als Empfangsraum diente. Angrenzend betraten die Männer eine Küche, aus der es angenehm nach frischen Speisen roch. Kai rückte näher an Gordon heran und flüsterte.

»Man beabsichtigt wohl nach der Vorstellung da unten, das hier oben groß zu feiern. Sieh dir mal die ganzen Tabletts an. Würde liebend gerne mal draufpieseln.«

»Komm jetzt weiter, Kai, hier ist keiner. Wir schauen mal nach, was die da unten veranstalten. Ich gehe vor.«

Als beide an der Treppe ankamen, stoppte Gordon seinen Kollegen.

»Keine Taschenlampen, Kai. Da unten scheint es genügend Licht zu geben. Ich muss sagen, dass ich mich davor fürchte, da runterzugehen. Es ist nicht die Angst vor den Saukerlen – es ist wegen dem, was wir möglicherweise zu sehen bekommen werden. Ich hoffe nur, dass ich mich irre und die nur einen Geburtstag feiern. So, wir müssen jetzt da durch. Komm.«

Die schweren Männer konnten das leichte Knarren nicht vermeiden, obwohl sie sich schon bemühten, langsam und an den Außenseiten der Stufen zu treten. Ein undefinierbarer Geruch schlug ihnen entgegen, den sie auf Anhieb nicht zuordnen konnten. Darunter mischte sich ab und zu der Gestank von verbranntem Fleisch. Endlich betraten sie den festen Boden, der aber auch nur aus gestampftem Lehm zu bestehen schien. Immer wieder mussten sie sich an den Wänden abstützen, um nicht zu stolpern. Dabei zwangen sie sich, den Ekel zu überwinden, wenn sie in die Schleimspuren von Nacktschnecken fassten oder Spinnweben zerrissen. Die Stimmen wurden lauter. Männer wie Frauen jauchzten und jubelten, wenn das penetrante Geräusch einer vermeintlichen Bohrmaschine die Stille durchdrang und von Schreien begleitet wurde, die Kai und Gordon durch Mark und Bein gingen. Endlich erreichten sie eine Fensteröffnung, die ihnen den Blick freigab auf ein Szenario, das sie erstarren ließ.

Vor ihnen öffnete sich ein großer Raum, den man in diesen Ausmaßen hier unten niemals erwartet hatte. Mindestens dreißig Stühle waren dicht mit Publikum besetzt, das sich an einer unglaublichen Vorstellung ergötzte. Kai musste sich abwenden, um sein Würgen unterdrücken zu können. Gordons Augen richteten sich wie gebannt auf die Szene, die sich ihnen bot.

Auf einem Podest, das mit flackerndem rotem Licht erhellt wurde, erkannte er zwei Personen, wobei einer, komplett in Leder gekleidet, sein Gesicht mit einer Maske verdeckt hatte. In seiner Hand war deutlich die mächtige Bohrmaschine zu erkennen, die sich im nächsten Augenblick wieder äußerst langsam dem Oberarm des Jungen auf dem Stuhl näherte. Dessen Augen waren weit aufgerissen, sein Körper bereits blutüberströmt. Arme und Beine hatte man mit Stacheldraht am Stahl des Stuhles fixiert. Nur noch ein mattes Krächzen verließ seinen Mund, als er versuchte zu schreien. Gordon konnte Kai nicht mehr aufhalten, der an ihm vorbeistürmte und mit vorgehaltener Waffe in den Raum schrie: »Aufhören. Polizei. Berührst du den Jungen nur ein einziges Mal, jage ich dir eine Kugel in deinen Schädel. Alle bleiben sitzen. Das Haus ist umstellt.«

Als kurz darauf auch noch Gordon neben dem Störenfried auftauchte, entstand ein Chaos, bei dem die beiden Ermittler jegliche Übersicht verloren. Stühle wurden zur Seite geschleudert, Menschen stießen andere nieder und stiegen über sie hinweg. Schreie, Panik, wohin man auch blickte. Jeder versuchte, sich in Sicherheit zu bringen, sich dem Zugriff der vermeintlich anwesenden Polizei zu entziehen. Hinter dem verletzten Jungen fiel eine nicht auf Anhieb erkennbare Tür im Hintergrund ins Schloss. Schneller, als es sich Kai und Gordon hätten vorstellen können, leerte sich der Raum und ließ die beiden Männer mit einem leise stöhnenden Jungen zurück. Er suchte den Blickkontakt mit seinen Befreiern, wobei neben Angst fast schon Wahnsinn in seinen Augen erkennbar war. Gordon stolperte fast die drei Stufen zur Bühne empor und blieb schockiert vor dem Stuhl stehen. Er wagte nicht, den geschundenen Körper des höchstens Vierzehnjährigen zu berühren. Es lief ihm eiskalt über den Rücken, als Sekunden später der Kopf des Jungen, wie in Zeitlupe auf die Brust sank und ein letztes Heben seines eingefallenen Brustkorbes seinen gnädigen Tod bestätigte. Ihm war sofort klar, dass hier jede Hilfe zu spät kam.

»Sag mir, dass es ein Alptraum ist, Gordon. Das haben keine Menschen getan. Es kann einfach nicht sein. Diese Schweine ergötzen sich wirklich an den Qualen von unschuldigen Kindern? Ich habe Angst davor, dass ich, wenn wir eine Tür öffnen, direkt dem Satan ins Gesicht sehe. Das hier ist die Hölle. Siehst du die Kamera da hinten? Die Bestien filmen das Ganze auch noch.«

Gordon legte dem Freund eine Hand auf den Arm und zeigte auf die Öffnung, hinter der der Folterknecht verschwunden war.

»Wir müssen weitersuchen, Kai. Es ist möglich, dass wir noch nicht zu spät sind und Daria hier finden. Die Schweine sind bestimmt nicht nur wegen einer Vorstellung hier. Und wenn du einen von den Schweinen siehst, reiß dich am Riemen. Wir können es uns nicht erlauben, einen von denen zu erschießen. Dreh ihnen von mir aus den Hals um, aber ziehe nicht die Waffe. Ich gehe vor.«

Hinter dem Durchgang erwartete die beiden ein schmaler Flur, in dem es unmöglich war, nebeneinander zu gehen. Kai sicherte nach hinten, während Gordon zu erkennen versuchte, was sie im schwachen Licht einer roten Deckenleuchte am Ende des Ganges erwartete. Der Geruch von Fäkalien verstärkte sich mit jedem Meter, den sie einem größeren Raum näherkamen. Mit dem Ergebnis hatte keiner von beiden gerechnet. Vor ihnen breitete sich ein mindestens acht Meter langes Gitter aus, was sich wiederum in vier einzelne Zellen aufteilte. Schwach waren im Hintergrund menschliche Körper zu erkennen, die zusammengekrümmt vermeintlichen Schutz in der Dunkelheit suchten. Erst als beide Männer näher herantraten, kam Bewegung hinein. Hände streckten sich ihnen entgegen, die sie aber scheinbar fernhalten, sie abwehren wollten. Wortlos ertragene Angst zeichnete sich in den Gesichtern ab. Keiner von ihnen sprach auch nur ein Wort.

»Daria? Bist du das? Komm zu mir. Ich bin es, Gordon.«

Trotz seiner Ansprache riss die Angesprochene die Arme hoch und versuchte, ihr Gesicht zu schützen. Gordon eilte durch den Vorraum, um mögliche Schlüssel für die Zellen zu finden. Was er fand, waren vier angerostete Hebel, die er spontan nach oben drückte. Gerne hätte er gejubelt, als sich alle Sperren der Zellen zur Seite schoben und die Türen für Kai und Gordon freigaben. Daria zuckte zurück, als sie den großen Schatten auf sich zueilen sah und schrie.

Fast zärtlich legte Gordon seinen Arm um Darias nackte Schultern und redete unentwegt auf sie ein. Als er schon nicht mehr mit einer Reaktion rechnete, reckte Daria, deren Haut mit Blut verschmiert war, ihre Arme hoch und klammerte sich an ihrem Retter fest. Wahnsinnige Erleichterung war es, die den Leib der jungen Frau schüttelte und ihr Ströme an Tränen entlockte. Immer wieder zwischendurch konnte Gordon seinen Namen aus dem wilden Gestammel entnehmen. Endlich hatte er es geschafft, dass Daria in ihm ihren Retter erkannte. Kai kümmerte sich liebevoll um die anderen Gefangenen.

»Was machen wir mit den anderen« wollte Kai wissen. Er hatte in der Zwischenzeit zwei weitere Frauen aus ihren Zellen geholt, die sich im Gegensatz zu Daria in einem etwas besseren Gesamtzustand befanden. »Den beiden hier geht es nicht so dreckig wie Daria. Wir können aber unmöglich jetzt die Polizei rufen. Wie erklären wir denen unsere Anwesenheit? Außerdem werden die Daria nicht herausgeben und als Zeugin behalten wollen.«

»Uns bleibt nichts anderes übrig, als die Arme ins Auto zu schaffen, eine Erstversorgung durchzuführen und über die

Grenze zu verschwinden. In Deutschland besuchen wir erst einmal ein Krankenhaus. Du sagst, dass es den beiden Frauen besser geht. Dann begleiten wir sie zur nächsten Ortschaft und benachrichtigen die örtliche Polizeidienststelle und die Rettung. Bis die das Durcheinander geordnet haben, sind wir längst drüben. Kannst du damit leben?«

»Die Schweine können wir beide sowieso nicht dingfest machen. Das überlassen wir den Kollegen hier. Ich denke, dass die beiden Opfer hier ausreichend Auskunft geben können, um zumindest einzelne von den Schweinen hinter Gitter zu bringen. Lass uns abhauen, bevor die Verbrecher mit Verstärkung anrücken.«

»Moment, Kai. Da gibt es noch die Aufnahmen, die uns verraten könnten. Du erinnerst dich an die Kameras. Lass uns die suchen und mitnehmen. Es muss hier einen Raum geben, an dem sie die Aufnahmegeräte haben. Wir brauchen nur die aktuellen Mitschnitte. Bring du die Frauen zum Auto, ich mach mich auf die Suche.«

37

Leonie musste sich wegdrehen, als sie in Begleitung von Kai, Gordon und Daria die Tür ihrer Wohnung aufsperrte. Kaum lugte das Gesicht von Natalya um die Ecke, flog sie ihnen förmlich entgegen und riss Daria dabei fast von den Beinen. Als sie endlich ihre Stimme fand, jubelte sie los, als hätte sie den Jackpot geknackt.

»Ich glaube es nicht. Ich fass es einfach nicht. Ich dachte, du wärst tot, Daria. Wie bist du denen entkommen? Ich kann dir nicht sagen, wie glücklich ich bin.«

Statt einer Antwort drehte sich Daria um und blickte stumm auf ihre beiden Helden, die verlegen im Hintergrund standen und sich nun dem herzlichen Ansturm Natalyas erwehren mussten. Etwas länger blieb sie vor Gordon stehen und suchte nach Worten.

»Ich habe davon gehört, dass Sie meiner Freundin ein Versprechen gegeben haben. Es passiert viel zu selten, dass diese auch wirklich eingelöst werden. Das Gleiche gilt für diesen tollen Kerl da neben Ihnen. Auch Kai hat mir etwas versprochen, was er gehalten hat. Das mit meiner Familie konnten Sie beide nicht verhindern. Ich wusste, dass es auf jeden Fall geschehen würde, und es macht mich verdammt traurig.«

»Moment, Natalya«, unterbrach Kai sie. »Woher weißt du davon. Ich habe es bewusst zurückgehalten, damit du während unserer Abwesenheit keinen Unsinn machst.«

Kai spürte die Hand Leonies auf seiner Schulter, was ihn herumschnellen ließ.

»Ich habe es ihr gesagt, Kai. Ich dachte, dass wir es ihr schuldig sind. Sie hätte es mit Sicherheit aus einer anderen Quelle erfahren. Wenn bei einem Hausbrand eine gesamte Familie ausgelöscht wird, lässt sich das nicht lange geheim halten. Wir haben lange darüber diskutiert. Natalya ist eine starke Person, das weiß ich jetzt. Sie verkraftet das eines Tages. Sie meint, dass sie jetzt, ohne sich weiter um Ihre Familie ängstigen zu müssen, als Kronzeugin gegen die Bande auftreten kann. Übrigens, bevor ihr fragt. Ich habe mit den Behörden in der Ukraine telefoniert. Die Familie von Daria ist bereits an einen sicheren Ort gebracht worden. Man ist bereit, mit uns zusammenzuarbeiten. So können wir zumindest versuchen, dieses Netzwerk zu zerstören.«

Leonie drückte ihre Kollegen jetzt endgültig über die Schwelle und umarmte ein weiteres Mal die Freundinnen, die jetzt endlich wieder vereint waren.

»Ich habe mit Natalya eine Kleinigkeit vorbereitet. Nur so als Willkommensimbiss. Für einen Augenblick, liebe Natalya, solltest du Daria loslassen und den Männern überlassen. Du musst mir beim Tischdecken helfen. Ach, bevor ich es vergesse, Gordon. Ihr zwei sollt euch morgen früh sofort bei Kläver melden. Der ist sauer und hat die Urlaubsanträge zerrissen. Das kann noch heiter werden.«

38

Noch ein letztes Mal strichen die beiden Männer über die Kleidung, wobei sich Kais Outfit klar von Gordons unterschied. Seine Jeanskleidung duldete keine Veränderung, hätte ihm die Persönlichkeit geraubt – so argumentierte zumindest er selbst, wenn er auf einen Wechsel der Kleidung angesprochen wurde. Endlich gaben sie sich einen Ruck und klopften an die massive Tür des Sekretariats. Die freundliche Stimme von Sigrid Volkert forderte sie auf zum Eintreten und bereitete die beiden flüsternd auf den Besuch des Kriminalrates vor.

»Nehmt den Chef nicht so ernst. Der will euch nur Angst machen, ist aber verdammt stolz auf das, was ihr hinter seinem Rücken angestellt habt. Zeigt Demut und gebt ihm das Gefühl, dass er in dem Laden noch was zu sagen hat. Gordon, Kai? Milch und zwei Zucker? Los dann, rein mit euch Halunken.«

Sigrid Volkert hatte den Satz noch nicht zu Ende gesprochen, als sich die schwere Tür von Klävers Zimmer öffnete und in der Öffnung der gedrungene Körper des Chefs erschien. Seine strenge Miene versprach tatsächlich nichts Gutes, als er die beiden Männer mit einer barschen Handbewegung hereinwinkte. Als er das Augenzwinkern seiner

Sekretärin in Richtung der beiden Kommissare wahrnahm, drehte er sich ihr zu.

»Frau Volkert. Vergessen Sie bitte nicht, wem gegenüber Sie Loyalität beweisen sollten. Noch arbeiten Sie in meinem Büro und nicht für diese beiden Hallodris. Kaffee bitte für uns. Es könnte dauern.«

»Yes Sir. Wird erledigt. Sie wie immer nur Milch?«

»Das wissen Sie doch. Für die beiden bitte ...«

»Weiß ich, Herr Kriminalrat. Milch und Zucker. Kommt sofort.«

Etwas heftiger, als es wohl beabsichtigt war, warf er die Tür ins Schloss und folgte den beiden Kommissaren, die vor dem Schreibtisch auf ihn warteten.

»Setzen Sie sich, meine Herren. Ich will gar nicht lange um den heißen Brei herumreden und sofort zum Punkt kommen. Sie werden wohl beide schon darüber unterrichtet worden sein, dass ich Ihren beantragten Urlaub nicht genehmigen konnte. Wie Sie ja besser wissen müssten als ich, gibt es derzeit reichlich zu tun. Die ungeklärten Fälle häufen sich und bedürfen einer zügigen Bearbeitung. Ich denke, dass wir alle darin konform gehen.«

Kläver wartete ab, bis Sigrid Volkert das Tablett abgestellt und den Raum wieder verlassen hatte. Ihr Grinsen wirkte fast spöttisch.

»Weiter also. Ich habe mir das Schreiben des Anwalts der Familie Klingel durchgesehen und muss zugeben, dass das Ergebnis insgesamt nicht zufriedenstellend ist. Wir haben einen Mörder, den wir nicht belangen können. Das passiert während meiner Dienstzeit wirklich zum ersten Mal. Es sollte sich auch nach Möglichkeit nicht wiederholen.«

Hier legte Kläver eine Pause ein und hob die Kaffeetasse. »Prost, meine Herren. Fazit, der ungeklärte Fall gilt trotzdem als abgeschlossen. Basta. Doch wir müssen über den Fall der Mädchenhändler reden. Da kursieren die wildesten Gerüchte. Nun will ich von Ihnen hier und heute eine Klärung der Geschehnisse. Bevor Sie damit beginnen, teile ich Ihnen noch mit, dass es bei einem Zwischenfall, bei dem ein libanesischer Clan auf das Kirmesgelände eindrang, mehrere Verletzte, aber auch einen Toten gab. Es handelte sich um einen gewissen ...« Kläver suchte in seinen auf dem Schreibtisch herumliegenden Unterlagen nach einem bestimmten Zettel, fand ihn auch. »Ja, hier. Der Mann heißt Alexej. Den Nachnamen kennt angeblich niemand. Es soll sich um einen gebürtigen Russen handeln. Aber das ermitteln wir noch. Nun zu Ihnen. Ich hörte, dass Sie gemeinsam zu einem Außeneinsatz unterwegs waren, von dem Sie hoffentlich mit guten Ergebnissen zurück sind. Ich höre.«

Schon zuvor hatten sich die beiden Männer darüber abgesprochen, wer welchen Teil der Geschichte vortragen würde. Längst war der Kaffee kalt, als Kai den Bericht mit der Bemerkung beendete, dass man nun in Kooperation mit den ukrainischen Behörden weiter an der Zerschlagung des Händlerringes arbeiten würde. Beide amüsierten sich darüber, wie Kläver über die gesamte Zeit die Spitze seiner Krawatte knetete, die jetzt total verknubbelt auf seinem Schoß ruhte. Geduldig warteten Gordon und Kai auf den Tobsuchtsanfall des Chefs, wurden aber darin enttäuscht.

»Das ist ja irre. Ich wäre gerne dabei gewesen.«

Dieser kurze Kommentar folgte auf einen mindestens halbstündigen Bericht der beiden Ermittler. Zumindest

Gordon fiel es schwer, sein Grinsen zu unterdrücken. Erst recht wunderten sich Gordon und Kai, als Kläver aufstand und sich hinter sie stellte. Seine schmalen Hände lagen auf den Schultern der Männer.

»Das sind Nachrichten, die ich gerne höre. Ich möchte Ihnen mein Lob für Ihren selbstlosen Einsatz aussprechen.«

Nachdem er ihnen mehrfach auf die Schultern geklopft hatte, bemühte er sich wieder in seinen übergroßen Chefsessel. Gespannt warteten Kai und Gordon darauf, was Kläver sonst noch an Überraschungen für sie bereit halten würde. Mehr zu sich selbst eröffnete er dann doch seine Gedanken.

»Damit können wir nicht an die Öffentlichkeit. Auslandseinsatz ohne Einbeziehung der tschechischen Behörden geht gar nicht. Ich werde mir dazu was Offizielles einfallen lassen. Es war übrigens ein kluger Schachzug, dass Sie die Aufnahmen über Ihren Einsatz sicherstellen konnten, Hauptkommissar Rabe. Ich habe mir Ausschnitte der Folterungen angesehen. Grausam ... einfach unglaublich. Ich habe übrigens noch heute einen Termin bei der Staatsanwaltschaft, um abzuklären, was mit den beiden Frauen geschehen soll. Es könnte gut für die Damen ausgehen. Da gibt es positive Signale. Doch jetzt lasst uns auf das gelungene Unternehmen anstoßen. Ein Hoch auf die internationale Zusammenarbeit. Prost.«

Kläver spie den kalten Kaffee zurück in die Tasse und schrie: »Frau Volkert! Frischen Kaffee bitte!«

Thrillerreihen und Einzeltitel des Autors

ISBN-13 978-3751901352
Teil 1 der Gordon Rabe-Reihe
Als Taschenbuch und E-Book in Online-Shops und im Buchhandel

Inhalt
Sie gibt sich einem anderen hin!

Die Nachricht am Telefon pflanzt den Stachel der Eifersucht in die Gedanken der Männer, die an die ewige Liebe und Treue glauben. Eine perfide Vorgehensweise eines brutalen Killers setzt eine Gewaltspirale in Gang, die vielen Frauen im Ruhrgebiet den grausamen Tod bringt.

Lange bleibt das Motiv des Mörders im Nebel, während das Team um Hauptkommissar Gordon Rabe versucht, eine erste Spur zu finden. Noch nie begegnete er einem derart brutal und raffiniert agierenden Mörder. Dessen Spur verliert sich immer wieder, ohne dass die Ermittler weitere Morde verhindern können.

Erst eine schreckliche Entdeckung lockt den Serientäter aus seinem Versteck. Die Stunde der Abrechnung scheint gekommen.

ISBN-13 978-3751950923
Teil 2 der Gordon Rabe-Reihe
Als Taschenbuch und E-Book in Online-Shops und im Buchhandel

Inhalt
Erwacht das Böse in uns, stirbt zuerst die Seele

Die Erkenntnis darüber, dass sie sich im aktuellen Fall mutmaßlich mit einem mordenden Pärchen auseinandersetzen müssen, schockiert das Team um Gordon Rabe.

Grausame Wunden, die alle Opfer aufweisen, zeigen, dass jemand lustvoll tötet und von Hass besessen sein muss.

Wer bisher glaubte, dass nur Männer zu solchen Taten fähig sind, wird sein Weltbild korrigieren müssen.

Ein Fall, der die Essener Soko vor Rätsel stellt, da die Täter perfekt verstehen, ihre Spuren zu verwischen.

Als wäre das nicht ausreichend, muss sich Gordon um einen alten Fall kümmern, der ihn in tödliche Gefahr bringt.

ISBN-13 978-3751980777
Teil 3 der Gordon Rabe-Reihe
Als Taschenbuch und E-Book in Online-Shops und im Buchhandel

Inhalt:
Zeigt sich der Schatten des Todes, verändert er die Prioritäten im Leben.

Als die blutleeren Körper junger Frauen gefunden werden, ahnt keiner aus dem Team um Gordon Rabe, welch schreckliches Geheimnis sich dahinter verbirgt.

Doch das allein bildet nicht die tödliche Gefahr, die auf alle lauert. Ein Rachefeldzug gilt einem alten Fall, der längst vergessen schien.

Wieder einmal ist der Tod in seiner gesamten Grausamkeit allgegenwärtig und nicht greifbar.

Eine Story, die brutal beweist, wie wichtig menschlicher Zusammenhalt für unser Leben sein kann.

ISBN 978-3749410620
Band 1 aus der Reihe Liebig/Momsen

Als Taschenbuch und E-Book in allen Buchhandlungen und Online-Shops.

Inhalt:
»Du bist stärker als deine Angst! Sie spürt es
und wird nachgeben.«

Die geflüsterten Worte sollen Sarah beruhigen, ihre Höhenangst
endgültig besiegen. Ein Psychopath nutzt die Urängste der
Menschen, um sie in den Tod zu treiben.
Sein perfider Plan geht bei den Schutzbedürftigen einer
Selbsthilfegruppe auf, die ihre Phobien bekämpfen möchten.
Wird Peter Liebig, Hauptkommissar im Essener Morddezernat, die
Pläne des Wahnsinnigen durchkreuzen können?
Der Täter hinterlässt keine Spuren. Erst als der erfahrene Beamte
in die Hölle des Killers hinabsteigt, entdeckt er dessen Geheimnis.
Ein Psychoduell beginnt, das zwei völlig verschiedene Welten
aufeinanderprallen lässt.

ISBN 978-3738622706
Band 2 aus der Reihe Liebig/Momsen
Als Taschenbuch und E-Book in allen Buchhandlungen und Online-Shops.

Inhalt:
»Die Qualen der Zelle liegen hinter ihr –
Doch die Hölle der Freiheit erwartet sie
bereits«

Sieben Jahre teilte Daniela die Zelle mit Psychopathinnen. Totschlag war ihr Verbrechen, für das sie lange sühnte.

Nun steht sie vor dem Tor der JVA und einer Freiheit gegenüber, die keine ist. Unerbittlich begegnet ihr die Familie mit Ablehnung. Als sie in einen Strudel aus Gewalt gezogen wird, sehnt sie sich zurück in den Regelbetrieb des Strafvollzugs.

Ein perverser Serienmörder und ein brutaler Zuhälter reißen sie in den Vorhof zur Hölle.

Ausgerechnet ein Ermittler steht ihr zur Seite, den die Vergangenheit mit den Taten des perfiden Mörders verbindet.

ISBN 978-3749452163
Band 3 aus der Reihe Liebig/Momsen

Als Taschenbuch und E-Book in allen Buchhandlungen und Online-Shops.

Inhalt:
Das Feuer reinigt und lässt nur Asche zurück. Doch das abgrundtief Böse hat es auch für sich entdeckt.

Während die tapferen Einsatzkräfte der Feuerwache ihr Leben aufs Spiel setzen, um Menschen vor dem Tod zu bewahren, lebt ein Psychopath seine kranken Leidenschaften aus, folgt dem Trieb, unvorstellbar grausam töten zu müssen.
Immer mehr verdichtet sich der Verdacht, dass dieser Wahnsinnige nicht nur medizinische Grundkenntnisse besitzen muss. Nein - es könnte ein Feuerteufel sein, der sogar aus dem engeren Umfeld der Feuerwehr kommt. Jeder ist plötzlich verdächtig. Ein Psychokampf beginnt und gefährdet Freundschaften. Das Ermittlerduo Liebig und Momsen steht vor dem bisher rätselhaftesten Fall, der sie selbst in tödliche Gefahr bringt.

ISBN 978-3749497850
Band 4 aus der Reihe Liebig/Momsen

Als Taschenbuch und E-Book in allen Buchhandlungen und Online-Shops.

Inhalt:
Das Ziel ist Rache - das Ergebnis ist Selbstzerstörung

Niemand kann zu diesem Zeitpunkt erahnen, welche Opfer ein Rachefeldzug noch fordert, als man die erste schrecklich zugerichtete Leiche findet. Die Frau wurde hingerichtet von einem Täter, der damit eine blutige Spur durch die Strafverfolgungsbehörden ankündigt. Dass er keine Spuren hinterlässt und sein Motiv Rätsel aufgibt, macht es dem bekannten Ermittlerteam um Peter Liebig und Rita Momsen nicht einfacher. Seine Todesliste arbeitet der Killer unerbittlich ab. Das Grauen findet seine Fortsetzung, obwohl sich Puzzlestücke zusammenfügen. Der Tod jedoch hat die sympathischen Kripobeamten längst eingeplant.

ISBN 978-3734726316
Band 5 aus der Reihe Liebig/Momsen

Als Taschenbuch und E-Book in allen Buchhandlungen und Online-Shops.

Inhalt:
Nichts ist vergessen. Die Zeit der Vergeltung ist gekommen.

Die Frauen besitzen alle das gleiche Äußere. Doch das ist nicht das einzig Gemeinsame. Sie sterben alle einen grausamen Tod. Der Serienmörder foltert seine Opfer bestialisch, ohne auch nur die geringste Spur zu hinterlassen. Er macht den ersten Fehler, als einem Opfer die Flucht aus dem schrecklichen Kerker gelingt. Doch die Ermittler Rita Momsen und Peter Liebig erleben eine tiefe Enttäuschung, als sie auf die Hilfe des Opfers und erste Spuren setzen. Der geheimnisvolle Mörder bleibt nicht nur weiter ein Phantom, sondern wird selbst für sie zur tödlichen Bedrohung.

ISBN 978-3746067858
Band 1 aus der Serie Spelzer/Hollmann
Als Taschenbuch und E-Book in allen Buchhandlungen und Online-Shops.

Inhalt:
Der Wald rund um die Ruine der Essener Isenburg - eine Oase der Ruhe und des Friedens. Das ändert sich mit dem Fund einer ersten, grausam zugerichteten Leiche.

Kommissar Sven Spelzer, als erfahrener Leiter der Mordkommission, begegnet einem Serienkiller, der präzise seine unvorstellbaren Taten plant. Der Täter preist seine Morde als Kunstwerke.

Wenn bisher ein System sein Wirken steuerte, so ist es die Gier Außenstehender, die eine unfassbare Lawine der Gewalt auslöst.

Gemeinsam mit der Rechtsmedizinerin Karin Hollmann begibt sich Spelzer auf die Suche nach dem Wahnsinnigen. Sie ahnen nicht, welche Hölle die Bestie schon für sie vorbereitet hat.

Kalendermord - der erste Fall für dieses Ermittlerteam, der sie sofort an ihre Grenzen zwingt.

ISBN 978-3746055879
Band 2 aus der Serie Spelzer/Hollmann
Als Taschenbuch und E-Book in allen Buch-
handlungen und Online-Shops.

Inhalt:
»Der ist definitiv ertrunken. Die haben ihn
noch lebend ins Wasser geworfen, dabei nicht
mal seine Hände gefesselt.«

Die Aussage der Rechtsmedizinerin Karin Hollmann ist klar und
deutlich. Sven Spelzer, mit dem sie schon den Serienmörder
Pehling zur Strecke brachte, weiß von Anfang an, wen er für
diesen Zeugenmord zur Verantwortung ziehen muss.

Die Soko wurde gebildet, um den ›SERBEN‹, wie sie den
Gewaltverbrecher nennen, nach Jahren der Erfolglosigkeit,
endlich zur Strecke bringen zu können. Brutalster Drogen- und
Menschenhandel wird ihm zur Last gelegt. Mögliche
Belastungszeugen verschwinden meist spurlos. Doch wer ist der
unsichtbare Helfer im Hintergrund?

Gibt es einen Maulwurf in den Reihen der Polizei?

Wieder werden die beiden Ermittler in einen Einsatz
hineingezogen, der sie, wie schon im ersten Band dieser Reihe, an
die Grenzen treibt. Als sie bereits an den sicheren Zugriff
glauben, hat der Teufel längst die Falle gebaut.

ISBN 978-3752834215
Band 3 aus der Serie Spelzer/Hollmann

Als Taschenbuch und E-Book in allen Buchhandlungen und Online-Shops.

Inhalt:

»Da unten ist die Hölle«

Die Taucher der Essener Wasserschutzpolizei müssen weit über ihre psychischen Grenzen hinausgehen, als sie das Depot eines Killers in der Tiefe räumen.

Welcher Wahnsinnige versteckt die Toten im Essener Baldeneysee?

Wieder einmal stehen Rechtsmedizinerin Karin Hollmann und ihr Freund, Oberkommissar Sven Spelzer vor Mädchenleichen, die ihnen viele Rätsel aufgeben.

Wie weit geht ein skrupelloser Gangsterboss, um den gewaltsamen Tod seines Bruders zu rächen? Zwei scheinbar unabhängige Fälle bringen die Ermittler selbst in Lebensgefahr. Ein friedliches Naherholungsgebiet entpuppt sich als Spielwiese für einen irren Mörder.

ISBN 978-3752877953
Band 4 aus der Serie Spelzer/Hollmann

Als Taschenbuch und E-Book in allen Buchhandlungen und Online-Shops.

Inhalt:
»In mir hat der Satan ein Zuhause gefunden. Tust du nicht das, was ich von dir verlange, wirst du genau ihn von seiner fantasievollsten Seite kennenlernen.«

Die Drohungen treiben dem korrupten Polizisten kalte Schauer über den Rücken. Während Doktor Karin Hollmann und Oberkommissar Spelzer einen Satanisten verfolgen, der im Ruhrgebiet seine Opfer sucht und findet, versucht der Serienmörder Pehling, an seinem Zufluchtsort neue Gegner abzuwehren.

Aber nur, wenn sich die so unterschiedlichen Weggefährten zusammenschließen, haben sie eine verschwindend geringe Chance. Sie müssen verhindern, dass ein Satansjünger seine Visionen vom Reich des Antichristen verwirklichen kann.

Der Weg dahin fordert einen blutigen Tribut, denn der Gegner scheint nicht von dieser Welt.

ISBN 978-3752892178
Band 5 aus der Reihe Spelzer/Hollmann

Als Taschenbuch und E-Book in allen Buchhandlungen und Online-Shops.

Inhalt:
Der Frieden ist nur Schein - hinter ihm lauert der Tod

Eine ganze Region zittert vor ihr, obwohl sie Schutz versprach. Eine schöne Frau regiert nach dem Tod des Don unnachgiebig eine italienische Region. Nur einer durchschaut ihr Intrigenspiel, kennt ihr Geheimnis, das sie angreifbar macht. Geduldig wartet er auf den Tag der Abrechnung.

Ein grausamer Mafiakrieg, in den die Gerichtsmedizinerin Karin Hollmann, Hauptkommissar Spelzer und ein Serienkiller unaufhaltsam hineingezogen werden. Sie versuchen, Unschuldige zu schützen.

Obwohl die Handlungsabläufe in sich abgeschlossen sind, empfiehlt es sich, die Bücher in der Reihenfolge zu lesen.

ISBN 978-3744869997
Als Taschenbuch und E-Book in allen Buchhandlungen und Online-Shops.

Inhalt:

Seit Jahren verschwinden Prostituierte im
Ruhrgebiet. Keine Leichen. Keine Spuren.

Nichts kann den Killer aufhalten. Die erst
10-jährige Andrea Lesbe und ihr gleichaltriger
Freund leiden schon in der Schule unter Mobbing. Die Mitschüler
machen ihnen das Leben zur Hölle. Was die Kinder zu diesem
Zeitpunkt nicht wissen können: Ein Hurenmörder beginnt
gleichzeitig sein perfides Werk. Unaufhaltsam verbindet sich ihr
Schicksal mit dem des irren Killers.

Als Andrea als Erwachsene wieder in ihre Heimatstadt Essen
zieht, trifft sie nicht nur auf den einstigen treuen Freund. Sie
begegnet auch einem geheimnisvollen Fremden, der sie magisch
anzieht. Hauptkommissar Schlicht ermittelt mit seiner Soko seit
16 Jahren erfolglos im Fall eines vermissten Kindes und der
beängstigenden Mordserie. Erst als der Killer die Abstände seiner
grausamen Taten verkürzt, finden sich erste Spuren.

Damit das Geheimnis um den Serienkiller gelüftet werden kann,
müssen die Beteiligten in den Vorhof zur Hölle hinabsteigen. Erst
dort begegnen sie der grausamen Wahrheit.

»Ein Thriller, der die schmale Kluft zwischen Normalität und dem
menschlichen Wahnsinn spannend beschreibt.«

ISBN 978-3752856873

Als Taschenbuch und E-Book in allen Buchhandlungen und Online-Shops.

Inhalt:

Als sich die Zellentür für Dirk Rasper nach
vielen Jahren vorzeitig öffnet, ahnt
Hauptkommissar Klare nicht, welche Welle
der Gewalt er damit auslöst. Nach seinen
Recherchen saß der Mann über sieben Jahre unschuldig hinter
Gittern.

Ein geheimnisvolles Versprechen aus der Vergangenheit band
Rasper daran, die ihn möglicherweise entlastende Wahrheit zu
verschweigen.

Als der Gefangene aus der Hölle des Strafvollzugs entlassen wird,
treibt ihn die Liebe zu seiner kleinen Tochter und der Wunsch
nach Rache an. Es mehren sich Zweifel daran, ob die
Entscheidung, den Mann zu entlassen, nicht ein weiterer Fehler
war.

Das Grauen findet einen neuen Anfang und endet im
überraschenden Showdown.

ISBN 978-3741275203

Als Taschenbuch und E-Book in allen Buchhandlungen und Online-Shops.

Inhalt

Täglich gibt es in Deutschland etwa vierzig Fälle von Kindesmissbrauch. Die Dunkelziffer ist jedoch höher, denn viele Opfer und ihre Angehörigen schweigen, aus Scham, aus Angst. Heilt die Zeit diese Wunden? Kann der Mensch erlittenes Leid vergessen? Tina muss sehr bitter erfahren, was es bedeutet, wenn Gespenster der Vergangenheit lebendig werden. Wohlbehütet aufgewachsen, begegnen ihr plötzlich Grausamkeiten, die sie sich nie hätte vorstellen können. Die Gräueltaten eines Sexualtäters verknüpfen sich unaufhaltsam mit dem Schicksal ihrer Familie.

Ein Thriller, der nicht loslässt. Er nimmt den Leser mit in eine Welt, die direkt neben uns existiert. Eine Welt, mit der viele Menschen selbst Erfahrungen sammeln mussten und es aus unterschiedlichsten Gründen totschweigen.

Der Autor möchte mit seiner Geschichte nachdenklich machen und zu Diskussionen anregen. Gibt es hier nur Schwarz und Weiß, nur Gut und Böse?

Eine Geschichte, frei erfunden, doch grausam nah an der Realität.

ISBN 978-3741226458
Als Taschenbuch und E-Book in Online-Shops und im Buchhandel

Inhalt:

Als Nicole Manfred Kirchner begegnet, glaubt sie, den Richtigen für ein bleibendes Glück gefunden zu haben. Als das Monster die Maske fallen lässt, ist es schon zu spät. Nicole muss einen sehr hohen Preis bezahlen: Sexueller Missbrauch, grausame Misshandlung und kriminelle Machenschaften treiben Nicole fast in den Freitod.

Ihr Weg kreuzt den eines älteren Mannes. Nun erfährt sie, dass es auch Menschen gibt, die Hilfsbereitschaft und Freundschaft über ihre eigene Sehnsucht nach Liebe stellen. Doch Manfred Kirchner ist nicht der Mann, der sein Opfer so schnell aus den Klauen lässt. Das Schicksal treibt ein makabres Spiel und zwingt zwei Menschen an die Grenze des Zumutbaren.

Wird Nicole sich befreien können? Erkennt sie das wahre Glück und greift danach? Kennt das Glück wirklich kein Erbarmen?

Der Autor lässt den Leser wie schon in seinen beiden vorangegangenen Romanen tief in die dunklen Seiten des menschlichen Zusammenlebens eintauchen und bietet viel Stoff für Diskussionen.

ISBN 978-3741299056
Als Taschenbuch und E-Book in allen Buchhandlungen und Online-Shops.

Inhalt:

Alfred Reimann, dreiunddreißig, Single, gut
aussehend, Jungfrau.

Bis heute lief das Leben des liebenswerten Finanzbeamten und
seiner Teddydame Bienchen in geordneten Bahnen. Noch weiß er
nicht, dass sich dieser Zustand mit dem Einzug der süßen Nachbarin Verena ändern wird. Ein glücklicher Umstand führt sie
zusammen.

Seine Mutter ist davon alles andere als begeistert, denn in ihren
Augen wollen junge Frauen wie Verena nur das Eine. Und dieses
Chaos wird sie zu verhindern wissen!

Mithilfe von Verena und dem kauzigen Pfarrer Hollerberg stolpert
Alfred in das eine oder andere Abenteuer. Ob er auf den Reisen
sein Glück findet, bleibt abzuwarten ... Ein rasanter Liebesroman
mit dem gewissen Schmunzelfaktor.

ISBN 978-3741261534
Als Taschenbuch und E-Book in Online-
Shops und im Buchhandel

Inhalt:

Vera und Peter Sobier genießen mit ihrem zwölfjährigen Sohn Patrick ein sorgenfreies Familienglück. Das endet abrupt, als der erfolgreiche Rechtsanwalt einen folgenschweren Verkehrsunfall verursacht. Patrick erleidet ein Schädel-/Hirn-Trauma und fällt in ein Koma. Peter Sobier kommt mit leichten Verletzungen davon und sucht verzweifelt einen Weg, mit seiner schweren Schuld leben zu können. Die Liebe zu Vera wird auf eine harte Probe gestellt.

Die härteste Zerreißprobe ihres Lebens fordert den Eltern alles ab, denn das Schicksal kann grausam sein. Verzweiflung, Glaubenskonflikte und Hoffnungslosigkeit zerfressen den Geist des Vaters. Außergewöhnliche Signale, die der Sohn aus seiner finsteren Welt aussendet, verändern die Sicht aller Beteiligten.

Wird die Liebe der Eltern den vielen Prüfungen standhalten?

Hat Patrick eine Chance, jemals wieder zurück ins Leben zu finden?